U0116086

2010

上海产业和信息化发展报告
——开发区

Annual Report on Shanghai Industry
and Informatization Development: Development Zone

上海市经济和信息化委员会

上海科学技术文献出版社

图书在版编目（CIP）数据

2010上海产业和信息化发展报告—开发区/上海市经济和信息化委员会编.—上海：上海科学技术文献出版社，2010.11

ISBN 978-7-5439-4537-1

I.①2... II.①上... III.①开发区-经济发展-研究报告-上海市-2010 IV.①F127.51

中国版本图书馆CIP数据核字（2010）第198865号

责任编辑：忻静芬

2010上海产业和信息化发展报告—开发区

上 海 市 经 济 和 信 息 化 委 员 会

*

上海科学技术文献出版社出版发行

（上海市长乐路746号　邮政编码200040）

全 国 新 华 书 店 经 销

上海市北印刷（集团）有限公司印刷

*

开本787×1092　1/16　印张18.25　字数348 500

2010年11月第1版　　　2010年11月第1次印刷

印数：1-3800

ISBN 978-7-5439-4537-1

定价：38.00元

http://www.sstlp.com

编审委员会

顾　　问：艾宝俊　肖贵玉

主　　编：王　坚

副 主 编：尚玉英　陈跃华　刘　健　傅新华　邵志清

　　　　　周敏浩　张耀伦　戎之勤　马　静

编　　委：史文军　张洪发　于　成　柳靖国　郑　龙

　　　　　徐惠明　张伟敏　耿鸿民　原清海　董亲翔

　　　　　周　强

组织编写：周　强　白　柠　张晓莺　叶浩军

编写成员：高成方　亓书理　刘　涛　徐　明　赵　海

　　　　　江中欧　管锡清

前 言

　　2009 年，上海市开发区在市委、市政府的正确领导下，按照科学发展观的要求，认真落实党中央国务院"保增长、扩内需、调结构"的政策措施，积极应对国际金融危机的不利影响，加大招商引资力度，积极服务和扶持企业发展，推进高新技术产业化和产业结构调整，确保经济稳定持续健康发展。2009 年全市开发区实现工业总产值 12 845.28 亿元，同比增长 1.43%，占全市工业总量的 51.61%，工业向重点产业基地和开发区集中度为 72.43%，单位土地工业产值 57.87 亿元／平方公里，主导产业集聚度达到 86.29%，开发区成为全市推进先进制造业和现代服务业发展的重要载体，成为支撑上海经济平稳持续健康发展的重要力量。

　　同时，上海开发区发展依然面临诸多挑战，土地、资源、环境约束依然严峻，商务成本提高以及经济环境的不确定性仍在增加，这些都要求我们保持清醒头脑、积极应对。

　　为加强对全市开发区发展的引导，为各区县、开发区之间横向比较、相互借鉴提供依据，也为政府部门决策提供参考，促进全市开发区不断提升开发建设水平，更好地支撑上海经济发展方式转变、产业结构调整和能级提升，上海市经济和信息化委员会以工业区管理工作实践为基础，通过调研分析组织编写了本报告。

　　敬请批评指正。

编 者

2010 年 8 月

目 录

附　录

第一部分

综述篇

2009年上海开发区发展情况综述

2009年，上海市开发区认真落实党中央国务院一系列保增长扩内需调结构的政策措施，在市委市政府的正确领导下，按照"四个确保"的要求，积极应对国际金融危机的不利影响，加大招商引资力度，积极服务和扶持企业发展，推进高新技术产业化和产业结构调整，确保经济稳定持续健康发展。

一、2009年上海市开发区发展情况

2009年全市开发区实现工业总产值12 845.28亿元，同比增长1.43%，占全市工业总量的51.61%；第三产业营业收入9 180亿元，同比增长10.64%；单位土地工业产值57.87亿元/平方公里，工业向重点产业基地和开发区集中度为72.43%，主导产业集聚度达到86.29%。2009年上海市开发区发展呈现以下几个特点：

1. 产业空间布局更趋合理优化

2009年，结合产业区块梳理和"两规合一"工作，上海市加大了产业空间布局和工业用地调整力度，全市已初步形成由重点产业基地、国家级和市级开发区、产业区（块）、城镇工业地块等104个产业区块组成的产业布局框架。2009年全市104个产业区块实现工业总产值18 026.76亿元，占全市工业总量72.43%。其中，产业基地实现工业总产值3 756.65亿元，国家级和市级开发区实现工业总产值12 845.28亿元，产业区（块）和城镇工业地块实现工业总产值1 424.83亿元。

2. 经济运行质量不断提高

2009 年全市开发区实现工业总产值 12 845.28 亿元，工业产值超过 1 000 亿元、500 亿元至 1 000 亿元、200 亿元至 500 亿元的开发区数分别为 3、5、8 个，其中松江工业区、金桥开发区、漕河泾开发区均超过 1 000 亿元。2009 年全市开发区实现工业企业主营业务收入 13 370.12 亿元，实现工业企业利润总额 712.28 亿元，工业企业销售利润率 5.33%，较上年提高 1.27 个百分点；上缴二三产业税金总额 1 396.99 亿元，同比增长 17.29%；期末从业人员 173.09 万人，同比增长 0.23%。

3. 招商引资呈现新特点

2009 年，全市开发区吸引合同外资金额 49.38 亿美元，同比下降 20.85%；落户内资企业注册资金 168.17 亿元，同比下降 25.63%。招商引资呈现以下一些新的特点：一是生产性服务业项目比重提高。引进合同外资金额中生产性服务业占 46%，主要为总部经济，包括投资性公司、研发中心、营运中心等。如张江引进中国商用飞机设计研发中心、中科院浦东科技园、帝斯曼、雅培等，漕河泾引进阿海珐输配电技术中心、PHV、诺基亚、西门子研发中心以及安吉安星汽车、爱普拜斯医药等，紫竹引进埃克森美孚研发中心、可口可乐全球创新与技术中心，康桥引进沙特基础工业公司中国研发中心，外高桥引进全球最大 NOR 闪存公司 Numonyx 等，金桥引进普金置业、惠而浦中国投资公司和通用汽车国际营运总部等。二是引进项目中内资企业比重增大。如漕河泾引进项目中内资企业占 80%。三是增资项目不断增加。如张江增资项目占 51.97%，外高桥增资占吸引投资总额 85%。

4. 产业能级不断提升

全市开发区围绕高新技术产业化九大领域，加快产业集群建设，产业集聚发展效应明显，逐步形成以若干产业集群为核心的发展态势。2009 年，全市开发区的主导产业集聚度已达到 86.3%。如金桥开发区加快推进信息通信产业发展，引进大唐产业园、中国移动通讯视频基地、中国电信视讯中心、上海贝尔全球信息技术服务中心、hengsoft 等通信产业项目，2009 年信息通信产业实现工业总产值 562 亿元。张江高科技园区加快生物医药产业发展，2009 年园区生物医药营业收入增速超过 35%。以罗氏制药、新先锋、通用电气、勃林格殷格翰药业为代表的化学药品制剂制造企业占全市份额的三分之一，以葛兰素史克、英伯肯、睿智化学、中信国健和麒麟鲲鹏为代表的生物制药企业占全市 40% 份额。闵行开发区结合园区产业特点，加快推进高新技术产业发展。2009 年，轨道交通、上海强生制药、ABB 高压电机等三个高新技术产业化项目启动建设。其中，上海强生制药计划通过扩建厂房、内部资源优化配置等举措，力争用 10 年时间企业经济规模从目前年销售收入 5 亿元达到 50 亿元；ABB 高压电机计划设立全国性的中高端发电机设备维修中心，发展生产性服务业，完善产业链；轨道交通车辆产业计划通过与央企的战略合作，实现跨越式发展，成为全国生产轨道交通车辆的核心企业。

5. 二三产业进一步融合

2009 年全市开发区二三产营业总收入达到 22 550.28 亿元，其中第三产业营业收入 9 180.17 亿元，同比增长 10.64％，占全市开发区营业总收入的 40.71％。如金桥开发区 2009 年生产性服务业营业收入同比增长 80.76％，新引进项目 44 个、增资项目 21 个，新引进和增资项目共吸收投资 4.45 亿美元，其中惠而浦、柯达、通用中国、拜耳材料科技等总部机构增资总额达成 1.81 亿美元，生产性服务业增资总额首次超过制造业。怡亚通公司华东总部、斯巴鲁华东销售培训服务中心、三星电子技术服务公司等一批项目投入运营，生产性服务业发展进一步加快。漕河泾开发区加大力度发展生产性、科技型现代服务业，实行二三产并举，2009 年第三产业营业收入增长 33.27％，三产比重超过 30％。莘庄工业区物流园区发展迅速，全年实现税收 3.5 亿元，同比增长 54％，其中，雅诗兰黛和顺丰速运两家企业的税收分别达到 3.2 亿元和 2079 万元，同比分别增长 51％ 和 143％。在物流园区的带动下，莘庄工业区第三产业所占 GDP 比重由 13％ 提高至 17％。

6. 土地利用水平进一步提高

全市开发区通过严把项目准入关，调整产业结构，盘活存量土地，不断提升土地集约利用水平。2009 年全市开发区平均土地产出水平达到 57.87 亿元 / 平方公里，是 2000 年工业用地平均产出的 3 倍；投资强度也从"十五"初期的 20 亿元 / 平方公里左右提高到 35 亿元 / 平方公里以上；开发区平均单位土地开发投入强度为 4.24 亿元 / 平方公里，形成了较为完备的基础设施配套能力。同时，存量土地盘活取得成效，2009 年全市淘汰劣势企业 846 家，涉及土地 0.93 万平方米，通过挖潜一定程度上弥补了土地的不足。如闵行开发区 2009 年对 7 万多平方米的厂房和土地实施了回购，截至 2009 年底，累计回购厂房 28.64 万平方米，累计回购土地 94.78 万平方米。星火开发区盘活致中和食品有限公司存量土地，引进了上海农乐生物制品股份有限公司生物医药项目。

7. 加快推进国家新型工业化产业示范基地建设

围绕创建国家新型工业化产业示范基地建设，临港产业区、长兴岛、上海化工区、民用航空产业基地贯彻国家战略，推动产业基地提升发展。临港装备产业基地重点发展发电及输变电装备、大型船舶关键件、海洋工程装备、自主品牌汽车及零部件、航空装备制造等 5 大领域，2009 年完成固定资产投资 203 亿元，增长 17.9％；完成工业总产值

249.6 亿元，增长 101.4%；引进合同外资 1.2 亿美元，与上年相比基本持平；上缴税收 22.3 亿元，增长 35%。民用航空产业基地积极推进大型客机研发中心、大型客机总装制造中心、商用发动机研发与客服中心等重大项目建设。长兴海洋装备产业基地以先进的船舶制造业和海洋工程业为主体，依托大企业、加快建设大项目，2009 年实现工业总产值约 417.2 亿元，增长 8.68%。上海化工区 2009 年完成工业总产值 434.3 亿元，批准投资项目 31 个，总投资 10.9 亿美元，单位土地产出为 72.5 亿元 / 平方公里；截至 2009 年底化工区共注册成立企业 53 家，累计批准项目总投资 148.7 亿美元，累计完成固定资产投资 792.1 亿元。

8. 品牌输出、联动发展取得成效

通过区镇联动、区内联动、跨区联动、品牌连锁等多种联动模式，积极推进品牌开发区整合工业用地资源，提高土地利用效率。截至 2009 年底，漕河泾开发区除本部区域外，在上海地区全资或参资开发并正式冠以漕河泾开发区名义的有五个分区域，它们是漕河泾开发区浦江高科技园、漕河泾开发区松江高科技园、漕河泾新经济园临港产业园、科技绿洲康桥产业园、外高桥亿威园区；在长三角地区已经建立的有漕河泾开发区海宁分区和漕河泾开发区盐城分区。其他如外高桥、张江、金桥、市北等开发区也在积极开展品牌输出和战略联动，在推进区域协调发展的同时促进自身产业结构优化升级。

二、2010 年推进开发区发展的主要设想

2010 年，上海市开发区将围绕"率先转变经济发展方式"这一重要战略任务，按照"联动、聚焦、提升、集约"的思路，以实现"集中、集聚、集约"发展为目标，着力推进规模发展、结构转型和环境友好；着力推进工业项目向园区集中，推进产业集聚发展，努力占据产业分工高端，提高配置资源的水平和效率，优化产业结构；着力推进集约发展，引导价值高端型、资源集约型、环境友好型企业加快发展。

全市工业区 2010 年预计完成工业总产值达 1.9 万亿元，增长速度高于全市平均水平，工业产值规模超过 500 亿元的开发区达到 10 个；推进开发区产业结构优化，二三产业营业收入之比为 59:41，销售利税率进一步提高；开发区单位土地产出水平达到 59 亿元 / 平方公里；全市 104 个产业区块工业总产值占全市比重提高到 75%，主导产业集聚度提高到 88%；投资强度达到 35 亿元 / 平方公里以上。

（一）2010 年重点任务

1. 围绕产业链集聚和产业链延伸，促进联动发展

在全市重点支持 10~15 家在国内具有较强实力和竞争力的开发机构。发挥漕河泾、金桥、张江、外高桥等品牌开发区招商引资、资本和人才等方面的优势效应，通过资源整合，联动发展，逐步推进 104 个产业区块的整合归并，以进一步优化全市产业空间布局，发挥品牌开发区，壮大开发公司实力，提升全市工业区整体发展水平。

2. 围绕产业集群建设，资源聚焦重点推进八大产业基地和十大市级重点园区发展

重点推进招商引资，加快项目落地，加强企业服务。承接国家战略，聚焦临港装备、长兴造船、化工区、民用航空等国家新型工业化产业示范基地，推进汽车等"4 + 4"重点产业基地提升发展，加快大基地、大项目建设。同时，依托区县，推进发展空间较大的紫竹、嘉定、青浦、松江、康桥、莘庄、金山、宝山、工业综合、南汇 10 个市级园区发展，加快推进高新技术产业化。

3. 围绕推进工业向园区集中，提升工业区产业能级

通过国家新型工业化产业示范基地建设，制定产业导向指南，强化项目准入等措施，充分发挥工业区的载体作用，在工业区内打造若干个规模大、创新能力强、产业能级高的高新技术产业和特色产业集群。"十二五"末争取在全市产业园区培育与推进 5 个 1 000 亿元级以上的产业集群，10 个 500 亿元以上的产业集群，20 个 100 亿元以上的产业集群。

4. 围绕腾笼换鸟提高土地利用效率，推进工业用地节约集约利用

结合全市产业区块布局，加强对园区发展的评估和考核。大力推进园区的二次开发，推进腾笼换鸟和闲置土地盘活，年内全市推进 100 项腾笼换鸟项目。推进园区产出水平的提升，大力引导和宣传土地集约利用。

（二）2010 年重点推进工作

1. 大力推进高新技术产业化，把工业区建设成为高新技术产业化的高地

推进高新技术产业化，是上海积极应对国际金融危机影响、抢占产业高端的重要举措，是落实国家战略、积极承担国家战略性新兴产业发展的重要抓手，也是实现自身产业转型、转变经济发展方式的必要手段。要发挥好工业区在全市高新技术产业化的载体和平台作用。一是推进工业区开展高新技术产业化工作。大力推进新能源、民用航空制造业、先进重大装备、生物医药、电子信息制造业、新能源汽车、海洋工程装备、新材料、软件和信息服务业等重点领域在工业区创新发展，优化布局市级高新技术产业化基地。二是围绕打造产业链，针对产业的关键性和共性技术，搭建公共技术平台，促进主导产业和特色产业发展，重点推进张江、紫竹、漕河泾、莘庄、汽车城等园区的公共技术平台建设。三是建设有利于高新技术产业化的配套服务环境。园区要搭建公共服务平台，引进发展物流、检测、信息服务、知识产权等生产性服务业，建设孵化器和创业中心；同时，完善园区投融资环境，构建人才培养和引进体系，制定税收激励、财政支持政策，促进开发区内企业开展高新技术产业化。

2. 继续加大招商引资力度，加快提升产业能级

把招商引资放在工业区工作的重中之重来抓，进一步创新招商模式，加大专业招商和产业链招商力度，加快产业集聚和产业链形成，提高产业规模能级和产业创新能力。一是抓住推进高新技术产业化的机遇，加大新能源、新能源汽车、先进重大装备、民用航空、智能电网、物联网等领域招商引资力度。二是积极引进技术含量高、产出效益好的优质项目，提高投入产出率。充分发挥龙头企业的规模和技术优势，大力引进为其配套的上下游项目，推动形成产业集群。三是鼓励符合国家和上海产业发展方向的外资企业、体现国际先进制造水平的中央企业、具有良好未来增长前景的民营企业等优势企业以及区域总部、研发中心、销售总部落户。四是会同相关委办局，联合各区县、工业区，抓住世博机遇，召开投资政策说明会、招商推介会，多管齐下，加大工业区宣传推广力度。

3. 加快产业集群建设，推进工业区产业集聚

充分发挥园区的载体作用，推进工业向园区集中，在工业内特别是九大高新技术产业领域，打造若干个规模大、创新能力强、产业能级高的产业集群。一是加强工业区产业导向。制定出台全市产业区块产业导向指南，目的是引导各产业区块按照自身产业定位，推进主导产业招商引资，加大园区产业集群建设。二是加快推进特色产业集群建设。在全市工业区内推进建设一批产业发展潜力大、产业集聚效应强、产业整体竞争力高的产业集群，推进工业区形成特色产业和主导产业链；加强对产业集群建设的跟踪和分析，会同市区政府各部门形成合力，政策支持，共同推进产业集群尽快形成规模效应。三是围绕国家战略，大力推进国家新型工业化产业示范基地建设。在上海临港装备、民用航空、上海化工区、长兴海洋工程装备4家首批国家新型工业化产业示范基地的基础上，继续推进重点工业区开展示范基地创建工作。

4. 加强工业区管理和分类指导，推进工业用地节约集约利用

2009年以来，结合产业区块梳理和"两规合一"工作，全市明确了104个产业区块，这些区块是今后十年产业发展的重要载体，也是发展的宝贵空间。对 104 个工业区，将大力推进工业集中、产业集聚、土地集约，使之成为落实国家战略、发展新兴产业的新高地，成为推进高新技术产业化和技术改造的主战场，成为资源节约集约利用的示范区。对存量工业用地主要方向是转型升级，因此要体现淘汰落后产能，腾出发展空间；体现制造业服务化，努力形成服务经济为主的产业结构。对规划建设区外的土地主要方向是调整复垦，因此今后要加大淘汰劣势企业、土地复垦的力度，使之成为全市功能转型、生态修复的重要区域。

5. 大力打造品牌工业区，积极推进工业区联动发展

将品牌经营和连锁经营的思路引入工业区的发展中，进一步优化全市工业区资源配置，发挥规模效应、协同效应，提高全市工业区整体开发建设水平。市区联手，继续推进工业区的品牌建设，大力推进品牌工业区连锁经营和管理输出。充分利用品牌开发区人才、招商、管理资源优势，推进品牌开发区和周边镇区、工业小区，通过区区联动、区镇联动、区企联动等方式开展战略合作，实现联动发展，既拓展品牌工业区发展空间，又提高联动工业区的开发水平。支持品牌开发区与周边乡镇、工业区联动发展，支持品牌开发区跨区域进行园区整合，支持品牌开发区利用自身品牌开发建设园中园，支持工业区与央企、市属企业合作建设产业园，形成产业集聚。下一步将联合相关部门制定相关的引导政策，在土地回购、指标供应、高技术产业化、技术改造、节能减排等方面优先给予支持。

6. 完善工业区配套功能，提升工业区发展水平

按照上海建设国际金融中心和国际航运中心，加快形成以服务经济为主产业结构的总体要求，进一步发挥工业区在全市产业发展中的载体和平台作用，使工业区作为全市推进先进制造业和现代服务业的重要载体。一是加快发展生产性服务业。在条件成熟的工业园区中，加快建设一批生产性服务业功能区，立足产业高端，重点发展高新技术产业及高附加值服务业；引进公司总部、营销中心、研发设计中心、营运中心、广告、创意等功能型公司和服务型公司，推动工业区二三产业融合发展。二是推进工业区"两化融合"。以工业区为载体，推进实施"两化融合"示范园区引导工程，深化信息技术在园区建设管理、企业研发制造等各方面的应用；推动建设一批"两化融合"重点项目，加快培育"两化融合"的示范企业。三是推进工业区生态园区建设。下一步将支持条件成熟的工业区按照国家环保总局制定的行业生态园区、综合生态园区、静脉产业类生态园区标准，建设特色生态工业园区。

第二部分

专题篇

2009 年上海市开发区经济运行情况

2009 年上海市开发区面对复杂多变的国内外经济形势，围绕市委市政府"四个确保"的要求，贯彻国家和上海一系列促增长、扩内需、调结构的政策措施，坚定信心、沉着应对，有效克服了国际金融危机的不利影响，保持了经济的平稳健康运行。

一、全市 104 个产业区块经济运行情况

1. 104 个产业区块概况

2009 年上海市结合产业区块梳理和"两规合一"工作，加大了对工业用地的调整力度，全市已初步形成由重点产业基地、国家级市级开发区、产业区（块）、城镇工业地块等 104 个产业区块组成的产业布局框架，规划面积约 790 平方公里。其中，产业基地规划面积 213 平方公里，公告开发规划面积 455 平方公里，产业区（块）和城镇工业地块 122 平方公里。上述规划用地中，工业用地 393 平方公里。

2. 104 个产业区块经济运行分析

（1）工业经济呈现增长态势

2009 年全市 104 个产业区块实现工业总产值 18 026.76 亿元，较上年增长 0.01%，占全市工业总量 72.43%。其中，产业基地实现工业总产值 3 756.65 亿元，同比下降 6.21%；公告开发区实现工业总产值 12 845.28 亿元，同比增长 1.43%；产业区（块）和城镇工业地块实现工业总产值 1 424.83 亿元，同比增长 3.64%。

2009 年全市 104 个产业区块中工业产值增速较快的有国际汽车城（增长 46.31%）、嘉定工业区（增长 30.24%）、青浦工业园区（增长 16.22%）、漕河泾开发区（增长 9.29%）、长兴船舶基地（增长 8.68%）、张江园区（增长 7.38%），工业产值下降较大的有化工区（下

降 13.18%）、高桥石化基地（下降 12.8%）、莘庄工业区（下降 11.87%）、松江工业区（下降 10.95%）、金山石化（下降 9.1%）、闵行开发区（下降 8.91%）。

（2）工业利润大幅回升

2009 年全市 104 个产业区块实现工业利润 1 012.18 亿元，增长 74.55%，占全市工业利润的 72%，增幅高于全市 30.25 个百分点。其中，产业基地实现利润 240.96 亿元，增长 4.94 倍；公告开发区实现利润 702.18 亿元，增长 24.91%；产业区和城镇工业地块实现利润 69.04 亿元，增长 3.87%。

2009 年工业利润增长较快的有金山石化（由上年亏损 74.79 亿元转为实现利润 20.76 亿元）、高桥石化（由上年亏损 52.92 亿元转为实现利润 26.43 亿元）、安亭国际汽车城（增长 1.2 倍）、漕河泾开发区（增长 141.64%）、嘉定工业区（增长 98.66%）、金桥出口加工区（增长 83.81%）、青浦工业园区（增长 53.26%）、国际汽车零部件园区（增长 31%）、张江园区（增长 15.34%）。工业利润下降比较大的有长兴船舶基地（下降 33.7%）、康桥工业区（下降 28.94%）、外高桥保税区（下降 28.85%）、宝钢基地（下降 6.4%）、松江工业区（下降 5.6%）、化工区（亏损 1.31 亿元）、吴泾基地（亏损 0.73 亿元）。

二、全市公告开发区经济运行情况

2009 年上海本市开发区积极应对国际金融危机的严重冲击，贯彻落实"保增长、扩内需、调结构"，加快结构调整和发展转型步伐，经济运行呈现产销规模企稳回升、效益逐步好转、结构趋于改善的积极态势。

（一）工业经济运行起稳并呈增长态势

2009 年全市开发区实现工业总产值 12 845.28 亿元，同比增长 1.43%。从各季度走势看，工业总产值已由"降"转"升"：一季度下降 17.85%，二季度下降 2.6%，三季度增长 8.9%，四季度增长 11.90%，工业生产向好势头明显，增长态势基本确立。国家级开发区工业总产值 4 318.78 亿元，增长 4.52%；市级开发区工业总产值 8 526.51 亿元，增速持平（见图 2.1 及附表）。

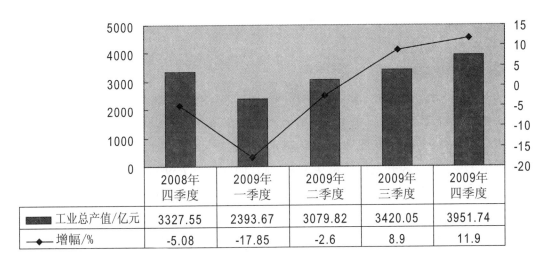

图 2.1 2008 年四季度 –2009 年四季度工业总产值季度情况

1. 开发区经济规模不断扩大

开发区近几年仍保持持续发展，工业经济总量规模不断扩大，工业总量与 2003 年比增长了 2.2 倍，工业总量占全市比重比 2003 年提高了 20 个百分点（见图 2.2）。

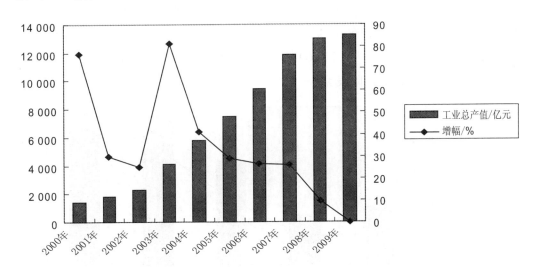

图 2.2 上海市开发区 10 年来的发展情况

全市有松江工业区、金桥出口加工区、漕河泾开发区等 3 个开发区工业总产值超过 1000 亿元；有康桥工业区、外高桥保税区、嘉定工业区、莘庄工业区、青浦工业区等 5 个开发区工业总产值均超过 500 亿元；有化工区、闵行开发区、张江高科技园区、嘉定汽车产业园、奉贤经济开发区、宝山工业区、金山工业区、西郊经济园区等 8 个开发区工业总产值超过 200 亿元。

2. 开发区产值增幅收窄

2009 年全市开发区实现工业总产值 12845.28 亿元，同比增长 1.43%。2009 年全市开发区工业产值增长较快有：南汇工业区增长 39.20%，嘉定工业区增长 30.24%，嘉定汽车产业园区增长 26.05%，合庆工业区增长 24.85%，康桥工业区增长 21.76%，青浦工业园区增长 16.22%，漕河泾开发区增长 9.29%，张江园区增长 7.39%，金桥出口加工区增长 4.02% 等。其中康桥工业区因昌硕增长较快，漕河泾开发区因英业达投产增长较快，金桥出口加工区因通用汽车增长较快。闵行开发区因可口可乐搬迁总量减少增速持平。化工区因赛科减产下降 13.18%，松江工业区因广达出口减少影响产值下降 10.95%，莘庄工业区因广电 NEC 减产等影响产值下降 11.87%。

（二）工业利润运行质量高增幅较大

1. 工业利润增幅较大

2009 年全市开发区工业企业主营业收入 13 370.12 亿元，增长 2.41%，实现利润总额 702.18 亿元，增长 24.91%。2009 年第一季度上海市开发区工业利润 78.92 亿元，下降 56.12%；第二季度利润总额 166.71 亿元，下降 4.56%。第三季度工业利润 236.95 亿元，增长 84.84%；第四季度工业利润 219.60 亿元，增长 138.49%。工业利润增长速度高于工业生产增长速度（见图 2.3 及附表）。

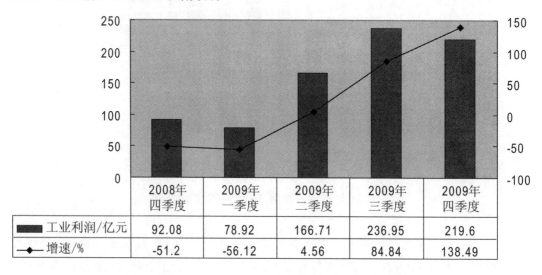

	2008年四季度	2009年一季度	2009年二季度	2009年三季度	2009年四季度
▬ 工业利润/亿元	92.08	78.92	166.71	236.95	219.6
◆ 增速/%	-51.2	-56.12	4.56	84.84	138.49

图 2.3 2008 年四季度 –2009 年四季度本市开发区工业利润情况

国家级开发区工业企业主营业收入 5 049.72 亿元，增长 6.63%，实现利润总额 333.53 亿元，增长 44.28%，其中漕河泾开发区增长 141.64，金桥出口加工区增长 83.81%、张江园区增长 15.34%。张江园区上汽股份和金桥园区通用汽车利润增长速度较大。市级开发区工业企业主营业收入 8 320.40 亿元，增长 0.01%；利润总额 368.64 亿元，增长 11.18%。其中嘉定工业区增长 98.66%，工业综合开发区增长 63.97%，青浦工业园区增长 53.26%。化工区、松江工业区、康桥工业区则分别下降 81.96%、5.62%、28.94%。

2. 工业销售利润率提高

2009 年工业企业销售收入利润率 5.25%，较上年提高 1.19 个百分点。其中国家级开发区销售收入利润率 6.60%。销售收入利润率较高的开发区有张江园区（11.70%）、闵行开发区（11.23%）、金桥出口加工区（7.02%）、漕河泾开发区（3.95%）。市级开发区销售收入利润率（4.43%）。销售收入利润率较高的开发区有紫竹园区（15.60%）、嘉定工业区（7.06%）、嘉定汽车产业园区（6.94%），较低的开发区有松江工业区（1.94%），化工区亏损。

3. 六大重点行业逐步好转

2009 年开发区六大重点发展行业（电子信息，汽车制造，石化及精细化工，精品钢材、成套设备，生物医药）工业总产值 10 666.48 亿元，同比下降 0.34%，占全市开发区工业总量的 87.55%；实现工业利润 592.77 亿元，同比增长 29.56%。在全球金融危机下随着国家一系列扩大内需政策效应的显现，开发区六大重点行业逐步好转，特别是汽车制造、生物医药发展较快。汽车行业在国家取消养路费、降低购置税和汽车下乡等政策作用下二季度后加速增长，实现工业总产值 1 665.61 亿元，增长 36.10%，实现工业利润 261.582 亿元，增长 108.70%。如金桥出口加工区通用汽车、嘉定工业区大众汽车、枫泾华普汽车均增长，行业利润明显好转。医药行业已经 2 年稳定增长，2009 年实现工业总产值 231.10 亿元，增长 21.80%；工业利润 32.58 亿元，同比增长 22.20%。如张江园区 2009 年生物医药产值 109.53 亿元，增长 26.5%。石化行业上半年受出口影响，下降较大，下半年化工区全面复产，带动行业产值回升。实现工业总产值 933.69 亿元，下降 8.93%，工业利润 55.41 亿元，增长 40.42%。化工区赛科完成扩产后至 12 月份稳定生产，行业经济效益开始好转。电子信息行业总体来说。仍然比较困难，实现工业总产值 4549.46 亿元，下降 2.30%，亏损 21.48 亿元。松江工业区达丰电脑下降 14.5%，9 月环比增长 9.4%，张江集成电路行业下降 21%（见表 2.1）。

表 2.1 2009 年本市开发区重点行业完成情况表

行业名称	工业总产值		工业利润	
	金额 / 亿元	增幅 /%	金额 / 亿元	增幅 /%
生物医药	231.10	21.80	32.58	22.20
石化行业	933.69	−8.93	55.41	40.42
汽车行业	1665.61	36.10	261.58	108.70
电子行业	4549.46	−2.30	−21.48	
钢铁行业	222.34	−28.50	5.12	134.86
成套设备	3064.28	−7.09	259.56	12.38
合计	10666.48	−0.34	592.77	29.56

（三）第三产业成为亮点增长较快

2009 年在金融危机影响下，与工业生产增速回落形成对比，上海市开发区第三产业保持稳步较快发展，特别是生产性服务业发展较快。

1. 营业收入稳步较快发展

2009 年上海市开发区第三产业实现营业收入 9 180.17 亿元，增长 10.64%，占开发区二三产业营业总收入的比重为 40.71%，比上年同期提高 2 个百分点。其中，外高桥保税区因受进出口影响第三产业营业收入与上年同期持平，其余开发区实现三产营业收入 3 140.52 亿元，增长 41.69%。

国家级开发区第三产业营业收入增长较快有金桥出口加工区（增长 80.76%）、漕河泾开发区（增长 33.27%）、张江园区（增长 33.05%）。市中心开发区如市北园区的第三产业营业收入有较大幅度增长，达到 300 亿元。郊区重点市级开发区营业收入增长较快的有紫竹园区（增长 64.44%）、青浦工业园区（增长 27.54%）、康桥工业区（增长 23.63%）、嘉定工业区（增长 20.30%）。

2. 生产性服务业比重提高

2009 年生产性服务业营业收入 7 935 亿元，占三产比重为 86.43%。上海市开发区生产性服务业重点行业包括信息服务、设计研发、物流、商贸等。其中，外高桥保税区等物流业营业收入 2 358 亿元，张江园区、漕河泾开发区、金桥出口加工区、莘庄工业区等信息服务业营业收入 708 亿元，设计研发营业收入 144 亿元，总部经济营业收入 48 亿元。具体包括金桥园区的惠普、夏普、柯达、通用等，张江园区的 AMD、诺华、雅培等，康桥工业区的微创生命科技，市北的科勒、住友化学、神达电脑，西郊的太太乐、贝拉维拉等。

3. 第三产业运行质量不断提高

由于大力引进信息服务业、总部经济和研发机构等经济效益较好的项目，全市开发区三产营业收入利润率 5.51%，比上年提高 0.03 个百分点。其中外高桥保税区第三产业营业收入利润率达 4.50%，比上年提高 0.8 个百分点；嘉定工业区第三产业营业收入利润率 15%，张江园区第三产业营业收入利润率 9.36%，漕河泾开发区第三产业营业收利润率 8.84%，金桥园区第三产业营业收入利润率 8.87%，均超过工业企业销售收入利润率。

（四）保税收促就业稳定增长

2009 年全市开发区经受国际金融危机考验，在工业生产增速回落情况下，围绕"保税收"和"保就业"，积极应对，帮助企业渡过难关，取得一定成效。

2009 年实现税收收入 1 396.99 亿元，增长 17.29%。其中，国家级开发区上缴税金总额 916.22 亿元，增长 18.67%。增加较快的开发区有金桥出口加工区（增长 84.16%）、漕河泾开发区（增长 55.65%）。市级开发区上缴税金总额 480.77 亿元，增长 14.74%。增加较快的开发区有市北园区（增长 139%）、莘庄工业区（增长 21.13%）、青浦工业园区（增长 18.56%），嘉定工业区（增长 13.94%），松江工业区在工业总产值下降的情况下税收增长 13.41%。税收增长的原因一是开发区内企业税收优惠期逐步到期，加上下半年经济形势好转，使得企业税收也快速增长；二是在国外市场需求不振的情况下，企业加大国内市场开拓力度，内销比重增加；三是第三产业较快发展促使税收增长。

2009 年上海市开发区期末从业人数 173.09 万人，增长 0.23%。其中国家级开发区期末从业人数 63.87 万人，增长 7.39%；市级开发区期末从业人数 109.22 万人，下降 4.16%。就业人员增长开发区有张江园区、漕河泾开发区、嘉定工业区等。在保持从业人员增长情况下，上海开发区人均收入也有增长，全市开发区年人均收入 4.61 万元，增长 2%。其中国家级开发区年人均收入 8.13 万元，增长 3%；市级开发区年人均收入 2.81 万元，增长 1%。人均收入较高的有紫竹园区（13.32 万元）、张江园区（10.32 万元）、化工区（9.77 万元）、金桥园区（8.91 万元）、漕河泾开发区（6.16 万元）、莘庄工业区（4.68 万元）等。

2009 年上海市开发区产业发展报告

上海市开发区围绕高新技术产业化领域加快产业集群建设，产业集聚发展效应明显，已经成为集聚先进制造业、高新技术产业和生产性服务业发展的重要平台。开发区生物医药、电子信息、汽车制造、精细化工、成套设备等产业集群竞争力提高，临港装备产业、长兴船舶及海洋工程产业、张江生物医药、漕河泾光电子产业等高新技术产业化项目也正在加快集聚。国家级开发区、近郊市级开发区加快生产性服务业功能区建设，总部经济、设计研发、信息服务业、物流业等正在园区内集聚发展。一批产业特色鲜明、支撑带动力强、产业集聚度高、产业链配套较完善的特色产业园集群正在形成。

一、工业集中度进一步提高

1. 工业向 104 个产业区块集中度提高

2009 年全市 104 个产业区块实现工业总产值 18 026.76 亿元，与上年同期持平；占全市工业总产值 72.43%，比上年同期提高了 2.05 个百分点。其中产业基地实现工业总产值 3 756.65 亿元，下降 6.21%；开发区实现工业总产值 12 845.28 亿元，增长 1.43%；区块和城镇工业地块实现工业总产值 1 424.83 亿元，增长 3.14%（见表 2.2）。

表 2.2 工业向 104 个产业区块集中度

项 目	工业总产值 / 亿元		增幅 /%
	2009 年	2008 年	
一、产业基地	3 756.65	4 005.44	−6.21
2. 安亭国际汽车城	667.16	456.02	46.30
3. 金山石化基地	471.79	590.69	−20.13
4. 临港装备产业基地	249.61	123.69	101.40
5. 宝山精品钢铁基地	1 263.43	1 631.40	−22.55
6. 长兴船舶和海洋工程基地	417.2	383.87	8.68
二、公告开发区	12 845.28	12 663.84	1.43
三、区块和城镇工业地块	1 424.83	1 374.78	3.64
104 个产业区块合计	18 026.76	18 044.06	−0.10
全市工业总产值	24 888.08	25 638.97	−2.93
工业向 104 个产业区块集中度	72.43	70.38	

2. 工业向开发区集中度提高较快

"十一五"时期全市开发区工业产值年均增速 18.72%，高于全市工业增速约 8 个百分点，工业向园区集中度从 2005 年的 38.3% 提高至 2009 年 51.56%，五年来提高 13.3 个百分点（见图 2.4 及附表）。

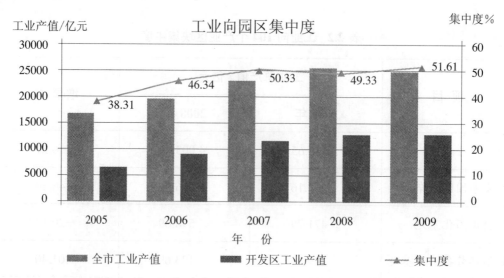

附表

年份	全市工业产值 / 亿元	开发区工业产值 / 亿元	集中度 /%
2005	16 877	6 465	38.31
2006	19 631	9 097	46.34
2007	23 109	11 631	50.33
2008	25 639	12 648	49.33
2009	24 888	12 845	51.61

图 2.4 上海市工业向园区集中度

3. 郊区县开发区工业集中度不断提高

随着上海郊区县开发区成为承接上海市中心城区制造业搬迁和世界制造业转移的主要载体，郊区县开发区工业不断发展壮大，2009 年郊区县开发区工业总产值 12 001.28 亿元，占全市郊区县工业总产值 56.88%，比 2005 年提高 10 个百分点。其中，青浦工业园区工业占全区工业总量 93.06%，松江工业园区工业占全区工业总量 82.84%，浦东新区（含原南汇区）、闵行区、嘉定区、奉贤区等区的开发区工业均占全区工业总量 50% 以上（见表 2.3）。

表 2.3　2009 年上海市各区县工业向开发区集中度

区县	工业总产值 / 亿元		集中度 /%		
	区县	开发区	2009 年	2008 年	2005 年
浦东新区	6 877.44	3 760.42	54.68	56.33	57.22
闵行	3 305.77	2 080.12	62.92	62.99	32.69
宝山	1 901.03	267.28	14.06	12.58	10.13
嘉定	2 457.92	1 236.44	50.30	51.04	32.35
青浦	1 034.46	962.68	93.06	84.73	51.88
松江	3 139.21	2 600.58	82.84	83.71	88.67
奉贤	1 077.81	616.44	57.19	58.01	42.82
金山	1 034.79	468.38	45.26	36.87	23.92
崇明	269.05	8.94	3.32	3.86	12.09
合计	21 097.48	12 001.28	56.88	56.45	46.80

说明：浦东新区已包括原南汇区。

二、主导产业集聚度不断提高

全市开发区产业门类较多，包含 33 个制造业门类，目前年产值超过 200 亿元以上的重点行业包括化学原料及化学制品制造业、医药制造业、塑料制品业、金属制品业，通用设备制造业、专用设备制造业、交通运输设备制造业、电气机械及器材制造业、通信设备计算机及其他电子设备、仪器仪表及文化办公用机械制造业等十大行业。这十大重点行业工业总产值占全市开发区工业总产值的 87%，产业集聚度较高。其中，通信设备计算机及其他电子设备工业总产值 4 570.8 亿元，占 37.11%；交通运输设备制造业工业总产值 1 708 亿元，占 13.88%；通用设备制造业工业总产值 1 143.56 亿元，占 9.29%；化学原料及化学制品制造业工业总产值 945.78 亿元，占 7.68%；电气机械及器材制造工业总产值 927.14 亿元，占 7.53%（见表 2.4）。

表 2.4　年产值 200 亿元以上十大重点行业情况

行　业	工业总产值 / 亿元	占比重 /%
化学原料及化学制品制造业	945.78	7.68
医药制造业	228.37	1.86
塑料制品业	213.10	1.73
金属制品业	284.19	2.31
通用设备制造业	1 143.56	9.29
专用设备制造业	486.35	3.95
交通运输设备制造业	1708.00	13.88
电气机械及器材制造	927.14	7.53
通信设备计算机及其他电子设备	4 570.80	37.13
仪器仪表及文化、办公用机械制造业	200.62	1.63
合　计	10 707.91	86.99
全市开发区	12 309.49	100.00

从各个开发区主导产业集聚度来看，平均主导产业集聚度达到 86.29%。国家级开发区比较高，达 94.52%；外高桥、金桥、张江、漕河泾均超过 90% 以上，市级开发区达81.58%（见表 2.5）。

表 2.5　开发区主导产业集聚度

开发区	工业总产值 / 亿元	主导产业产值 / 亿元	集中度 /%
开发区合计	11 821.23	10 201.10	86.29
国家级	4 307.88	4 071.78	94.52
上海外高桥保税区	565.76	515.78	91.17
上海金桥出口加工区	1 718.92	1 644.46	95.67
上海张江高科技园区	447.69	443.46	99.06
上海漕河泾新兴技术开发区	1 227.10	1 182.46	96.36

（续表）

开发区	工业总产值/亿元	主导产业产值/亿元	集中度/%
上海闵行经济技术开发区	348.41	285.62	81.98
市级	**7 513.35**	**6 129.32**	**81.58**
上海宝山工业园区	161.01	122.53	76.10
上海月杨工业园区	141.34	109.67	77.59
上海富盛经济开发区	0.74	0.34	45.95
上海浦东空港工业园区	110.52	79.44	71.88
上海市嘉定区工业园区	699.07	545.02	77.96
上海市嘉定区汽车产业园区	398.22	292.51	73.45
上海莘庄工业区	569.44	455.84	80.05
上海青浦工业园区	486.69	354.55	72.85
上海西郊经济开发区	149.77	100.04	66.80
上海松江工业园区（含出口加工区）	2 583.94	2 308.20	89.33
上海松江经济开发区	97.85	60.50	61.83
上海奉贤经济开发区	234.46	212.31	90.55
上海金山工业园区	139.65	55.10	39.46
上海枫泾工业园区	110.96	83.15	74.94
上海市北工业园区	13.66	11.63	85.14
上海崇明工业园区	7.67	6.62	86.31
上海星火工业园区	145.48	136.83	94.05
上海浦东康桥工业园区	731.62	623.84	85.27
上海化学工业园区	374.91	351.57	93.77

（续表）

开发区	工业总产值/亿元	主导产业产值/亿元	集中度/%
上海新杨工业园区	15.58	8.76	56.23
上海浦东合庆工业园区	101.07	74.77	73.98
上海南汇工业园区	81.80	63.34	77.43
上海奉城工业园区	13.79	10.20	73.97
上海未来岛物流科技园区	24.38	22.44	92.04
上海朱泾工业园区	20.12	9.91	49.25
上海紫竹高新技术产业园区	99.61	30.21	30.33

注：按规模以上工业企业计算。

上海开发区根据自身产业定位和实际情况围绕产业链和产业集群建设，积极建设特色产业园和园中园，一批产业特色鲜明、支撑力强、产业集聚度高，产业配套完善的特色产业园和产业集群正在开发区内形成。主要产业的集聚情况如下：

1. 电子信息制造业

着力建设以浦东（张江、金桥、外高桥、康桥）、徐汇（漕河泾）、闵行（莘庄、紫竹）、松江等为重点的电子信息产业基地。2009年电子信息行业工业总产值4570.80亿元，占开发区工业总量37.13%，占全市电子信息工业总量30.80%。张江园区集成电路2009年营业收入201.19亿元，占全市集成电路工业总量50%以上。漕河泾开发区近几年电子信息行业发展较快，集聚英顺达、英业达、贝岭、3M等，已形成包括设计、生产、测试、配套和市场营销等在内产业链；2009年电子信息营业收入1 227亿元，其中电子信息行业工业总产值1 042.8亿元，占漕河泾工业总产值84.98%。松江电子信息行业发展以台商广达集团为核心，电子信息行业2009年受国际金融危机影响电子信息行业工业总产值1 772.43亿元，虽下降13.68%，但仍占松江工业总产值68.07%。

2. 石油化工和精细化工产业

以炼油和大型乙烯工程为核心，发展石油化工、精细化工和天然气化工系列产品，形成以上海化学工业区和上海石化为重点的杭州湾北岸石油化工和精细化工产业发展带，以及高桥石化和吴泾化工产业基地。上海化工区形成以巴斯夫、拜耳等为代表的世界知名跨国公司和国内大型骨干企业成为化工区投资主体，2009 年化学原料及化学制品制造业工业总产值 351.57 亿元，占全区工业总产值 93.77%。星火开发区引进以亚东、远纺、蒂斯曼为重点的化工医药行业，2009 年化工医药行业工业总产值 115.44 亿元，占星火工业总产值 80%。

3. 生物医药产业

形成以浦东张江核心区、徐汇临床医药研究功能区、浦东南汇医学园区以及奉贤、金山、闵行、青浦等为主要载体的生物医药产业基地。张江生物医药 2009 年工业总产值 96.33 亿元，已占张江工业总产值 21.55%，占全市医药工业总产值 42.18%。

4. 汽车及零部件制造业

加快推进以嘉定（国际汽车城）、浦东（金桥、临港）、金山为重点的汽车产业基地发展：以嘉定为主建设新能源汽车及关键零部件产业基地；以浦东（金桥、临港）、金山等为主，加快建设新能源乘用车产业基地；加快建设闵行、松江、浦东等新能源商用车产业基地。金桥出口加工区以上海通用为代表的汽车制造业发展较快，2009 年工业总产值 650.12 亿元，增长 64.30%，已占金桥工业总产值 37.8%，占全市汽车制造业工业总产值 38.06%。2009 年嘉定国际汽车城汽车零部件园区工业总产值 140.14 亿元，占嘉定汽车工业总产值 35%；康桥工业区汽车零部件工业总产值 57.71 亿元，占康桥工业总产值 7.89%；嘉定工业区汽车零部件工业总产值 189.55 亿元，占嘉定工业区工业总产值 27.11%；枫泾园区汽车制造产业工业总产值 37.44 亿元，占枫泾园区工业总产值 33.74%；漕河泾开发区汽车零部件产业工业总产值 52.31 亿元。

5. 装备制造业

聚焦火电、特高压输变电、轨道交通装备、大型铸锻件、自动控制系统等先进重大装备，在开发区形成以浦东临港、闵行、莘庄、松江、青浦、奉贤等为重点的装备产业基地。2009 年闵行开发区成套设备工业总产值 182.08 亿元，占闵行开发区工业总产值 52.43%；莘庄工业区成套设备工业总产值 34.83 亿元，占莘庄工业区工业总产值 61.06%；青浦园区成套设备工业总产值 194.31 亿元，占青浦园区工业总产值 40%；临港装备工业总产值 197.51 亿元。

三、高新技术产业加快发展

为加快推进高新技术产业化工作，在市委市府发布《关于加快推进上海高新技术产业化实施意见》之后，市经信委、科委会同有关部门编制了九个重点领域行动方案；同时按照全市产业规划布局的要求，市经信委初步明确了 41 个高新技术产业化基地，其中 14 个已制定了产业规划和专项扶持政策等。全市开发区新能源、民用航空、重大装备、生物医药、电子信息、新材料等高新技术产业加快发展。

2009 年开发区区内共认定高新技术企业 1097 家，占上海高新技术企业 43.88%；高新技术产值 5020.39 亿元，占全市开发区比重 41.21%。高新技术产业行业分布：电子信息工业总产值 4549.96 亿元，下降 2.3%，占全市开发区高新技术产值 90.63%；生物医药工业产值 231.10 亿元，占全市开发区高新技术产值 4.6%；仪器仪表工业产值 175.35 亿元，占全市开发区高新技术产值 3.49%（见表 2.6）。

表 2.6 2009 年高新技术工业总产值

项 目	金额 / 亿元		增长 /%	比重 /%
	2009 年	2008 年		
化学原料及化学制品	9.32	12.62	−26.20	0.19
医药制品业	231.10	189.69	21.80	4.60
专用设备制造业	52.14	51.64	0.01	1.04
交通运输设备制造业	2.52	1.89	32.90	0.05
通信设备计算机及其他电子设备	4 549.96	4 655.77	−2.30	90.63
仪器仪表及文化、办公用品机械制造	175.35	203.89	−14.00	3.49
合 计	5 020.39	5 115.51	−1.9	100.00

其中，上海高新技术产业开发区（含一区六园）截至 2009 年区内共有经认定的高新技术企业 677 家，占进区企业 28%；高新技术产值 2130.61 亿元，高新技术产业产值率 57.49%。其中，漕河泾开发区高新技术产业产值率 90%，金桥园区高新技术产业产值率 41.51%，张江园区高新技术产业产值率 67.28%。

四、主要产业能级不断提高

销售收入利税率、劳动生产率、产值增长率是衡量产业能级的部分核心指标。从销售收入利税率看，全市开发区医药制造业销售收入利税率最高达到 21.79%，其次汽车制造业销售收入利税率 18.87%，通用设备、专用设备、电气机械、仪器仪表等制造业销售收入利税率分别为 11.48%、10.41%、10.32%、12.14%，均超过全市平均水平（见表 2.7）。

表 2.7　开发区主要产业经济和社会效益情况

主要产业	营业收入/亿元	利润总额/亿元	税收总额/亿元	就业总额/人	销售收入利税率/%	劳动生产率/万元·人⁻¹
化学原料及化学制品业	960.19	48.78	36.83	47 575	8.92	198.8
医药制造业	215.53	32.99	13.97	28 012	21.79	81.52
金属制品业	285.09	12.20	5.95	65 604	6.36	43.23
通用设备制造业	1 147.19	97.36	34.35	107 115	11.48	106.76
专用设备制造业	480.93	35.61	14.45	72 763	10.41	66.84
塑料制品业	253.22	16.91	7.41	59 472	9.60	42.94
交通运输设备制造业	2 149.06	275.36	130.26	117 650	18.87	145.18
电气机械及器材业	935.92	76.39	20.15	134 822	10.32	68.77
通信设备计算机及其他电子设备	4570.80	−21.75	9.93	283 270	0	161.36
仪器仪表及文化办公用品机械制造	209.51	21.11	4.33	35 568	12.14	56.35
合　计	11 419.58	594.96	277.63	951 851	7.64	112.94
全市开发区	13 013.69	706.26	329.66	1 250 175	7.69	98.46

从行业发展速度来看，十大主要产业产值增速较快，2005 年至 2009 年四年来年均增速 18.30%，2009 年比 2008 年增长 3.82%。

其中，发展最快行业为专用设备四年来年均增长 46.55%，2009 年增长 38.65%；其次是通用设备四年来年均增长 39.50%，2009 年增长 53.14%；第三是交通运输设备四年来年均增长 31.18%，2009 年增长 17.79%；电气机械、金属制品、化学原料及化学制品、医药制造业四年来年均增长分别为 22.84%，22.29%，21.8%，20.44%（表 2.8）。

表 2.8 开发区主要产业产值增长速度

主要产业	金额 / 亿元			增速 /%	
	2005 年	2008 年	2009 年	2009 年与 2008 年比较	2005–2009 年 年均
化学原料及 化学制品制造业	429.69	1 020.64	945.78	−7.33	21.80
医药制造业	108.53	188.07	228.37	21.43	20.44
塑料制造业	137.02	213.10	255.38	19.84	16.84
金属制品业	127.10	303.95	284.19	−6.50	22.28
通用设备制造业	302.01	746.72	1 143.56	53.14	39.50
专用设备制造业	105.45	350.77	486.35	38.65	46.55
交通运输设备 制造业	576.87	1 511.11	1 708.00	17.79	31.18
电气机械及 器材制造	407.17	921.42	927.14	0.62	22.84
通信设备计算机及 其他电子设备	3 091.98	4 870.58	4 570.80	−6.15	10.27
仪器仪表及文化办 公用机械制造业	202.88	228.89	200.62	−12.16	−0.28
全市合计	5 488.70	10 354.75	10 750.19	3.82	18.30

五、生产性服务业功能区发展进入快车道

近年来，开发区加快经济转型步伐，围绕形成以服务经济为主的产业结构，推进上海市生产性服务业功能区建设。为积极推进规范管理上海市生产性服务业功能区，市经信委、市发改委、市规土局、市环保局联合发布了《关于推进本市生产性服务业功能区建设指导意见》。2009 年上海市对 19 家生产性服务业功能区进行授牌，上海市认定的生产性服务功能区涉及 10 个区 3 个国家级开发区，总用地 3000 公顷。本次认定的功能区类型，第一类是"转型型"，即以老工业区 (工业区) 和老工业企业产业转型为特点的功

能区。如原以传统制造业为主的市北工业区、长征工业区等，将产业结构调整为发展为研发设计、总部经济等为主的生产性服务业。第二类是"配套型"，即以增强开发区综合配套功能为特点的生产性服务业功能区。金桥、漕河泾浦江、康桥、张江、南汇生产性服务业功能区，立足增强开发区综合配套功能，积极引进研发和总部型企业，为开发区内企业建立公共服务和技术研发创新平台等。第三类是"专业型"，即以服务高端产业为特点的功能区。如上海国际化工生产性服务业功能区，主要为上海化工区和金山石化制造业企业提供专业化研发设计平台服务。

据调查，2009 年全市开发区生产性服务业营业收入 7 936.4 亿元，其中，贸易业营业收入 4 683.72 亿元，占 59.01%；物流营业收入 2 357.4 亿元，占 29.70%；信息服务业营业收入 607.96 亿元，占 7.66%；研发设计业营业收入 144.07 亿元，占 1.82%；生产性服务业发展较快开发区，金桥园区生产性服务业增长 80.76%，张江园区增长 33.05%，漕河泾开发区增长 33.2%（见表 2.9）。

表 2.9 上海市开发区 2009 年生产性服务业情况表

（亿元）

开发区	物流		贸易		信息		商务		研发		总部	
	收入	利润	收入	利润	收入	利润	收入	利润	收入	利润	收入	利润
金桥出口加工区	3.57	0.13	153.9	14.48	23.73	8.59	68.45	−0.67	5.96	1.23	32.38	
外高桥保税区	2314	20.42	3686	250								
张江高科技园区	3.52	0.12	175	5.59	198.93	25.57			77.97	−0.76		
漕河泾新兴技术开发区			282.9	6.79	185.56	27.77	1.69		30.24	0.87		
上海莘庄工业区	23.35	2.53	12.86	−0.3	110.24	0.95						
合庆工业区	0.77	0.06	8.37	0.77					1.41	0.96		
老港工业园区	0.94	0.11	0.08	0.01								
松江工业园区	1.48	0.08	4.61	0.31	1.14	0.17	1.13	−0.44	0.49	0.1		
国际汽车零部件园区	9.81	0.38			0.36	0	4.6	0.02				

（续表）

开发区	物流		贸易		信息		商务		研发		总部	
	收入	利润	收入	利润	收入	利润	收入	利润	收入	利润	收入	利润
市北工业园区			270	5	13	1					15	6
上海紫竹高新技术产业园区			30	2	35	2			25			
华新工业园区			60	15								
嘉定工业区					40	0.5	20	3	3			
合计	2357.4	23.83	4683.72	299.65	607.96	66.55	95.87	1.91	144.07	2.4	47.38	6

六、积极推进国家新型工业化产业示范基地创建工作

国家新型工业化产业示范基地是指以可持续发展为前提，以产业集聚为主要特征，以工业园区为主要载体，主导产业特色鲜明，规模水平居全国领先地位的产业集聚区。为认真贯彻工信部创建的要求，市经信委下发《关于组织开展"国家新型工业化产业示范基地"创建和申报工作在通知》，深入开展调研，指导和帮助开发区开展创建国家新型工业化产业示范基地的申报工作。2009 年 12 月 18 日工业和信息化部公示了首批 62 家列入国家新型工业化产业示范基地名单，上海申报的临港装备制造产业基地、上海民用航空产业基地、上海化学工业区产业基地、长兴海洋装备产业基地等 4 家基地入选。围绕创建国家新型工业化产业示范基地建设，临港装备产业基地重点发展发电、输变电装备，大型船舶关键件，海洋工程装备，2009 年完成工业总产值 249.01 亿元，增长 101.04%；长兴海洋装备产业基地以先进的船舶和海洋工程为主体，依托大企业，2009 年实现工业总产值 417.21 亿元，增长 8.68%。

七、开发区工业企业节能降耗取得成效

2009 年上海市开发区节能降耗取得显著成效，从 2007 年以来全市开发区万元产值能耗 3 年累计下降 18.24%。2009 年开发区能耗总量 1 186.02 万吨标煤，比上年同期下降 6.18%；万元产值能耗 0.1 吨标煤，比上年下降 5.12%。其中，国家级开发区万元产值能

耗均下降，外高桥、金桥、张江、漕河泾下降幅度超过目标值 –4.4%；市级开发区除莘庄、松江、化工区等因工业产值下降等因素造成万元产值能耗上升，其余均下降，不少开发区的降幅超过 –4.4%。（见表 2.10，表 2.11）

表 2.10 2006–2009 年开发区能耗下降情况

项　目	2006 年	2007 年	2008 年	2009 年
能耗 / 吨标煤	10 415 864	10 529 593	12 642 338	11 860 191
万元产值能耗 / 吨标煤	0.1208	0.1157	0.1054	0.1003
增　幅 /%	8.11	−4.22	−8.90	−5.12

表 2.11 2009 年上海市开发区能耗情况

开发区	单位数	能耗 / 吨标煤	能耗增幅	产值能耗 / 吨标煤 · 万元$^{-1}$	产值能耗增幅 /%
上海外高桥保税区	199	280 145.94	0.47	0.05	−5.04
上海金桥出口加工区	283	793 868.35	0.16	0.046	−8.24
上海张江高科技园区	111	477 430.9	−4.44	0.107	−11.55
上海漕河泾新兴技术开发区	222	301 368.97	0.82	0.0241	−6.23
上海闵行经济技术开发区	72	296 018.29	−6.69	0.085	−0.70
上海宝山工业园区	252	183 548.88	−32.74	0.114	−16.41
上海月杨工业园区	122	125 018.19	−14.9	0.088	−7.23
上海富盛经济开发区	5	719.34	33.14	0.097	13.92
上海浦东空港工业园区	153	88 449.31	10.75	0.08	8.90
上海嘉定工业园区	727	592 540.93	−10.27	0.085	−1.72
上海嘉定汽车产业园区	394	2 649 944.29	−5	0.067	−9.85
上海莘庄工业区	349	503 974.41	−9.26	0.089	4.46
上海青浦工业园区	495	533 453.31	−5.22	0.11	−2.79
上海西郊经济开发区	255	217 422.84	−11.67	0.145	−6.63
上海松江工业园区	771	1 148 492.44	−3.11	0.0445	2.53
上海松江经济开发区	142	72635.33	−15.34	0.074	−16.77
上海奉贤经济开发区	100	79147.89	−5.8	0.04	−0.17

（续表）

开发区	单位数	能耗/吨标煤	能耗增幅	产值能耗/吨标煤·万元$^{-1}$	产值能耗增幅/%
上海金山工业园区	191	289939.99	−1.7	0.208	5.75
上海枫泾工业园区	126	134110.32	−5.29	0.121	−2.27
上海朱径工业园区	38	25123.92	−10.84	0.125	−2.97
上海市北工业园区	33	13631.34	−22.14	0.1	−13.38
上海崇明工业园区	24	19757.58	−26.62	0.258	−7.03
上海星火工业园区	40	396595.27	−1.04	0.273	5.37
上海紫竹高新技术产业园区	9	30916.12	87.44	0.031	−7.03
上海浦东康桥工业园区	220	498416.78	−0.37	0.068	−19.08
上海化学工业园区	25	4262255.3	−0.65	1.137	14.35
上海新杨工业园区	13	16111.16	17.18	0.103	27.27
上海浦东合庆工业园区	78	119159.65	8.92	0.118	−1.66
上海南汇工业园区	94	77446.57	4.55	0.095	−24.33
上海奉贤工业园区	34	13693.7	−3.01	0.099	9.66
上海未来岛物流科技园区	10	3854.28	−15.25	0.016	20.69
合　计	5587	11860191.59	−6.18	0.1	−5.12

八、存在问题

1. 电子信息产品制造业产值高、附加值低

虽然上海电子信息产品制造业在广义上属于高新技术产业，但整体上仍处于低附加值、低科技含量的加工生产环节，自主核心技术有限，研发能力差，行业因龙头企业多是以非核心零部件制造、整机组装为主的三资企业的代加工企业；2009年电子信息行业虽完成工业总产值4 570.8亿元、但是处于亏损状态。

2. 不少市级园区产业分散，数量过多

目前市级园区的制造业涉及31个行业，门类比较齐全，大多数园区却涉及15个以上行业，产业较为分散，战线太长；园区中的许多制造业企业生产规模较小，难以形成规模效应和效益。

2009年上海市开发区土地利用发展报告

上海作为一个资源约束十分突出的特大型城市，随着城市化和工业化的不断深入，工业用地供需矛盾更加突出。开发区作为发展先进制造业和现代服务业的重要载体，要积极贯彻国家有关土地管理的政策和要求，进一步促进上海工业节约、集约用地，努力保障工业经济较快、健康、持续发展，把开发区建成节约集约利用土地的示范区。

一、2009年上海开发区土地布局、结构及开发进度

1. 土地规模布局

经过从2004年以来国家对开发区的清理整顿，上海现保留的开发区41个，规划总面积为656平方公里。除1个旅游度假区、陆家嘴金融贸易区和虹桥经济技术开发区外，有38个以工业为主的开发区，规划面积约560.11平方公里。

2. 土地利用空间

上海市开发区土地利用空间具有总量有限、分布不均的特点。截至2009年，全市38个工业开发区规划可供应面积501.16平方公里，已供应面积316.92平方公里，规划工业用地318.47平方公里，已供应工业用地203.56平方公里；尚可供应用地184.24平方公里，其中尚可供应工业用地114.91平方公里。上海各开发区的可用工业用地分布十分不均，主要集中在少数几个市级开发区，国家级开发区可供应的工业用地仅剩9.67平方公里，市级开发区还剩105.24平方公里。

基本上没有剩余可供应批租工业用地的有张江、金桥、闵行（本部）、漕河泾（本部）、星火、莘庄、华新、徐泾、石湖荡、练塘、泗泾、罗店、月浦、顾村、祝桥、国际汽车城、九亭、市北、新杨、富盛、金山第二、枫泾、张堰、黄渡、徐行等。

剩余可用工业用地 50% 以上的开发区有漕河泾（浦江）、金山、嘉定、马陆、闵北、松江、崇明、宝山、青浦等。

3. 土地利用结构

上海市开发区的土地利用以工业用地为主，兼顾部分综合配套和商住用地。2009 年上海市 38 个工业开发区建设用地（含绿地、道路等）建成面积 278.16 平方公里，其中工业用地建成面积 167.64 平方公里，工业用地建成面积占总建设用地建成面积的比重为 60.28%，体现上海市开发区用地以工业用地为主。在建设用地建成面积中，绿地面积 26.23 平方公里，占建设用地建成面积的比重 9.43%，体现上海市开发区较重视生态园区建设。道路建成面积 46.76 平方公里，占建设用地建成面积比重 16.82%。另外，上海市开发区还存在集体建设用地面积 47.97 平方公里，其中农村集体工业用地面积 21.43 平方公里。上海市开发区道路建成长度达到 1 994 公里，区内交通投资环境日益完善。国家级开发区建设用地建成面积 53.08 平方公里，其中工业用地建成面积 27.06 平方公里，工业用地建成面积占总建成面积的比重为 50.98%。比重相对较低的主要原因是金桥、张江等开发区建设多功能综合性开发区和二三产业融合发展。

市级开发区建设用地已建成面积 225.08 平方公里，其中，工业用地建成面积 140.58 平方公里，工业用地建成面积占总建成面积比重 62.47%，比重相对较高。市级开发区除康桥、南汇、工业综合开发区有部分商住用地，其余开发区均以工业仓储用地为主（见图 2.5）。

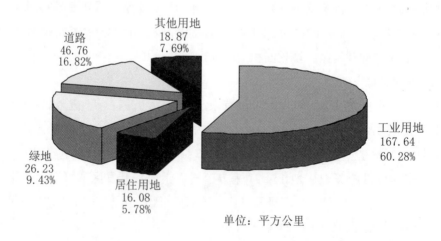

单位：平方公里

图 2.5 2009 年上海市开发区土地利用结构图

4. 土地开发程度

受国家宏观调控和严格土地管理的影响，近年来，上海市开发区土地开发面积减缓，批租面积和建成面积较高。

（1）土地开发面积

2009 年全市 38 个工业开发区已开发土地面积 6.07 平方公里，累计已开发土地面积 359.75 平方公里。其中，国家级开发区累计已开发面积 61.05 平方公里，市级开发区累计已开发面积 298.70 平方公里。

（2）土地供应面积

2009 年全市 38 个工业开发区已供应面积 4.96 平方公里，累计已供应面积 316.92 平方公里。其中，国家级开发区累计供应土地 58.91 平方公里，市级开发区累计已供应面积 258.01 平方公里。

（3）土地建成面积

2009 年全市 38 个工业开发区已建成面积 6.31 平方公里，累计已建成面积 278.16 平方公里。其中，国家级开发区累计已建成面积 53.08 平方公里，市级开发区累计已建成面积 225.08 平方公里。

（4）土地开发进度

2009 年全市 38 个工业开发区开发率为 71.78%，供应率为 88.09%，建成率 87.77%。由于上海市各开发区开发启动时间、区位条件和政策等因素的不同，导致工业用地规模和利用情况也有所不同。其中，国家级开发区开发率 75.96%，供应率 96.49%，建成率 90.10%，除漕河泾开发区浦江扩区部分开发率较低外，其余均已开发完毕；市级开发区开发率 70.98%，供应率 86.38%，建成率 87.24%，开发率较低主要是受土地指标不足的影响。

（5）未建成土地面积

截至 2009 年，全市开发区未建成土地面积 223.00 平方公里。其中，已供应未建成面积 38.76 平方公里，占 17.41%；已开发未供应面积 42.83 平方公里，占 18.77%；未开发面积 141.41 平方公里，占 63.82%。工业用地未建成面积 150.86 平方公里。其中，已供未建成面积 35.79 平方公里，已开发未供应面积 32.39 平方公里，未开发面积 82.68 平方公里，不包括已建成的农村工业用地面积 20.28 平方公里。

国家级开发区未建成土地面积 27.29 平方公里，其中，已供应未建成面积 5.83 平方公里，已开发未供应批租面积 2.14 平方公里，未开发面积 19.32 平方公里。国家级开发区未建成面积主要集中在漕河泾开发区浦江扩区部分，未建成面积潜力很小。

市级开发区未建成土地面积 195.71 平方公里，已供应未建成面积 32.93 平方公里，已开发未供应面积 40.69 平方公里,未开发面积 122.09 平方公里,未建成面积潜力很大(见图 2.6)。

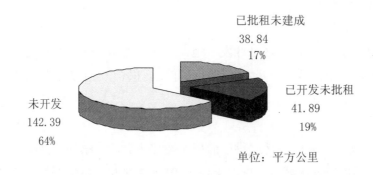

图 2.6　2009 年上海开发区未建成土地结构图

5. 土地招、拍、挂出让

2009 年上海市工业地产市场保持较为平稳的走势,工业土地价格略微上涨。2009 年全市共推出 110 批国有土地使用权招、拍、挂出让公告,当年交易 107 批。其中,上海市开发区出让面积 410.85 公顷,总标价 176 695 万元,地价指数 98 (基期为 2008 年),平均地价 1.91 万元 / 公顷。开发区地价最低的 1.17 万元 / 公顷,地价最高的 4.14 万元 / 公顷。工业物业平均月租金为 37.2 元 / 平方米,同比上涨 10.7%。其中,厂房月租金为 28.7 元 / 平方米,同比上涨 6.7%;仓库月租金为 28.9 元 / 平方米,同比上涨 14.2%;研发类物业月租金 73.8 元 / 平方米,同比上涨 10%;商务园区月租金为 93 元 / 平方米,同比上涨 7.3%。挂牌项目主要是专用设备制造业、通用设备制造业、电气机械及器材制造业、化学原料及化学制品制造业、医药制造业等。

通过工业用地招拍挂,一是保证了工业用地公开、公平、公正出让,减少了暗箱操作;二是以市场手段有效抑制多占乱占地土地现象,使土地资源向产业层次高、科技含量高、经济效益好的项目配置;三是有效发挥土地价格杠杆调节作用。

二、2009 年上海开发区土地投入产出水平

1. 产业用地投资强度

截至 2009 年,全市 38 个工业开发区累计工业固定资产投资总额 6 690.35 亿元,建成产业用地面积 221.98 平方公里,固定资产投资强度 35.38 亿元 / 平方公里。其中,国

家级开发区固定资产投资强度达到 88.38 亿元 / 平方公里，国家级开发区投入项目以实体型为主，引进项目质量较好，投入资金较大；市级开发区固定资产投资强度较低为 26.44 亿元 / 平方公里，市级开发区投入虽然以实体型项目为主，比国家级开发区低一些。近几年由于加强项目准入评估，提高进入门槛，招商引资质量提高，落地工业项目投资强度在 3000 万元 / 公顷以上。加上开展土地二次开发实施"腾笼换鸟"淘汰劣势企业，鼓励进行工业厂房扩建、改造、增加投资（见表 2.12）。

表 2.12 产业用地固定资产投资强度情况

开发区	建成面积（平方公里）	固定资产投资累计完成（亿元）	投入强度（亿元 / 平方公里）	当年工业总产值完成（亿元）	产出强度（亿元 / 平方公里）
全市	221.98	6 690.35	35.38	12 845.28	57.87
国家级	37.62	2 403.65	88.38	4 318.77	114.80
市级	184.38	4 286.7	26.44	8 526.51	46.24

2. 产业用地产出水平

截至 2009 年全市开发区平均单位土地工业产值 57.87 亿元（按纯工业用地计算），上海市开发区土地产出水平差距很大。国家级开发区"品牌"优势突出，开发区处于成熟期，产出水平较高。市级开发区前几年处于开发区，虽然目前进入发展期，有部分开发区仍依靠乡镇企业发展，缺乏龙头企业和主导产业，产业调整任务艰巨，产出水平较低（见表 2.13，表 2.14）。

表 2.13 单位土地产值高于 50 亿元 / 平方公里的开发区

开发区	单位土地产出率（亿元 / 平方公里）	开发区	单位土地产出率（亿元 / 平方公里）
上海漕河泾新兴技术开发区	293.13	华新绿色工业园区	78.33
上海金桥出口加工区	178.22	国际汽车城零部件配套园区	74.67
上海闵行经济技术开发区	139.84	上海莘庄工业园区	68.10

（续表）

开发区	单位土地产出率 （亿元 / 平方公里）	开发区	单位土地产出率 （亿元 / 平方公里）
上海浦东康桥工业区	123.64	上海化学工业园区	65.02
上海张江高科技园区	97.00	上海川沙经济园	59.86
上海松江工业区	96.86	上海奉城工业区	56.66
上海外高桥保税区	94.00	上海工业综合开发区	52.44
上海紫竹高新技术产业园区	92.56		

表 2.14 单位土地产值低于 20 亿元 / 平方公里的开发区

开发区	单位土地产出率 （亿元 / 平方公里）	开发区	单位土地产出率 （亿元 / 平方公里）
上海宝山杨行工业区	19.62	闵北工业区	13.39
上海向阳工业园区	18.44	金山第二工业区	12.23
上海朱泾工业区	17.90	上海崇明工业园区	6.78
上海宝山工业园区	15.82	上海富盛经济开发区	3.81
上海松江工业区洞泾分区	14.87		
上海奉贤现代农业园区	14.62		

3. 土地开发投入强度

截止 2009 年全市 38 个工业开发区土地开发累计总投入 1599.54 亿元，单位土地投入 4.24 亿元 / 平方公里，其中国家级开发区投入较高，达 7.85 亿元 / 平方公里。市级开发区投入较低，仅 3.52 亿元 / 平方公里。全市开发区由于土地开发面积越来越少，土地开发投入逐年下降。截至 2009 年全市开发区累计基础设施投资，形成的生产能力（表 2.15）。

表 2.15 上海市开发区累计基础设施投资形成的生产能力

开发区	供电能力（万千瓦时）	供水能力（万吨/天）	电话装机容量万门	供燃气能力万平方米/天	供蒸气能力吨/小时	污水处理能力万吨/天	纳管排放量万吨/天
全市	780	534	230	1058	1482	249	228
国家级	158	100	50	232	873	24	73
市级	622	434	180	826	609	225	155

4. 土地开发税收产出

全市开发区土地税收产出 2009 年达到 3.71 亿元/平方公里，国家级开发区土地税收产出水平较高，市级开发区土地税收产出水平较低（见表 2.16，图 2.7）。

表 2.16 全市开发区土地税收产业（亿元）

开发区	征用面积/平方公里	基础设施开发投入	土地投入	税收收入	土地收益
国家级	62.89	493.75	7.85	916.22	14.57
市级	314.03	1 105.75	3.52	480.77	1.53
合计	354.78	1 599.54	4.24	1 396.99	3.71

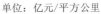

单位：亿元/平方公里

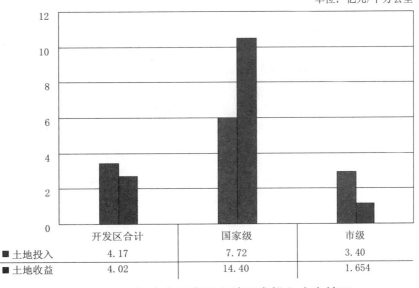

	开发区合计	国家级	市级
■ 土地投入	4.17	7.72	3.40
■ 土地收益	4.02	14.40	1.654

图 2.7 2008 年全市开发区土地开发投入产出情况

全市开发区土地开发投入大于税收。其中国家级开发区处于良好的盈利状态，投入为 7.85 亿元 / 平方公里，产出为 14.57 亿元 / 平方公里，差额为 6.72 亿元 / 平方公里；市级开发区处于亏损阶段，投入为 3.52 亿元 / 平方公里，产出为 1.53 亿元 / 平方公里，差额为 –1.99 亿元 / 平方公里。主要是由于市级开发区规模大，完成的开发程度低，土地的产值水平也低等原因。

5. 土地利用强度

工业用地利用强度反映已建成工业用地的利用强度，包括工业用地综合容积率和工业用地建筑密度。

截至 2009 年底，上海市 38 个工业开发区建成区域综合容积率 0.64，国家级开发区 0.94，市级开发区 0.57。国家级开发区容积率较高，主要原因是开发一定量的多层标准厂房和工业楼宇，如漕河泾本部高达 1.38；市级开发区容积率较低，主要原因是入区企业自建厂房建筑密度和容积率较低（见表 2.17）。

表 2.17 土地利用强度

开发区类别	土地面积 / 公顷	建筑面积 / 公顷	建筑密度 /%	房屋建筑总面积 / 万平方米	综合容积率 /%
合计	15 481	5 787.17	37	9 867.26	64
国家级	2 706	1 029.19	38	2 537.68	94
市级	12 775	4 757.98	37	7 329.58	57

三、2009 年开发区土地二次开发情况

近年来开发区加大盘活存量土地资源力度，开展了淘汰劣势企业、土地置换、厂房加层、改扩建以及闲置厂房租赁回购等工作。2009 年共淘汰调整 846 家劣势企业，腾出土地近 935 万公顷。通过厂房加层、改扩建等，全市开发区平均建筑容积率从 5 年前的 0.5 提高到近 0.57。通过挖潜弥补了土地的不足，盘活了存量土地资源，提高了土地利用效率。

1. 推动品牌输出，战略联动

充分利用国家级开发区的品牌，对原区级开发区进行联动发展。如张江和合庆联合成立张江高科技产业东区建设现代医疗器械产业园，完成工业厂房 28 万平方米，引进一批医疗器械、微电子项目，土地投入 35 亿元 / 平方公里，土地产出 55 亿元 / 平方公里；漕河泾开发区与松江区合作，与当地九亭、新桥合资成立开发公司，规划面积 180 公顷，已建成厂房 9 万平方米，在建 15 万平方米，已有 31 家科技、研发等企业入驻，土地产出 75 亿元 / 平方公里。

2. 开展形式多样的提高容积率工作

通过企业自愿协商，鼓励有条件企业在原有厂房基础上进行加层、扩建等措施，建造容积率高的标准厂房，2009 年平均建筑容积率 0.57，比上年提高 0.02 个百分点。

3. 通过"腾笼换鸟"盘活存量土地和房产资源

为引进新项目提供发展空间，同时淘汰高能耗、高污染、低产出的项目。如闵行开发区通过到期换购、拍卖回购、调整功能回购、协议回购、违约回购等方式实施腾笼换鸟，已累计回购再利用土地 87.57 万平方米，累计回购再利用厂房 28.12 万平方米，近几年，各项主要经济指标每年以 20% 左右速度增长，成为土地集约节约利用的全国先进典范。漕河泾开发区以市场化和手段，探索和实践土地二次开发新途径采取联动发展回购、拍卖，合作经营股权转让等方式，对区内土地进行二次开发，单位土地产出在全国也名列前茅。嘉定工业区自金融危机以来淘汰劣势企业 20 多家，腾出土地 16.7 公顷，用于新项目地用，2009 年的土地产值提高很快。星火开发区积极盘活存量项目，成功将致中和食品有限公司存量土地盘活，引进了上海农乐生物制品股份有限公司生物医药项目，并取成功回购了 6.67 公顷土地。宝山城市工业区积极盘活园区存量土地，2009 年成功收购悦腾混凝土制品有限公司，企业兼并、重组在谈项目两个，出租空置厂房 3 万平方米。

2009 年上海开发区招商引资及投资情况

近年来，上海市开发区招商引资和投资呈现持续下降趋势，2008 年以来，市委市政府积极应对国际金融危机的不利影响，出台了一系列扩内需、促出口的政策，尤其是 2008 年第四季度上海市全力抓项目推动了一批重大的项目开工，2009 年开发区固定资产投资有所增长，但是招商引资形势仍不容乐观，引进外资项目数、合同外资金额持续下降。

一、2009 年开发区招商引资情况

2009 年，上海市开发区引进外资项目数、合同外资金额、落户内资项目数、落户内资项目投资额均持续下降。

2009 年上海市开发区共引进外资项目数 751 个，下降 20.53%。其中国家级开发区引进外资项目数 251 个，下降 20.53%；市级开发区引进外资项目数 500 个，同比下降 12.43%。2009 年引进外资项目总投资 81.46 亿美元，合同外资金额 49.38 亿美元，下降 20.84%。其中工业项目合同外资 27.60 亿美元，占合同外资金额比重为 55%。国家级开发区引进外资项目总投资 33.71 亿美元，合同外资金额 25.01 亿美元，增长 14.95%。市级开发区引进外资项目总投资 47.75 亿美元，合同外资金额 24.37 亿美元，下降 35.42%。

2009 年落户内资企业数 3 008 个，增长 59.06%。其中国家级开发区落户内资企业数 611 个，增长 44.10%；市级开发区落户内资企业数 2397 个，增长 63.39%。落户内资企业项目总投资 296.17. 亿元，内资企业注册资金 168.17 亿元，下降 25.63%。其中国家级开发区落户内资企业项目总投资 45.03 亿元，增长 73.05%，市级开发区落户内资企业项

目总投资 251.14 亿元，下降 38.47%。

从各开发区的情况来看，招商引资主要集中在部分国家级和市级开发区。引进合同外资金额前列的开发区为张江、外高桥、嘉定、金桥、松江、化工区、青浦、漕河泾等，吸纳内资注册资金前列的开发区为张江、青浦、莘庄、金桥、外高桥、康桥、松江、漕河泾等。外高桥、金桥、嘉定、奉贤等合同外资实现增长，张江、漕河泾、莘庄、松江、康桥、金山、化工区等合同外资负增长。外高桥、金桥、张江、漕河泾、莘庄、嘉定、青浦、松江、康桥、金山等内资注册资本增长（图 2.8，图 2.9，表 2.18）。

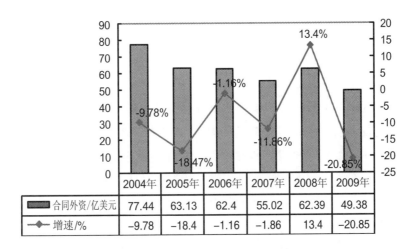

	2004年	2005年	2006年	2007年	2008年	2009年
合同外资/亿美元	77.44	63.13	62.4	55.02	62.39	49.38
增速/%	−9.78	−18.4	−1.16	−1.86	13.4	−20.85

图 2.8 本市开发区 2004–2009 年合同外资情况

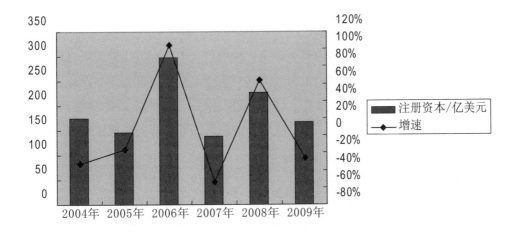

图 2.9 上海开发区 2004–2009 年内注册资本情况

表 2.18 上海市开发区 2004−2009 年内资注册资本情况

项目	2004 年	2005 年	2006 年	2007 年	2008 年	2009 年
注册资本 / 亿美元	175.18	145.95	298.60	137.52	226.15	168.17
增速 /%	−32.84	−16.69	104.59	−53.95	64.45	−25.63

2009 年上海市开发区招商引资呈现以下几个特点：

1. 生产性服务业项目占比重增加

从全市开发区引进项目来看，生产性服务业引进合同外资金额占 45%，呈现生产性服务业项目上升的趋势。主要以总部经济为主，包括投资性公司、研发中心、营运中心等，如张江引进中国商用飞机设计研发中心、中科院浦东科技园、抗体药物国家工程研究中心、帝斯曼、雅培等，漕河泾引进阿海珐输配电技术中心、美国标准公司亚太地区总部和 PHV、诺基亚、西门子研发中心以及安吉安星汽车、爱普拜斯医药、宏基信息技术、日华化学、软件测评中心等，紫竹引进埃克森美孚研发中心、可口可乐全球创新与技术中心，康桥引进沙特基础工业公司中国研发中心，外高桥引进全球最大 NOR 闪存公司 Numonyx 等，金桥引进普金置业、惠而浦中国投资公司和通用汽车国际营运总部等，嘉定引进华宝、劳纳、美卓、韩金、震东等总部。

2. 引进项目中内资企业比重增大

2009 年工业开发区加大吸纳内资企业落户的力度，市外在沪注册大项目增多。张江注册资本千万元以上的大项目 27 个，集中在电子信息、能源、环保等新产业，如引进江苏林洋电子双方打造光伏产业，设立全球总部研发中心，以及盛大网络增资等。其他引进的如金山的河南冰熊冷藏汽车，中科院特种高温滑油等，南汇的浙江华鑫，莘庄的申龙客车等。漕河泾引进项目内资企业占 80%。

3. 引进项目中增资不断增加

上海市开发区招商引资项目中，增资项目不断增加，其中以国家级开发区增资项目占主要比例。张江增资项目占 51.97%。外高桥增资占吸引投资总额 85%，增资金额较大的项目有金宝汤贸易。此外，还有康桥的中陇纸业、松江的东培、紫竹的英特尔、莘庄的电气电站设备、星火的远纺、化工区的博德化工等。

4. 引进一批符合产业导向的项目

上海市开发区招商引资结构优化，引进一批符合产业导向的项目。如长兴岛引进中船等大型海洋装备项目，临港引进上海电气、西门子风电、华仪电气等高端装备项目。张江引进新材料新能源项目投资总额占总投资 21.15%，如新陆地太阳能、中兴派能能源科技、长森新能源科技以及抗体医药、阿斯利康等项目。其他地区有南汇引进卡姆丹克太阳能光伏产业项目，漕河泾引进阿海珐输配电项目，闵行浦江高科技园引进光伏产业、尚德电力、中欧新能源等项目。

5. 内外资企业撤资和外迁现象增多

受国际金融危机影响，2009 年内外资企业撤资和外迁现象增多。一种是由于企业自身经营管理问题，随着金融危机加剧，外资撤离现象增多；另一种是商务成本提高，一些企业寻求更低的劳动力和土地成本而迁往内地及周边地区。

二、2009 年上海市开发区固定资产投资情况

由于受近年来招商引资持续下降的影响，2009 年上海开发区固定资产投资不容乐观。2009 年上海市开发区完成固定资产投资 691.25 亿元，同比增长 3%。其中工业投资完成 484.11 亿元，下降 5.87%；第三产业投资完成 135.72 亿元，增长 44.78%；基础设施投资完成 33.41 亿元，下降增长 37.10%。2009 年国家级开发区完成固定资产投资完成 201.82 亿元，增长 1%；市级开发区完成固定资产投资 489.43 亿元，增长 3.91%。从各开发区的情况来看，完成固定资产投资额居于前列的分别为化工区、张江、康桥、金桥、漕河泾、嘉定等。其中，金桥、闵行、嘉定、青浦、康桥等实现增长，外高桥、张江、宝山、松江、奉贤、金山等为负增长（见图 2.10 及附表）。

2009 年开发区固定资产投资完成具有以下几个特点：

1. 技术改造项目较多

2009 年固定资产投资项目中，技术改造项目占 40% 左右。如闵行开发区的西门子高压、ABB 高压、贺派克、圣戈班高功能塑料等项目，外高桥的安靠封装测试、优特半导体、康桥的 ABB 机器人，昌硕等项目，化工区的赛科乙烯扩建等项目，高桥石化的润滑油改造等项目。

2. 项目投资质量提高

2009 年工业投资的项目质量有所提高，结构优化。从 2009 年土地批租情况来看，全市开发区工业用地的批租，项目投资平均单位土地投资在 16.7 万元 / 公顷以上。项目投

资单位土地投资比较高的项目有：康桥中国电信项目平均单位土地投资在 53.3 万元 / 公顷以上，金桥路之达钻石设计与加工项目平均单位土地投资在 75.5 万元 / 公顷以上，松江迪纳安生物生化制造项目平均单位土地投资 31 万元 / 公顷以上，松江永大吉亿电机起重运输设备项目平均单位土地投资在 30 万元 / 公顷以上等。

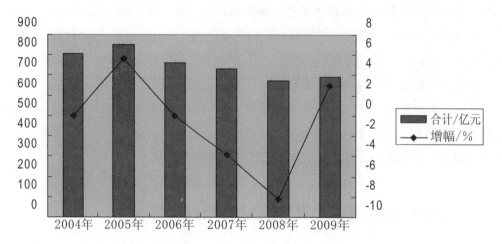

附表

项目	2004 年	2005 年	2006 年	2007 年	2008 年	2009 年
固定资产投资合计 / 亿元	806.08	851.33	760.75	731.12	671.15	691.25
其中工业投资 / 亿元	706.26	731.69	690.88	671.20	524.29	484.11
基础设施 / 亿元	99.82	119.64	69.87	59.92	53.12	33.41
投资增幅 /%	0	5.60	−10.63	−3.89	−8.20	2.99

图 2.10　全市开发区 2004–2009 年固定资产投资完成情况

3. 生产性服务业项目比重上升

2009 年投资建设的生产性服务业项目包括漕河泾现代服务业集聚区二期三期项目建设，金桥集中开工建设的一批现代产业园区及华威、华宏通用等服务外包、研发中心、再生资源综合处理中心等项目，张江开工建设中科院浦东项目、上海光源国家重大科学项目、阿斯利康、已建成以及康桥工业区的上海总部湾等。

4. 先进制造业项目较突出

2009 年开发区投资电子信息汽车医药新能源及重大装备等先进制造业项目较突出。嘉定投资完成中科院光机所高功率激光、萨帕铝热传输，康桥投资建设威宏电子一期、ABB 工业区全球机器人等项目，工业综合开发区投资完成艾力克新能源、凯宝药业、晶龙太阳能等项目；青浦工业区投资完成伯曼机械、海德堡印刷、欧森汽车、大电机械、熊猫电子、永联金源太阳能和普惠飞机发动机维修等项目，化工区重点建设漕泾电厂、拜耳聚氨脂、德固赛等项目，宝山投资完成华润雪花啤酒、普瑞信钢板、新大余氟碳喷涂材料等项目；未来岛投资完成施密特电气、科尼起重，南汇工业区投资完成美邦光电产业基地、若兰投资、卡姆丹克太阳能、红重机械设备等项目，紫竹高新区投资完成博格华纳、微软、英特尔等，松江工业区投资完成蓝光 BD50 光盘、雀巢咖啡、美维科技、国琏电子、国际电子等项目，金桥出口加工区投资完成的通用汽车等项目，临港产业区投资完成上海电气风电设备，外高桥船厂海洋工程项目（见表 2.19，表 2.20）。

表 2.19 2009 年上海主要开发区招商引资情况

开发区名称	吸纳合同外资金额		吸纳内资注册资本	
	金额/亿美元	增幅/%	金额/亿元	增幅/%
上海外高桥保税区	8.99	21.47	11.74	43.62
上海金桥出口加工区	3.73	33.32	13.2	
上海张江高科技园区	9.64	−12.40	22.26	77.52
上海漕河泾新兴技术开发区	2.28	−17.37	8.8	66.04
上海嘉定工业区	5.02	24.25	6.54	20.22
上海莘庄工业区	0.51	−60.26	17.36	5372
上海青浦工业区	2.37	61.71	18.6	
上海松江工业园区	3.21	−22.28	9.19	316.62
上海浦东康桥工业区	1.49	−38.88	10.36	3.61
上海奉贤工业区	0.8	102.24	2.06	−53.90
上海金山工业区	0.47	−74.4	5.64	12.85
上海化学工业区	2.42	−67.18		上年84.07亿元

（续表）

开发区名称	吸纳合同外资金额		吸纳内资注册资本	
	金额 / 亿美元	增幅 /%	金额 / 亿元	增幅 /%
上海宝山工业园区	0.78	−46.93	3.34	−70
汽车零部件	0.3	−66.04	3.65	44.17

表 2.20 2009 年上海主要工业开发区投资完成情况

开发区名称	完成投资金额 / 亿元	增幅 /%
上海外高桥保税区	14.34	−22.57
上海金桥出口加工区	47.67	34.55
上海张江高科技园区	82.81	−15.76
漕河泾新兴技术开发区	40	−15.07
闵行经济技术开发区	12	
上海宝山工业园区	8.25	−14.90
上海嘉定工业区	36.7	12.23
上海莘庄工业区	27.39	−31.54
上海青浦工业园区	33.30	1.04
上海松江工业区	30.11	−32.23
上海康桥工业区	73.2	108.68
上海化学工业区	90.15	11.60
上海奉贤经济开发区	13.84	−56.66
上海金山工业区	20.25	−14.55

2009 年上海高新技术产业开发区发展报告

一、上海高新技术产业开发区总体概况

上海高新技术产业开发区始建于 20 世纪 90 年代初。1991 年 3 月，上海漕河泾新兴技术开发区成为首批国家级高新区之一；1992 年上海的国家级高新区更名为上海高新技术产业开发区，张江高科技园区成为其组成部分；之后，上大科技园、中纺科技园、金桥园、嘉定园等其他 4 个园区陆续成为其组成部分，于 1998 年形成了目前"一区六园"的格局。2006 年 3 月，经国务院批准，上海高新技术产业开发区更名为上海张江高新技术产业开发区（简称上海张江高新区）。紫竹园区于 2003 年经市政府批准为市级高新技术产业开发区。经开发区清理整顿，上海张江高新区"一区六园"的规划面积获国家批准，由原来的 22.1 平方公里扩大为 42.1 平方公里，其中张江核心园规划面积为 25 平方公里（见图 2.11）。

在历届市委、市政府的高度重视下，在相关市委办局和区县政府的共同推动下，经过 20 年的建设与发展，特别是 1999 年实施"聚焦张江"战略以来，上海高新区得到了持续快速的发展，初步形成了门类齐全、技术密集、布局合理和具有一定规模的高新技术产业，成为上海市科技与经济发展的重要增长点。

二、上海高新技术产业开发区经济运行情况

经过 20 年的发展，上海高新技术产业开发区保持了持续快速增长态势，产业规模不断壮大，产业能级进一步提高：2009 年二三产业总收入 6 518.78 亿元，同比增长 43.18%，其中金桥 2 594 亿元，漕河泾 1 863 亿元，张江 1 021 亿元；2009 年工业总产值

3 706.05 亿元，增长 8.80%，其中市北增长 14.62%，漕河泾增长 9.27%，张江增长 9.70%，紫竹增长 7.84%；工业利润总额 292.19 亿元，增长 82.60%，其中市北增长 287.35%，漕河泾增长 141.64%，金桥增长 83.3%，紫竹增长 82.9%，张江增长 67.72%；第三产业营业收入 1 762.33 亿元，增长 67.72%，其中市北增长 15 倍，金桥增长 80.76%，紫竹增长 66.64%，漕河泾增长 33.32%，张江增长 33.05%；上缴税金 358.54 亿元，增长 58.80%，其中紫竹增长 584.77%，市北增长 139.51%，金桥增长 84.9%，漕河泾增长 55.65%，张江增长 10.57%。

图 2.11 上海高科技产业开发区示意图

从近五年主要经济指标动态来看，上海高新技术产业开发区处于一个持续健康高效增长阶段，五年来总收入年均增长 21.41%，上缴税金年均增长 25.7%（见图 2.12，图 2.13）。

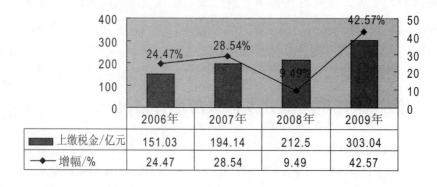

	2006年	2007年	2008年	2009年
上缴税金/亿元	151.03	194.14	212.5	303.04
增幅/%	24.47	28.54	9.49	42.57

图 2.12 2006-2009 年上海高新技术产业开发区上缴税金情况

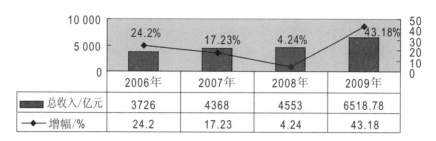

	2006年	2007年	2008年	2009年
■ 总收入/亿元	3726	4368	4553	6518.78
◆ 增幅/%	24.2	17.23	4.24	43.18

图 2.13 2006–2009 年上海高新技术产业开发区总收入情况

作为企业核心价值竞争力的直接体现，上海高新技术产业开发区销售收入利润率达 6.67%，其中紫竹 15.86%，张江 11.75%，市北 7.38%，金桥 7.02%，均远高于全市平均水平。

三、高新技术产业发展情况

上海市高新技术产业开发区充分利用其工业基础和发展条件，加快集聚人才、资金、技术等创新资源，大力培养高新技术企业，积极发展高新技术产业，一批高新技术企业茁壮成长。截至 2009 年区内共有经认定的高新技术企业 677 家，占进区企业 28%，占上海高新技术企业 27.08%；高新技术产值 2 200 亿元，占全市开发区的比重 45%；高新技术产业产值率 60%，其中漕河泾 90%，金桥 41.51%，张江 58%。

高新技术产业分布的行业，主要为电子信息 2 000 亿元，占全市开发区比重 44.4%；生物医药 253 亿元，占全市开发区比重 90%。

张江经认定的高新技术企业 306 家，先后建立了国家上海生物医药科技产业基地、国家信息产业基地、国家集成电路产业基地、国家半导体照明产业基地、国家 863 信息安全成果产业化（东部）基地、国家软件产业基地等多个国家级基地，吸引集聚了集成电路、软件和生物医药产业领域的大批知名企业、研发机构和高级人才，也诞生培育了一大批本土民族品牌的中小型科技企业，如中芯国际、新先锋药业、展讯通信，中信国健，盛大网络等。漕河泾构建了从孵化器到产业化基地的多层次、接力式孵化体系，对入驻企业进行全方位孵化培育，具有自主知识产权和较强市场竞争力的企业经认定的高新技术企业 206 家，如 3M、万达信息、上海贝岭、先进半导体、安普泰科、龙旗、福克斯波罗等。

上海高新技术开发区积极发展生产性服务业，经认定的技术先进服务业企业 55 家，占上海技术先进服务业企业 52.38%。2009 年生产性服务业营业收入 1 631.8 亿元，其中信息服务业 555.92 亿元，研发收入 139.18 亿元，总部经济收入 47.38 亿元。张江信息服务业收入 198.93 亿元，主要是软件与信息服务、互联网服务、金融服务等。同时积极发展总部经济，金桥 2009 年引进柯达、通用中国、拜耳等总部机构，张江总部机构主要有国际商业、机器全球服务、通用电器、液化空气、霍尼威尔，漕河泾总部经济有汇付网络、金煤集团、麦当劳集团、雅马哈集团等。

四、高新技术产业基地建设情况

作为上海高新技术产业开发区，各开发区结合各自资源禀赋和基础条件，充分发挥自身优势，大力发展相关特色产业和主导产业，取得了较明显成效。如张江围绕集成电路、软件和生物医药三大主导产业，着力建设和打造公共服务平台，构筑和完善产业创新链，通过技术创新区、高科技产业区、科研教育区、生活区等功能小区的建设，凸显园区的主体功能。

目前张江集成电路产业占据了国内半壁江山，成为全国最大的软件产业基地之一。张江集成电路产业实现全年销售收入 201.19 亿元，同比下降 12.4%，占上海 50%，占全国 19.3%（见表 2.21）。

表 2.21 2009 年张江集成电路产业情况

行业	2009 年销售额 / 亿元	2008 年销售额 / 亿元	增长率 /%	占上海比重 /%	占全国比重 /%
设计业	42.38	30.80	37.59	63.21	16.3
芯片制造业	68.63	91.92	−25.34	73.95	20.8
封装测试业	84.05	101.86	−17.48	37.92	18.9
设备材料业	6.13	5.11	19.96	29.33	29.33
合计	201.19	229.69	−12.40	50.0	19.3

其中，2009 年，张江 IC 设计业实现销售收入 42.38 亿元，同比增长 37.59%，占园区 IC 产业比重从 2008 年 13.4% 上升到 17.6%，在全国 IC 设计业的比重由 2008 年的 13.1% 提升至 16.3%。

张江形成了国内最密集的生物医药研发创新基地。2009 年生物医药产值达 106 亿元，增幅 29%，首次突破百亿元大关。以罗氏制药、新先锋、通用电气、勃林格殷格翰药业为代表的化学药品制剂制造企业占全市份额的三分之一，以葛兰素史克、英伯肯、睿智化学、中信国健和麒麟鲲鹏为代表的生物制药企业占全市 40% 份额。

漕河泾坚持引进"高科技、高附加值、高产出"项目，集聚了中外高科技企业和研发机构 1 200 多家，形成了以信息业（包括微电子、光电子、计算机及其软件）为主导、新材料产业不断壮大的格局，园区单位土地面积产出超 276 亿元／平方公里，在全国处于领先地位。金桥集聚了电子信息及现代家电、汽车及零部件等产业的一批大企业，形成了相对集中的主导产业；上大科技园、中纺科技园和嘉定园也结合各自实际，初步确定了主要发展产业。

五、上海高新技术产业开发区科技创新情况

1. 研发机构数量

上海高新技术产业开发区经认定的各级研发机构 477 家，国家级 30 家。张江 132 家，其中国家级 15 家；金桥 87 家，其中国家级 4 家，主是研究机构见表 2.22：

表 2.22 上海高新技术产业开发区研究机构

开发区	研发机构数／个	其中：国家级／个	主要研发机构
上海张江高新技术产业开发区	132	15	光刻设备，高性能计算机，新药开发，中药创新，抗体药物，生物芯片，光源工程，超级计算，北大微电子，复旦微电子，交通大学信息安全，转基因模式动物，中药标准化，针灸高分子材料，集成电路，半导体照明
金桥出口加工区	87	4	贝尔，阿尔卡特，诺基亚，西门子，惠普，华为，高华，中微，泛亚汽车，联合汽车，莲花汽车，康宁，辉门，同济，同捷，欧姆龙，艾默尔，弗斯托
漕河泾新兴技术开发区	178	10	恩科，贺利氏，3M，飞利浦，泰科，瑞侃，捷普，阿尔卡特，朗讯，上广电，上海邮运，上海光源，国家核电，尚德电力，太阳能光源，佛世通，法雷奥吉亚，本田，大唐物流，龙新，英华达
上海市北工业园区			万通世纪互联信息，环达计算机，研华慧胜智能
上海紫竹高新技术产业园区			埃克森、上海核电技术、东软集团、克莱斯勒、可口可乐、上海电气、英特尔、京滨电子

2. 创新服务平台

2009 年上海高新技术产业开发区积极开展公共技术和服务平台建设。张江、漕河泾、等重点搭建微电子、系统软件、中药现代化、生物工程、纳米技术、通信技术、新材料等先进制造业关键和共性的公共技术平台，营造有利于企业创新的发展环境和体制机制，提高了园区管理服务水平，推动了园区产业创新水平的提升；同时注重信息化建设，搭建公共服务平台，不断提高管理和服务水平，技术创新和产业创新服务平台（见表 2.23）。

表 2.23 技术创新和产业创新服务平台

开发区	技术平台名称
上海张江高新技术产业开发区	新药安全评价服务平台，药物代谢研究技术报告，张江药谷公共服务平台，中药制药研发孵化技术服务平台，基于蛋白质晶体学的药物发现与筛选平台，新药筛选技术服务平台，药物制剂技术服务平台，抗体药物贸易推测技术平台，中药研发公共服务平台，抗体药物贸易推测技术平台，中药研发公共服务平台，新药临床试验平台，生物推测技术服务平台，信息安全公共服务平台，芯片测试公共服务平台，上海动漫研发公共服务平台，上海光源，太阳能基地研究中心，上海高分子材料研究开发中心，上海超级计算机中心，上海中药标准化研究中心，上海生物医药工程中心
上海紫竹高新技术产业园区	硅知识产权交易中心（SIP 平台），EDA 工具软件平台，IP 产品验证国家级重点实验室，创业投资中心，集成电路 IP 孵化与应用平台
漕河泾新兴技术开发区	漕河泾新兴技术开发区科技创业中心，SGS 产品测试平台，生物医药公共服务平台，基因测序平台，纳米技术平台，上海测试中心，微特推测，航空无线电电子研究所，上海市软件评测中心
中纺科技城	纺织研发服务平台

3. 技术创新投入

上海高新技术产业开发区是上海高科技人才集聚地，集聚了一批国内外一流科技专家。2009 年从事科技活动人数 30 000 人，占全市开发区比重达 70%；科技活动经费支出 150 亿元，占全市开发区比重 80%。

4. 研究与试验投入

2009 年上海高新技术产业开发区从事 R&D 人员数 30 000 人，占从事人员数 15%，增长 36.31%；R&D 经费 108 亿元，占销售收入比重 2.78%，增长 41.41%（见表 2.24）。

表 2.24 上海高新技术产业开发区研究与试验投入

开发区	2006 年		2007 年		2008 年		2009 年	
	R&D 人员比重/%	R&D 经费比重/%	R&D 人员比重/%	R&D 经费比重/%	R&D 人员比重/%	R&D 经费比重/%	R&D 人员比重/%	R&D 经费比重/%
合计	9.32	1.84	10.70	1.85	9.87	2.01	15.00	2.78
上海张江高新技术产业开发区	13.21	5.82	13.42	4.13	10.92	5.97	16.00	7.10
金桥出口加工区	9.84	2.84	11.77	2.09	9.96	1.96	14.82	2.25
漕河泾新兴技术开发区	5.82	4.15	7.42	0.64	9.03	0.68	12.00	2.00

5. 科技创新产出

2009 年上海高新产业开发区新产品产值率为 25%，增长 6.38%，其中金桥 50%，张江 24%。

2009 年上海高新技术产业开发区申请专利数 4 500 项，增长 40%；已经达到受权和发放许可证 2000 次，增长 30%。目前上海高新技术产业开发区涌现出一批国内首创和业内领先的创业技术和产品，如华虹集成电路、第二代居民身份证项目、中芯国际、90~65 纳米级大规模集成电路大生产关键技术项目等。

张江万名从业人员拥有当年新增授权发明专利数是中关村的 4 倍、深圳高新区的 2 倍（见表 2.25）。

表 2.25 2008 年中关村、张江园区、深圳高新区创新指标比较

2008 年主要指标	中关村	深圳高新区	张江园区
万名从业人员本科以上学历人数/人	3348		5594
万名从业人员拥有当年新增授权发明专利数/件·（万人）$^{-1}$	16.4	32	65.9

六、上海高新技术产业开发区品牌联动情况

2008 年上海推选产生了首届首批 10 家"上海品牌园区"，其中上海高新产业技术开发区占 3 家，有张江、漕河泾、金桥。

为扩大品牌园区建设，积极推动品牌园区和开发区的联动发展和战略合作。2009 年浦东新区与南汇区合并后，为促进两区开发区优势互补，资源整合，产业升级，成立张江高科技园区管委会。园区管委会的辖区范围由 25 平方公里扩大到张江东区、银行卡产业园、孙桥现代农业园、南汇国际医学园区和康桥工业园区，形成"1+5"的崭新发展格局。张江集团已获浦东新区国资委批准，向国际医学园区公司定向增资，以 62.5% 的股权实现控股。金桥出口加工区管委会统一管理金桥出口加工区、南汇工业园区、空港工业园区等园区。

漕河泾开发区以自身品牌、招商管理等优势和产业链延伸，分别与松江区合作成立漕河泾松江开发区松江园区，目前已有 31 家科技研发企业入驻，包括大唐、移动、中交三航、佳豪船舶；与浙江海宁经济开发区全面合作，成立上海漕河泾新兴技术开发区海宁分区，致力于发展电子信息、新能源、新材料、生物医药、装备机械等产业；与康桥合力打造漕河泾科技绿洲，将科技绿洲品牌效应拓展到浦东（见表 2.26）。

表 2.26 上海高新技术产业开发区情况

项　目		张江[1]	漕河泾[2]	金桥[3]	市北[4]	中纺[5]	嘉定民营	紫竹[6]	合计
土地开发	规划面积/平方公里	25.14	15.91	27.38	1.26	1.88	2	8.64	82.21
	建成面积/平方公里	1702.18	664.91	1783.34	106.67	140.9	126.79	444.29	4969.08
	其中：工业/平方公里	466.45	427.54	938.7	46.12	53.44	97.63	104.26	2134.14
	商服/平方公里	41.95	5.2	45	2.67		0.11	4.6	99.53
经济发展	工业总值　金额/亿元	452.47	1253.26	1672.91	40.55	50.6	139.7	96.56	3706.05
	增幅/%	7.38	9.27	4.02	14.62	9.5	−5.75	7.89	8.8

（续表）

项 目		张江[1]	漕河泾[2]	金桥[3]	市北[4]	中纺[5]	嘉定民营	紫竹[6]	合计
经济发展	工业利润 金额/亿元	52.69	51.30	163.23	2.36	0.07	9.8	12.74	292.19
	工业利润 增幅/%	15.34	141.64	93.3	287.38			82.9	82.62
	三产收入 金额/亿元	536.28	564.93	270.55	298.52			92.05	1762.33
	三产收入 增幅/%	33.05	33.32	80.74	1531.27			64.44	67.72
	上交税金 金额/亿元	87.1	60.83	169.67	17.49	1.85	5.38	16.22	358.54
	上交税金 增幅/%	10.59	55.65	84.9	139.59	11.5	23.23	548.77	58.8
高新技术	高新技术企业数/个	306	206	97	20	2	36	10	677
	高新技术产业产值/亿元	304.44	1127.91	694.26	10				2130.61
	其中：信息/亿元	152.01	1127.91	507.78	10				1797.70
	生物医药/亿元	106.61		100.9					210.43
	生产性服务业收入/亿元	455.42	500.39	287.99	298			90	1631.8
	其中：信息/亿元	198.93	185.56	23.73	13			35	455.92
	研发/亿元	77.97	30.24	5.96				25.11	139.18
	研发机构/个	159	178	87	20			20	464
	其中：国家级/个	15	10	4					29
	2009年累计工业投资/亿元	601.82	280.27	404.72	14.62	42.39	36.61	326.09	1706.52

注：1. 上海张江高新技术产业园区　　　　　5. 中国纺织科技城
　　2. 上海漕河泾新兴技术开发区　　　　　6. 上海紫竹高新技术产业园区
　　3. 上海金桥出口加工区
　　4. 上海市北高新技术服务园区

2009 年上海海关特殊监管开发区经济运行情况

一、上海市海关特殊监管开发区概况

上海市海关特殊监管开发区共 9 个，其中 3 个保税区是外高桥保税区、洋山保税区、浦东机场综合保税区，6 个出口加工区是漕河泾、松江、青浦、嘉定、闵行、金桥（南区），公告规划面积 43.52 平方公里，验收封关面积 28.15 平方公里（见表 2.27）。

表 2.27 上海海关特殊监管开发区公告和封关面积

项目	洋山[1]	外高桥[2]	松江[3]	漕河泾[4]	金桥[5]	闵行[6]	青浦[7]	嘉定[8]	浦东机场[9]	合计
公告面积/平方公里	8.14	11.03	5.96	3.00	2.80	3.00	3.00	3.00	3.59	43.52
封关面积/平方公里	8.14	8.96	4.28	0.90	1.55	1.90	1.60	1.28	0	28.15

注：1. 上海洋山保税港区   5. 上海金桥出口加工区
     2. 上海外高桥保税区   6. 上海闵行出口加工区
     3. 上海松江出口加工区   7. 上海青浦出口加工区
     4. 上海漕河泾出口加工区   8. 上海嘉定出口加工区
                                 9. 上海浦东国际机场保税区

上海海关特殊监管开发区按照发展出口加工和现代物流的要求，重点引进和发展电子信息、生物医药、新材料及生产性服务业等产业，目前区域内已形成以若干主导产业为核心的产业集群集聚（表 2.28）。

表 2.28 海关特殊监管开发区主要产业

序号	开发区名称	主导产业
1	上海外高桥保税区	自由贸易，出口加工，物流仓储及保税商品展示交易
2	上海漕河泾出口加工区	微电子，光电子，软件，新材料
3	上海松江出口加工区及 B 区	新型材料，精细化工，生物医药，轻工机械，食品
4	上海嘉定出口加工区	电子信息，汽车，光机电，精密机械
5	上海金桥出口加工区（南区）	电子信息，光机电，精密机械，精细化工
6	上海青浦出口加工区	汽车及汽车零部件，电子信息，新型材料，精密机械，装备工业
7	上海闵行出口加工区	机械，电子信息，光机电，精密机械
8	上海洋山保税港区	物流，仓储

二、上海市海关特殊监管开发区经济运行分析

2009 年在全球金融危机影响下，上海海关特殊监管开发区顺应企业发展需求，继续强化服务意识，完善投资环境，促使区域经济企稳回升。

2009 年上海海关特殊监管开发区完成工业总产值 3 374.24 亿元，下降 6.09%；三产营业收入 6 242 亿元，增长 2.66%；物流营业收入 2 537.65 亿元，增长 7.71%；完成进出口总额 1 071.73 亿美元，下降 10.4%，占上海进出口总额比重 38.59%。

——保税区 由于产业多元化，在全球金融危机下具有"抗跌性"，2009 年完成销售收入 6 750 亿元，增长 3.67%。主要是洋山保税港区成立不久，物流业务收入迅速发展，当年实现营业收入 222 亿元；外高桥增长基本持平。

——出口加工区 生产比较单一，工业生产在全球金融危机影响下上半年增幅下降严重，下半年开始复苏；2009 年完成工业总产值 2798.17 亿元，下降 7.88%，其中松江出口加工区工业生产下降 15.65%。

1. 进出口贸易加速回暖，四季度开始增长。

国际金融危机爆发后，受全球需求萎缩影响，上海海关特殊监管开发区进出口额自 2009 年一季度迅速下滑，降幅达到 29.58%，二季度持续下降达到 20.11%。下半年随着世界经济形势逐步好转，国家一系列刺激外贸进出口措施逐渐起效，海关总署等有关部委积极出台相关政策，帮助解决企业生产运行中产生的实际的困难，上海海关特殊监管开发区进出口贸易企稳回暖态势明显：三季度进出口总额 264.55 亿美元，环比增长 11.01%，同比下降 11.78%；四季度进出口总额 370.31 亿美元，同比增长 17.16%。

由于四季度进出口贸易加速回暖，2009 年上海海关特殊监管开发区全年实现进出口总额 1 071.73 亿美元，下降 10.4%，已接近到金融危机前的水平（见图 2.14）。

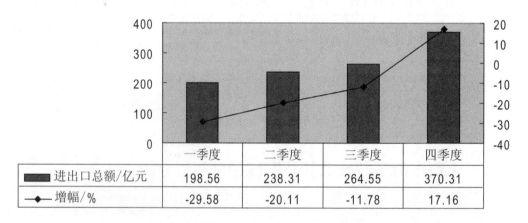

	一季度	二季度	三季度	四季度
进出口总额/亿元	198.56	238.31	264.55	370.31
增幅/%	-29.58	-20.11	-11.78	17.16

图 2.14 上海海关特殊监管开发区 2009 年进出口贸易情况

（1）进口恢复速度快于出口

2009 上海海关特殊监管开发区进口总额 558.05 亿美元，下降 9.02%，占上海进口总额比重 41.09%；出口总额 513.68 亿美元，下降 10.9%，占上海出口总额比重 36.19%。

全年进口总额大于出口总额，进口的降幅已比出口降幅减少。在全球金融危机影响下，一季度进口降幅达 37.09%，大大超过出口降幅 17 个百分点。二季度以来随着国内需求的逐步旺盛以及企业前期库存消化的因素，进口额恢复速度加快；二季度进口额达到 129.31 亿美元，环比增长 30%，下降的幅度缩减到 14.42%；四季度进口总额达到 161.4 亿美元，增长 25.45%。外高桥进口比重增大，2009 年进口总额 422.85 亿美元，占进出口总额比重 76.73%，比上年同期增长 2 个百分点（见图 2.15，图 2.16）。

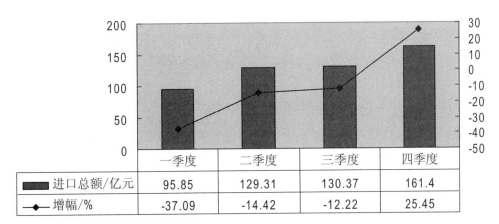

	一季度	二季度	三季度	四季度
■ 进口总额/亿元	95.85	129.31	130.37	161.4
◆ 增幅/%	-37.09	-14.42	-12.22	25.45

图 2.15 上海海关特殊监管开发区 2009 年进口贸易情况

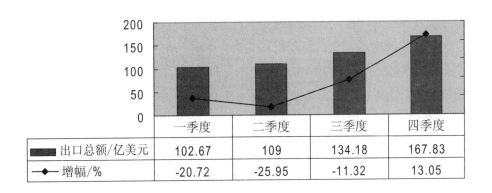

	一季度	二季度	三季度	四季度
■ 出口总额/亿美元	102.67	109	134.18	167.83
◆ 增幅/%	-20.72	-25.95	-11.32	13.05

图 2.16 上海海关特殊监管开发区 2009 年出口贸易情况

（2）重点区域引领作用突出

2009 年全国出口加工区进出口总额超过 100 亿美元以上的有：江苏昆山 417.7 亿美元、上海松江 333.8 亿美元、上海漕河泾 151.14 亿美元、山东烟台 136.6 亿美元，合计 1 039.2 亿美元，占全国出口加工区 71.9%。其中，上海漕河泾进出口总额增长 2.12%，主要是英源达科技出口增长 42.2%；松江因达丰电脑出口比重占 99.9%，受国内外萎缩影响下降 14.5%。外高桥保税区进出口总额 551.12 亿美元，下降 12%，但仍然名列全国保税区之首，占全国保税区 48.2%。洋山保税港区成立不久，进出口总额 15.58 亿美元，增长 8%。

（3）进出口贸易方式多样化

从进出口贸易方式上来看，出口加工区仍以进料加工占主要比重，随着出口加工功能拓展，保税仓库进出境货物和一般贸易也开始经营。保税区仍以仓储转口货物贸易方式为主占74%，但是一般贸易增长也很快，如：外高桥一般贸易进口的增长39.9%；洋山一般贸易也开始经营，尽管少，但表明功能正趋向多元化。

2. 工业生产止跌回升，企业利润触底反弹

上海海关特殊监管开发区已成为上海引进外资和加工贸易发展的重点区域，成为电子信息等先进制造业的集聚区。虽然全球金融危机一度对上海海关特殊监管开发区造成影响，但是随着下半年国内外市场及投资者信心陆续回暖，2009年上海海关特殊监管开发区完成工业产值3 374.24亿元，下降6.08%，工业企业利润50.19%，下降14.03%。

（1）绝大部分区域经济增长快

上海海关特殊监管开发区中，2009年工业生产增长的区域有5个：漕河泾完成工业产值937.19亿元，增长9.44%；外高桥完成工业产值576.07亿元，增长2.14%；闵行完成工业产值65.96亿元，增长2.14%；青浦完成工业产值21.04亿元，增长3.68%；嘉定引进乔山健身器材当年投产，实现工业产值4.18亿元。

（2）结构优化，电子信息产业回升快

2009年上海海关特殊监管开发区电子信息产业实现工业总产值3 103.7亿元，下降2.7%，但比其他行业复苏快；电子信息行业总产值占全区工业总产值比重91.98%，增速高于全区工业总产值3.38个百分点。

（3）企业经济效益明显改善

2009年以来受原材料和产品价格波动影响，工业企业利润50.49亿元，下降14.03%。除漕河泾、青浦工业利润分别增长449.3%、162.9%外，其余下降。松江工业利润的下降幅度要比工业生产的下降幅度低。主要是由于第四季度利润总额达到6.88亿元，增幅1.2倍（见表2.29）。

表2.29 上海海关特殊监管开发区工业生产情况

项目		外高桥[1]	松江[2]	漕河泾[3]	金桥[4]	闵行[5]	青浦[6]	嘉定[7]	合计
工业总产值	总额/亿元	576.07	1756.31	937.14	13.54	65.96	21.04	4.18	3374.24
	增幅/%	3.68	−15.7	9.4	−17.1	2.1	12	0	−6.08

项目		外高桥[1]	松江[2]	漕河泾[3]	金桥[4]	闵行[5]	青浦[6]	嘉定[7]	合计
电子信息	总额/亿元	384.00	1721.95	931.21	4.36	60.08	2.15	0	3103.75
	增幅/%	15.66	−11.10	9.10	−9.50	1.9	−10.30	0	2.70
工业利润	总额/亿元	23.71	18.52	3.47	0.62	2.23	1.33	0.61	50.49
	增幅/%	−28.37	−11.20	449.30	−31.60	−21.20	162.90	0	−14.03

注：1. 上海外高桥保税区　　　　5. 上海闵行出口加工区
　　2. 上海松江出口加工区　　　6. 上海青浦出口加工区
　　3. 上海漕河泾出口加工区　　7. 上海嘉定出口加工区
　　4. 上海金桥出口加工区

3. 第三产业发展规模扩大

上海海关特殊监管开发区第三产业发展规模扩大，特别是物流业增长较快。

贸易、物流二大产业是推动保税区经济发展的主要力量，一是贸易业商品销售额略有增长，2009 年完成商品销售额 5 530 亿元，增长 0.4%，其中外高桥 5 523.37 亿元，增长 0.3%。二是物流业经营规模扩大。2009 年实现物流企业营业收入 2 536 亿元，增长 8.52%，其中外高桥 2 314 亿元，基本持平，洋山成立不久当年实现物流企业营业收入 222 亿元，分拨企业是外高桥物流产业的主体，实现营业收入 2 186.60 亿元，增长 0.2%。

松江出口加工区拓展保税物流功能，引进物流企业。2009 年完成营业收入 1.62 亿元，同时松江在加快物流功能拓展的同时推进生产型企业售后服务维修检测研发等功能，延伸上下游产业链，区内开展售后服务的生产型企业 25 家，实现服务收入 19 亿元。

4. 保税收保就业取得了显著成绩

（1）税收收入有较大的提高

2009 年上海海关特殊监管开发区实现税收收入 830.88 亿元，增长 17.02%。其中海关税收及代征税 575.96 亿元，增长 16.33%。税务部门的税收 254.92 亿元，增长 14.14%。税收收入增长原因：一是外资企业税收优惠期逐步到期，下半年企业经济效益提高使得企业税收呈现快速增长。如：外高桥保税区税务部门收入 234.7 亿元，增长 7.8%；漕河泾出口加工区 1.66 亿元，增长 1.6 倍。二是 2009 年以来，在国外市场需求不振的情况下，不少企业加大了国内市场的开拓力度，内销比重扩大，同时物流功能拓展，使得海关的税收及代征税也出现的大幅度的增长。如：外高桥保税区海关税收及代征税 325.66 亿元，增长 8.4%；漕河泾、松江出口加工区分别为 14.48 亿元、10.46 亿元，分别增速 1.5 倍、

54.6%（见表 2.30）。

表 2.30　上海海关特殊监管开发区税收收入情况表

项　目		洋山	外高桥	松江	漕河泾	金桥	闵行	青浦	嘉定	合计
税收总额	总额/亿元	237.18	560.36	15.20	16.13	0.61	0.58	0.82	0	830.88
	增幅/%	27.3	8.2	32.3	149.4	17.1	490.5	61.1	0	17.02
其中税务部门	总额/亿元	12.80	234.70	4.74	1.65	0.37	0.25	0.41	0	254.92
	增幅/%	0	7.8	0.4	156.5	−3.1	225.3	50.5	0	14.14
其中海关部门	总额/亿元	224.38	325.66	10.46	14.48	0.24	0.33	0.41	0	575.96
	增幅/%	29.4	8.4	54.6	148.6	72.6	0	73.4	0	18.33

（2）从业人员数有较大的增长

在全球金融危机的影响下，2009 年海关特殊监管开发区区域从业人员数不但没有减少反而增长，期末从业人数达到 36.1 万人，增长 14.93%。松江在生产下降情况下，从业人员没有减少，增长 19.1%（见表 2.31）。

表 2.31　上海海关特殊监管开发区从业人数情况表

项　目	洋山	外高桥	松江	漕河泾	金桥	闵行	青浦	嘉定	合计
期末从业人数/万人	0.35	20.22	10.92	3.52	0.17	0.46	0.32	0.14	36.10
增幅/%	0	3.7	19.1	9.3	−33.2	15.3	−8.8	18.2	14.93

第三部分

园区篇

上海张江高科技园区

2009 年是实施"聚焦张江"战略的第十个年头，也是张江加速"保增长、调结构"的关键年。张江高科技园区各层面坚持"创新＋转化"双轮驱动，通过政策、投融资、孵化、人才等集成服务创新，不断优化区域发展环境；通过鼓励技术创新、产品创新和商业模式创新，提升产业国际竞争力；在产业结构调整中，打造智慧张江，为上海经济转型注入微观动力。

一、2009 年回顾

（一）总体概况

1. 总体经济保持平稳较快增长

2009 年，在国家系列调控政策、产业振兴规划的正确引导下，在市区政府系列政策组合拳的大力推动下，经过各层面的共同努力，园区经济经受住了外部环境的严峻考验，呈现先抑后扬的发展态势，总体保持平稳增长。2009 年，实现营业收入 1021 亿元，同比增长 21.6%；实现工业总产值 444.98 亿元，同比增长 9.7%；实现税收总额 89.8 亿元，同比增长 14.01%。

从近五年主要经济指标的动态变化看，张江正处于一个持续、健康、高效增长的起飞通道：2005-2009 年，经营总收入年均复合增长 21.2%，税收总额年均复合增长 24.58%（见图 3.1）。

2. "抓内资、引高端、调结构"，成效显著

近年来，张江坚持推行标准化引资，着力引进和培育六类企业：①拥有产业高端核心技术的企业；②拥有高附加值核心产品的企业；③拥有产业链整体控制权的企业；④

能够整合终端解决方案的企业；⑤拥有内资和海外智力资本为股权结构的企业；⑥拥有低碳清洁产业特征的企业。

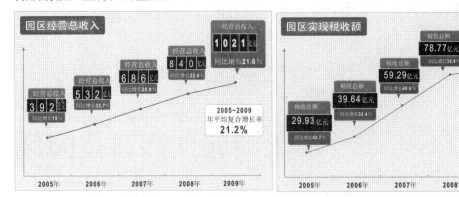

图 3.1 张江园区近 5 年主要经济指标增长情况

依托不断优化的投资环境，园区全年招商引资工作成效显著：①"内资"创新高。2009 年，园区共新设内资企业 538 家，全年吸引内资注册资本总额 37.13 亿元人民币，创历史最高水平；批准外资项目 90 个，吸引合同外资 9.48 亿美元（其中增资 5.01 亿美元），实到外资 9.31 亿美元。②国际行业领军企业入驻势头不减。雅培中国研发中心、阿斯利康（中国）张江园区、凯杰亚洲总部、PWC 全球软件服务中心、路明克斯集团首个亚太区分支机构等行业领先项目落户园区；同时，诺华、勃林格殷格翰等已入驻外企纷纷追加投资。③新能源与节能环保成新亮点。园区集中引进了益科博、林洋电子、中兴派能、中江能源、理想能源等一批具有系统知识产权和影响力的新能源与环保企业，将成为园区未来发展的新增长点。④股权投资机构加速集聚。华人投资、六和投资、申银万国、挚信资本等一批金融服务机构集中入驻，为园区打造"科技风险投资中心"和"科技金融创新中心"提供重要支撑。

3. 效益、创新等体现创新特征和核心价值的关键指标优势明显

从全市看，张江在 R&D 经费比重、R&D 人员比重等可比创新指标方面遥遥领先。如：R&D 经费比重达 5.97%，是全市其他开发区的 3 倍以上；新产品产值率、高新技术产值率等分别列全市开发区第 3、2 位（见表 3.1）。作为企业 / 产业核心价值和竞争优势的直接体现，张江规模以上工业企业单位产值利润率位居全市开发区首位，达 14.57%；利润的绝对贡献额位居全市第二，仅次于金桥（见表 3.2）。进一步印证和凸显了张江园区"以自主创新为特征、以高新技术为内核"的产业特征和创新价值。

表 3.1 2008 年上海市主要开发区创新指标情况

开发区名称	R&D 经费比重		R&D 人员比重		新产品产值率		高新技术产值率	
	数值 /%	排名	数值 /%	排名	数值 /%	排名	数值 /%	排名
上海张江高新技术产业发展区（含张江高科技园区）	5.97	1	10.92	1	28.01	3	70.48	2
上海金桥出口加工区	1.96	2	9.96	2	51.76	1	48.07	3
上海枫泾工业园区	1.74	3	4.11	8	1.42	11	1.04	11
上海嘉定汽车产业园区	0.89	4	4.25	7	50.97	2	1.91	10
上海闵行经济技术开发区	0.86	5	4.99	6	27.78	4	14.87	8
上海莘庄工业园区	0.70	6	5.01	5	16.78	5	26.04	5
上海漕河泾新兴技术开发区	0.68	7	9.03	3	5.09	8	89.59	1
上海浦东康桥工业园区	0.65	8	6.19	4	6.79	7	45.65	4
上海宝山工业园区	0.55	9	2.67	10	2.82	10	7.05	9
上海西郊经济开发区	0.49	10	1.38	11	3.37	9	18.93	6
上海松江经济开发区	0.36	11	2.86	9	8.66	6	18.27	7

数据来源：2008年上海开发区发展报告

表 3.2 2009 年 1–10 月上海市主要开发区规模以上工业企业利润率

上海市主要开发区	单位产值利润率		规模以上工业企业利润		规模以上企业工业总产值	
	数值 /%	排名	金额 / 亿元	排名	金额 / 亿元	排名
上海张江高科技园区	14.37	1	53.27	2	359.04	10
上海闵行经济技术开发区	11.18	2	36.72	4	328.51	11
上海金桥出口加工区	9.34	3	127.86	1	1369.26	2
上海莘庄工业区	6.98	4	29.39	6	421.23	8
上海嘉定工业区	5.82	5	30.25	5	520.12	5
长兴海洋装备产业基地	5.14	6	19.6	12	381.49	9
上海外高桥保税区	4.83	7	21.67	10	448.38	7
上海青浦工业园区	4.59	8	21.06	11	459.23	6
上海浦东康桥工业区	4.59	8	25.83	6	562.24	4
上海漕河泾新兴技术开发区	2.22	10	21.96	9	987.13	3
上海松江工业园区	2.00	11	38.15	3	1906.94	1

数据来源：上海市开发区协会开发区简报

从全国看，在万人拥有新增授权发明专利数量、净利润率等可比创新指标上，张江园区远高于中关村和深圳高新区；万名从业人员拥有当年新增授权发明专利数是中关村的 4 倍、深圳高新区的 2 倍；净利润占营业总收入比例是中关村、深圳高新区的 2 倍（见表 3.3）。

表 3.3　2008 年中关村、张江园区、深圳高新区创新指标比较

2008 年主要指标	中关村	深圳高新区	张江园区
万名从业人员本科以上学历人数 / 人	3348		5594
万名从业人员拥有当年新增授权发明专利数 / 件 · （万人）$^{-1}$	16.4	32	65.9
净利润占营业总收入比例 /%	5.9	5.26	11.4

（二）具体产业分析

1. 集成电路产业

国内集成电路产业经历了 2008 年底、2009 年初全球金融危机带来的最艰难时期，从 2009 年 3 月份开始逐月回升，下半年处处呈现复苏迹象；但全年总体表现仍处于下滑态势。据 SICA 统计，中国大陆集成电路 2009 年实现销售收入 1040 亿元，同比下降 16%。在此背景下，张江集成电路产业实现全年销售收入 201.19 亿元，同比下降 12.4%，占上海 50%，占全国 19.3%（见表 3.4）。

表 3.4　2009 年张江集成电路产业情况

行业	2009 年销售额 / 亿元	2008 年销售额 / 亿元	增长率 /%	占上海比重 /%	占全国比重 /%
设计业	42.38	30.80	37.59	63.21	16.3
芯片制造业	68.63	91.92	−25.34	73.95	20.8
封装测试业	84.05	101.86	−17.48	37.92	18.9
设备材料业	6.13	5.11	19.96	29.33	
合计	201.19	229.69	−12.40	50.0	19.3

IC 设计业犹如冬日里的一棵腊梅，在危机中怒放。① IC 设计业逆势而上，并有效推进了集成电路产业链条的结构性优化和升级。2009 年，张江 IC 设计业实现销售收入 42.38 亿元，同比增长 37.59%，占园区 IC 产业比重从 2008 年 13.4% 上升到 17.6%，在全国 IC 设计业的比重由去年的 13.1% 提升至 16.3%。② IC 设计企业充分发挥龙头作用，

源源不断地为"中国制造"向"中国创造"转变提供核心技术支撑和引导。展讯、锐迪科、格科、晶晨、埃派克森等 IC 设计企业基于"中国制造",紧贴"终端市场"应用研发,快速推出符合新兴市场需求、具有明显竞争优势的系统级芯片解决方案,迅速抢占市场先机并快速形成主导地位——数码相框芯片、VGA 图像传感芯片全球占有率第一,分别达 50% 和 20% 以上;TD 手机基带芯片(25%-30%)、SMTUNER 调谐器芯片(58%)、DVD-TUNER 机顶盒芯片(71%)、有汞汽车 HID 镇流器(50%)、标清媒体盒芯片(50%)、高清媒体盒芯片(25%)、人机界面光电导航芯片(35%)、PA 功率放大器芯片(22%)、蓝牙芯片(16%)、有线机顶盒芯片(10%)等核心芯片国内占有率居前列。③一批全球首发的自主创新终端产品成为园区新的亮点和增长点。如深迪半导体成功研制出第一款具有中国自主知识产权的商用 MEMS 陀螺仪,大大提升了中国在 MEMS(微机电)传感器方面的国际竞争力,打破国内众多消费电子厂商一直依赖进口陀螺仪芯片的局面;三鑫科技发布了世界首台 20 流明微型激光投影机;易狄欧成功推出世界首款第三代电子书阅读器——易狄欧电子书 E600 系列,拥有 21 项自主发明专利,技术上全面超越国内外同类产品;力保科技研发出 65 英寸以上激光投影电视光引擎。

IC 制造领域加速整合步伐,孕育又一次发展高潮。1 月 19 日,华虹 NEC 与宏力共建的 12 英寸生产线正式开工,采用 45 纳米及以下先进工艺,总投资 20 亿美元,为华虹 NEC 及宏力合并迈出了重要一步;同时还将新增一条 8 英寸生产线。由此将形成晶圆制造双雄的"7+2"格局(8 英寸线 7 条、12 英寸线 2 条),也将进一步奠定张江在建立我国自主可控集成电路产业体系中的核心主导地位。

IC 材料装备业厚积薄发,逐步实现自主创新和自主制造。在 100 纳米级光刻机(上海微电子装备)、12 英寸单片兆声清洗设备(盛美半导体)、高精度薄膜测量设备(睿励科学仪器)、抛光液和清洗液(安集微电子)等关键设备和材料领域,已陆续取得实质性突破,逐步打破了国外技术垄断。

2. 生物医药产业

保持持续快速增长。2009 年生物医药营业收入增速超过 35%。以罗氏制药、新先锋、通用电气、勃林格殷格翰药业为代表的化学药品制剂制造企业占全市三分之一,以葛兰素史克、英伯肯、睿智化学、中信国健和麒麟鲲鹏为代表的生物制药企业占全市 40% 份额。

新药创新成果丰硕。园区企业已申报药品注册 414 件,其中,申报新药临床研究的共 208 件,已获批 136 件,获批率 65%;申报新药生产批件 109 件,已获批 92 件,获批率 84%。获得一类新药证书 50 多个。已报、将报国际临床研究的药物 41 个,已进入

临床 Ⅱ、Ⅲ 期的药物达 9 个。承担重大新药创制国家科技重大专项项目 99 项，占上海 58%，占全国 10.2%。

若干领域优势凸显。抗体药物：以中信国健为代表的抗体药物领域占全国半壁江山；SFDA 批准上市的自主生产的 7 个抗体药物中有 3 个来自张江；另有 12 个药物已进入临床三期。艾滋病治疗药物：迪赛诺是国内获批艾滋病治疗药物品种最多的定点生产企业，是国产抗艾药的主力军。植物药：和记黄埔已在欧美完成两项国际二期临床试验（克罗恩病和溃疡性结肠炎），被医学专家誉为"全球胃肠病领域近十年以来的重大突破"，有望成为第一个进入欧美处方药市场的拥有中国本土知识产权创新药。介入治疗器械：国内市场占有率已达 37%（微创医疗）。CRO 快速崛起：如睿智化学 2009 年预计完成产值 6 亿元，较 2008 年上涨 50%。

创新成果产业化提速，行政联动、资本联动，形成"张江－周康"生物医药核心区融合发展新格局。行政联：2009 年初，浦东区委区政府实施了开发区管理体制调整，据此，张江园区管委会的辖区范围由 25 平方公里扩大到张江东区、银行卡产业园、孙桥现代农业园、南汇国际医学园区和康桥工业园区，形成 "1+5"的崭新发展格局。资本联：张江集团已获浦东新区国资委批准，向国际医学园区公司定向增资，以 62.5% 的股权实现控股。张江生物医药企业艾力斯已正式确立在国际医学园进行自主创新抗高血压 1.1 类药物艾力沙坦（我国首个自主研发的沙坦类药物）产业化。随着两区合并和融合的深入，随着张江"1+5"战略格局的确立，将有越来越多的"艾力斯"、"桑迪亚"、"迪赛诺"等在张江生根、开花、结果。

3. 软件与信息服务业

张江是上海软件与信息服务业的主要集聚地之一，新模式、新技术不断呈现。

互联网服务。车通信息通过技术创新，实现在台与在线的互动（与央视合作），为建设"国家网络电视台"提供了技术支撑；同时，正全力打造一个电信级互动视讯管理服务平台，实现网络世界的"有中心、有管理、有诚信、监管可控"。PPLIVE 凭借自主研发的专利流媒体技术，成为全球最大、国内知名、用户量最多的 P2P 全球视频网络娱乐新媒体之一。

金融信息服务。作为上海金融中心建设的重要内容，已集聚中国银联、中国人民银行、汇丰银行等 17 个金融服务后台项目，与陆家嘴金融 CBD 形成呼应；万得资讯已建成国内最完整、最准确的大型金融工程和财经数据仓库，在机构投资者中占有率超过 80%；大智慧证券软件已占有全国证券营业部 85% 的份额。

一些企业大胆探索，从"软件外包"走向"自主开发"，实现能级提升。群硕软件凭借嵌入式、移动通信、企业级软件、软件即服务模型、用户体验等软件开发的经验积累，成功实现从接包——发包、从软件外包——自主开发的转型，完成央视国际"CCTV 网络电视奥运台"项目的软件开发和总体集成，帮助国家图书馆实现了国内首家非接触式"3D 虚拟数字图书馆"。此外，浦东软件园三期成为新亮点。作为 2009 年度浦东新区重大工程项目，上海国家软件出口基地（浦东软件园三期工程）正式投入运营，为浦东软件园建设世界级软件产业创新社区提供了强大支撑。

4. 文化创意产业

网络游戏、动漫、数字出版等三大领域呈现不同发展特征。网游龙头企业动作大。盛大开放式平台模式进一步凸显，迪斯尼蓝图已经日渐清晰。"内容 + 投资 + 服务"的平台化发展：盛大游戏平台"18 计划"、"20 计划"以创新的思维，融合行业创新资源；盛大文学平台已占据国内原创文学版权市场份额的 80% 以上，覆盖全球 70% 的中文用户。异业合作、虚拟与现实对接：将虚拟世界里的"永恒之塔"搬到现实世界中浙江龙穿峡景区，实现网游与旅游业的异业合作；与湖南广电合作成立盛视影业，收购"酷 6"，为盛大版图拼接互联网视频平台提供巨大空间。动漫原创作品值得期待，《阿童木》、《超蛙战士》、《球道》等多部动画电影已公映或即将上线。数字出版发展势头强劲，张江与出版业巨头方正集团达成合作，共同打造国内最大数字出版技术公司。

（三）创新环境建设

集成服务是高科技园区核心竞争力和持久生命力的关键所在。园区努力围绕"营造符合高科技产业发展规律、与国际通行规则相近的创新环境"这一核心目标，以"企业需求"为基础，以"基础服务"和"专业服务"两大链条为依托，初步形成了覆盖企业全过程生命周期和全方位需求的服务网络体系，力求服务的专业、精细、多元、高效和无处不在。

1. 政策破冰，释放创新活力

①有效解决了《新增值税暂行条例》给园区外资研发中心带来的进口设备征税问题。②推进集成电路产业链保税监管模式改革。一批园区设计公司已经开始享受"免、抵、退"政策。③进一步完善入境特殊生物材料检验检疫改革试点。首批 10 家骨干企业获颁证并试运行，审批时间从 20 天缩短为 7 天。④推进生物医药研发外包（CRO）企业便捷通关试点，已启动 3 家企业试点，又新推了 20 家企业拟作为第二批试点。⑤有效推进降低外国人居留许可政策门槛。上海市公安出入境局已出台"为浦东新区外国籍高层次人才和投资者提供出入境便利"的七项优惠措施。

2. 建立标杆，提升孵化服务和孵化效率

提供全配置、集约化的孵化空间，整合政府扶持、专业机构、公共平台、专家顾问等各类资源，提供针对性的阶梯式"贴身"服务，形成从项目预孵化到产业化的完整孵化服务链。截至目前，张江各类在孵企业已达 616 家。标杆孵化器仅用一年的时间就成功培育了深迪、锐合通信、安维尔、灿芯半导体、舜宇海逸光、同想文化等一批自主创新企业；深迪已成功研发出第一款具有中国自主知识产权的商用 MEMS 陀螺仪；锐合通信已推出全球首款基于 TD-SCDMA 的数字无绳电话解决方案。

3. 人才服务，增强创新活力

①贯彻落实千人计划。作为全国首批"海外高层次人才创新创业基地"之一，张江园区已有 6 人获中组部认可，作为创业型人才入选国家"千人计划"。②实现人才培训规模化。以张江创新学院作为主要载体，构建多元化、多层次的高技术创新人才培训体系，推动职业培训产业化。2009 年张江创新学院培训量达 2.5 万人次。③人才公寓建设取得新进展。2009 年，园区新推出 1702 套，面积达 14.05 万平方米，有效缓解了企业员工的居住配套。

4. 聚焦企业，加速科技金融创新

针对中小企业融资瓶颈，深化科技金融创新实践，开展"小额贷款"、"再担保"等非监管类金融业务试点。"小额贷款"自 2008 年 11 月 27 日开业，截至 2009 年底，累计发放 109 笔，支持中小企业 103 家，放款 2.97 亿元。为智若愚公司发放浦东新区首笔基于图书版权的知识产权质押贷款；同时与"再担保"试点形成有效联动，进一步放大金融杠杆效应。

5. 借助世博，提供展示平台

① 2009 年，张江园区与世博局签订 2010 年上海世博会主题馆（未来馆）展示项目合作协议，在区内企业中筛选出行业领先的自有技术和方法，用艺术的方式在"未来馆"（第四展区）展示当今人类在信息技术、生物医药、绿色农业、新能源、城市交通等领域的前瞻性研究成果，不仅代表中国展示当今高科技的发展水平，而且进一步体现了上海世博会"城市，让生活更美好"的主题理念。②不断探索服务企业新模式，为企业提供政府资源对接、企业互动对接、渠道供应商对接、传媒对接等多渠道市场对接服务，帮助企业完成销售额从"0"到"1"的突破，并实现快速增长。如：帮助企业对接中国移动、环保局等争取政府工程；联合上海火速启动"火炬工程"，为园区 500 余家企业提供一比多营销型网站服务，帮助园区企业通过互联网获取新订单。

二、2010 年展望

2010 年是实施"十二五"规划承上启下之年,更是"聚焦张江"战略实施第二个十年的开局之年。张江园区将加快落实区委区府关于开发区体制调整所赋予的战略性机遇,在 25 平方公里核心区的基础上,拓展形成"1+5"崭新发展格局,为大浦东产业升级、创新替代提供核心动力源,为上海经济转型和发展突围注入微观动力源。

(一)提高资源配置效率,进一步激发生产力

园区将继续围绕"调结构,促转型"这一核心,加大统筹规划的力度,积极推动核心区与张江东区、银行卡园、孙桥现代农业区、国际医学园、康桥工业园的联动发展。①不仅要从空间资源整合上为企业提供发展空间,更要从服务上帮助企业突破制约发展的瓶颈;②不仅要注重集聚和激活人才、技术、资本要素,更要促进高新技术成果的产业化和国际化;③不仅要注重品牌建设,更要从战略上加速结构优化,实现以技术创新、集成应用驱动产业升级转型;④不仅要营造适合自主创新和产业发展的环境,更要增强城市功能,实现园区从产业区向科技人文社区的转变,从单一产业功能向复合型城市功能转变。

(二)着力打造十大产业平台

围绕建设具有世界竞争力的科技城的战略目标,2010 年张江园区要着力打造十大产业平台:①集成电路制造与装备战略平台。进一步发挥集成电路产业国资主导特色和自主创新优势,大力提升晶圆制造与装备产业能级和水平。②主流终端系统解决方案集成平台。借助手机芯片设计能力优势,打造移动互联终端系统解决方案集成平台,实现技术创新与终端消费市场的有效链接和互动。立足数字电视等新兴快速成长市场,依托领先的多媒体编解码技术及系统解决方案优势,打造以数字电视为核心的终端系统解决方案集成平台,引导数字电视、家庭媒体中心等新一代消费电子终端发展潮流。③多元化、多模式显示终端技术平台。瞄准第四代显示技术——激光投影潮流,立足激光投影电视大屏化和激光投影移动终端微型化两极发展趋势,积极布局,抢占未来产业先机。④以无线射频识别(RFID)为核心的物联网基础设施技术平台。坚持"以应用为龙头,技术为核心,产业为基础,标准为保障"的发展思路,筹划 RFID 专业孵化器和拟设"物联网"产业发展基金,强化 RFID 信息公共服务平台功能。⑤生物医药研发、销售与产业控股平台。

坚持"面向高端研发，坐享专利回报"，继续提升新药自主创新与产业化能力，创新医药商业模式，形成"R&D+BD"双轮驱动。⑥大飞机研发设计与技术贸易平台。充分挖掘商用飞机研发中心的集聚带动效应，吸引产业链相关企业集聚，形成产业网格矩阵，打造大飞机研发设计与技术贸易平台。⑦基于互联网的数字内容和交易平台。充分发挥盛大集团"内容＋投资"的平台优势及其带动力和整合力，不断引领张江文化创意产业新一轮模式创新。⑧低碳技术、高端价值链平台。把新能源和环保产业作为未来发展的战略先导产业，重点吸引和支持具有自主知识产权和创新能力的企业，快速形成规模化优势，占据低碳经济和新能源产业价值链高端。⑨金融后台服务平台。依托银行卡产业园坚实的后台产业基础，积极吸引产业链下游项目、功能性和标志性项目，逐步形成以"科技金融"为特色的金融后台服务集聚和创新中心。⑩现代农业示范、推广平台。进一步发挥孙桥现代农业的技术、管理、服务功能的辐射和带动作用，始终坚持科技领先，以适用先进农业科技的试验示范为主要发展方向，把园区打造为农业技术的高地和辐射源。

（三）努力创建"国家自主创新示范区"

"北有中关村，南有张江园"，作为我国创新实力最强的高科技园区，中关村和张江也代表了我国高科技园区发展的两种经典模式。

经过十年聚焦，张江园区在上海市和浦东新区政府的坚强领导下，在浦东综合配套改革试点的战略平台上，以创新驱动发展，以创新引领发展，通过整合国内与国外两种资源，依托政府与市场力量的协力推动，打造"承接＋融合＋创新"产业平台，形成以集成电路、生物医药、软件、文化创意产业为代表的若干特色创新集群，成为国内重要的创新创业密集区域、高科技人才汇集区域、高科技企业富集区域。

张江园区创建"国家自主创新示范区"，通过更大力度、更高层面的资源聚焦、政策聚焦为园区发展输入动力、激发活力。以深层次体制机制创新构建符合国内实际需求、与国际通行规则接轨的高科技产业发展环境，是张江实现自身跨越式发展与增长方式转型的内在要求；是凸显区域经济发展引擎功能、响应上海"把高新技术产业作为保经济增长主攻方向"新形势发展的现实要求；是进一步发挥先行先试、示范引领作用，为走中国特色自主创新道路提供经验和示范的战略要求。张江园区将坚持自身特点，在产业政策突破、金融创新试点、深化产学研合作、允许留学生企业参与国家重大科技项目等方面进行大胆创新，探索"浦东能突破、上海能推广、全国能借鉴"的发展模式。

上海金桥出口加工区

一、2009 年工作总结

2009 年，面对历史罕见的金融危机冲击和开发区转型升级的挑战，金桥开发区在浦东新区区委、区府的正确领导下，认真贯彻落实中央、上海和浦东新区提出的一系列重要决策，坚定信心，积极应对，迎难而上，扎实工作，全力以赴推进开发区经济走出低谷，实现了"保增长"的战略目标，取得了极为不易的成绩。

（一）积极贯彻保增长方针，开发区经济增长态势令人欣喜

2009 年，按照中央、上海和浦东新区的要求，金桥开发区坚持科学发展观，提出了"保增长、调结构、推进二次开发"的指导思想，采取了一系列有效措施，努力克服国际金融危机带来的冲击和影响，使开发区渡过了最困难的时期，很快扭转了经济下滑的局面，实现了"保增长"的战略目标。开发区经济 1 月份降到谷底，二季度降幅逐步收窄，6 月份开始同比增长，呈现"V"字形反转走势，总体向好的态势进一步巩固。全年开发区工业总产值 1 672 亿元，同比增长 12.2%；营业收入 2599 亿元，同比增长 14.6%；上缴税金 162.56 亿元，同比增长 76.44%；开发区工业企业利润 163.7 亿元，同比增长 84.35%，在上海的国家级和市级开发区名列榜首。

金桥开发区经济经过一年多时间的波动，终于企稳回升、稳步增长，这一成绩来得极为不易。这既是中央、上海和浦东各级政府审时度势、正确决策、采取有力措施的结果，又是区内企业全力拼搏、开拓市场、积极经营的结果，也是集团上下着眼大局、帮扶企业、全力促进的结果。一年来，集团上下做了大量卓有成效的工作：

1. 提出政策建议，积极应对金融危机冲击

从2008年底开始，深入企业，调查研究，倾听呼声，提出了促进开发区先进制造业发展的23条政策建议并上报新区，为各级政府和领导准确判断形势，采取有效对策，促进开发区经济平稳增长作出了努力。

2. 进行减租扶持，帮助企业"平安过冬"

针对区内企业遇到的前所未有的困难和问题，对受金融危机影响和冲击较大、符合开发区产业导向、对开发区经济具有影响力的困难企业，尽可能给予减租扶持，和企业一起"抱团过冬"，共渡难关。据初步统计，全年约对近50家企业进行减租扶持，减免租金约3 500万元。

3. 加强企业服务，营造稳定和谐的发展环境

增强服务意识，改进工作作风，通过走访企业、早餐会、座谈会、专题研讨等多种形式，帮助企业沟通渠道、反映实情、排忧解难；同时积极发挥开发区综合党委、联合工会和企业协会的作用，主动帮助、协调企业解决劳资纠纷，防止矛盾激化。全年共协调处理群体性劳资纠纷20起、涉及企业员工3 000多人，为开发区稳定、和谐作出了贡献。

努力做好开发区征地职工的稳定、安置和就业培训等工作，帮助他们解决实际问题，把矛盾化解在基层；征地职工无群体性上访和越级上访，确保了开发区一方平安。

4. 加大固定资产投资力度，为浦东经济增长作出应有贡献

集团立足全局，结合自身实际，加大投资力度，加快项目建设。集团系统在建项目共9个，总建筑面积达31万平方米，共完成固定资产投资7.2亿元，努力以投资拉动来推进浦东新区的经济发展。

（二）国资考核目标全面完成，集团整体经营实力明显增强

经过一年的努力，金桥集团全面完成新区国资委下达的各项考核指标。2009年集团（合并报表）主营业务收入14.51亿元，完成全年预算103.1%；净利润2.23亿元，完成全年预算133.36%；净资产收益率15.05%，高于考核指标33.31%；可控费用1.7亿元，控制在新区下达指标之内。

集团二层面全资和控股公司努力克服金融危机影响，"危中抓机"，拓展市场，努力经营，各项经营指标完成情况都比较出色。股份公司全年主营业务收入8.34亿元，完成全年预算100.2%；净利润3.5亿元，完成全年预算130.29%。国际物流、金加园、废弃物、金开市政和商业公司等五家公司的经营收入（租金收入）和净利润在2008年基础上又有新的增长。平和学校以教学质量为重点，学校整体工作又有新的进展。劳服

公司积极做好征地职工安置和服务工作，为开发区稳定作出了贡献。曹路新市镇公司抓住有利时机，加快推进土地开发，取得了新的突破。

（三）招商引资取得新的业绩，产业结构调整步伐加快

通过一年来的努力，在重大项目引进、增资项目落地、培育新的亮点、产业结构调整等方面取得了新的进展和突破。开发区全年累计引进项目 50 个，增资项目落地 35 个，共吸收投资总额 4.78 亿美元，其中合同外资 3.73 亿美元。开发区内资注册资金达 10.2 亿元，超额完成全年目标。

1. 大项目引进取得突破

在市和新区的大力支持下，通过一年来的艰巨努力，投资总额达 12 亿美元的日月光封装测试已上报国家发改委审批，不久将落户南区，这将是金桥十年来引进的投资总额最大的项目。此外，LG、大族激光、西泰克、百事可乐等一批重点项目洽谈引进情况良好。

2. 新的功能性项目取得突破

2009 年，大唐产业园、中国移动通讯视频基地、中国电信视讯中心、上海贝尔全球信息技术服务中心、hengsoft 等一批新的功能性项目相继落户区内，形成了新的特色和亮点，为金桥通信产业从设备设施制造向研发设计、应用服务和视频网络文化延伸发展，完善产业链和集群发展奠定了基础。

3. 产业结构调整取得突破

2009 年生产性服务业新引进项目 44 个，增资项目 21 个，新引进和增资项目共吸收投资 4.45 亿美元，其中惠而浦、柯达、通用中国、拜耳材料科技等总部机构增资总额达成 1.81 亿美元，生产性服务业增资总额首次超过制造业。怡亚通公司华东总部、斯巴鲁华东销售培训服务中心、三星电子技术服务公司等一批项目投入运营，金桥生产性服务业发展进一步加快，产业结构调整进入新的提速发展阶段。

（四）重点工作扎实推进，集团发展基础进一步夯实

根据年度计划确定的工作任务和节点目标，集团和各二层面企业认真抓落实、抓协调、抓推进，各项重点工作推进与完成情况较好。

1. 工程前期管理和项目建设扎实推进

集团项目前期管理得到明显改进和加强。项目招投标代理、监理和建设单位的选用从制度和规范运作方面都得到有效改进，工程招投标工作小组和领导小组均按制度要求和规范程序运作，成效比较明显。南五、T28 等九个在建项目均按计划节点进度顺利推进，

其中南三商品房项目已开盘销售，T17-B1 工程项目年内基本完成，为集团提供了新的经营资源和利润增长点。

2. 规划和动拆迁工作开展有序

为深化金桥"二次开发"，集团推进了南区环评、南区阳光公寓项目、北区 2 平方公里控制性详规等 3 个规划的编制调整。重点完成开发区雕塑、街景总体规划编制，这是金桥开发区第一次对雕塑、街景、指示牌进行总体规划设计，为开发区环境改善和形象提升打下了规划基础。动拆迁方面，陆行老镇动迁累计已达 636 户，完成拆迁工作量的 92.7%；东南块征地动迁前期工作已开始启动。

3. 生态园区建设取得新的进展

上半年，金桥废弃物公司新厂房建成并投入使用，成为上海规模最大、处置能力最先进的工业再生资源处置中心。下半年，按照国家工业生态园创建要求，加快推进了金桥生态园区信息平台网站和开发区空气监测平台项目建设，并于 12 月底开通运行。

4. 安全生产得到有效落实

集团始终把安全生产放在重要地位，结合重要时间节点，组织落实安全生产、防汛防台、防暑降温、消防演习和安全宣传月等工作。集团系统工程项目现场检查和整改落实检查基本做到全覆盖，全年未发生一起安全责任死亡事故，确保了"零指标"的完成。

5.ISO 贯标工作持续推进

集团领导高度重视，把 ISO 贯标作为提高集团自身管理水平的重要工作，在 2008 年基础上持续改进。集团按照外审机构管理建议，不断改进体系运行，根据 2008 版新标准及运行情况，对质量和环境手册进行修改，共整合修改体系文件 54 个。通过努力，集团公司、股份公司和其他二层面全资及控股企业都顺利通过 ISO9001 和 ISO14001 体系的监督审核。

6.张江专项资金工作进展较好

重点完成了 2008 年度张江专项资金的项目签约、推进落实和评审验收等工作。积极推进 2009 年项目申报，集团系统 2009 年项目共获得市和新区张江资金共计 1.18 亿元（包括政府指定项目），努力通过张江资金资助来推进开发区的二次创业、生态园区建设和二层面公司的经营发展。

二、2010 年工作思路和主要措施

2010 年是我国实施"十一五"规划的最后一年，是为"十二五"发展创造条件的至

关重要的一年，是走出金融危机影响、巩固向好发展态势、实现持续稳步发展的关键之年。

（一）2010 年形势分析

从国际上看，全球将进入后金融危机时期，西方主要国家衰退已经基本结束，但世界经济的企稳复苏将是一个缓慢曲折的过程。危机往往孕育新的变革。全球将进入新的产业革命和经济发展时代，新能源、环保科技和低碳经济受到高度关注，产业结构调整势在必行，世界各国开始进行抢占科技与未来发展制高点的新一轮竞赛。

从国内来看，积极变化和不利影响同时显现，短期矛盾和长期问题相互交织，国内因素和国际因素相互影响，改革发展稳定的任务依然艰巨繁重。特别是经济回升基础还不牢固，外部环境和出口形势依然严峻，内需拉动和消费结构改变仍需大力加强，房地产新一轮涨幅过快，通货膨胀隐忧渐显，保持经济平稳较快发展、推动经济发展方式转变和经济结构调整难度进一步加大。

2010 年，国家将保持宏观政策的连续性和稳定性，继续实施积极的财政政策和适度宽松的货币政策，并根据新形势、新情况着力提高政策的针对性和灵活性，努力推进经济平稳较快发展。"调结构、转方式、促发展"是 2010 年的主基调。

从上海来看，2010 年是上海世博会的决战之年，全力以赴举办成功、精彩、难忘的世博会，是上海各项工作的重中之重。同时要确保经济发展方式转变取得新进展，确保民生持续改善，确保社会和谐稳定，确保"十一五"规划目标全面实现和高质量谋划好"十二五"发展。

从浦东来看，2010 年是浦东开发开放 20 周年，浦东要全面推进"二次创业"、努力实现"二次跨越"，重点抓住世博会召开、"两个中心建设"、综合配套改革以及迪斯尼、大飞机等重大项目落地的机遇，推动浦东在新的起点上更好、更快地发展。

从金桥来看，作为上海"两个中心"建设的核心基地，作为新浦东、新战略发展的重要载体，金桥"两次开发、科发发展"的任务更加艰巨。得益于国家产业振兴和扩大内需的导向，汽车产业将延续 2009 年持续增长的态势；电子信息和现代家电产业有望逐步回升；生物医药和食品产业仍会保持较好的增长势头。另一方面，在金融危机和跨国公司产业调整的影响下，金桥开发区发生了"四个转变"：一是开发区经济导向以出口为主、内外结合已转变为国内市场为主；二是招商引资以外资为主已转变为内、外资并举并重；三是产业结构以制造业为主已转变为制造业和生产性服务业二元融合、协调发展的新格局；四是产业能级提升从依靠增量项目外延式发展为主已转变为依靠存量企业改造提升内涵式发展为主。

（二）指导思想、工作目标和四个观念

1. 指导思想

根据党的十七届四中全会、中央工作会议和市委九届十次会议精神，按照浦东新区"二次创业、二次跨越"的总体发展要求，围绕"二次开发、科学发展"的目标，以转变发展方式、调整产业结构为主线，以投资促进和改进服务为抓手，继续保持开发区经济稳步增长，提高经济发展的质量与水平，努力使金桥成为上海经济发展方式转变、产业结构调整的创新示范区；坚持以市场为导向，做强、做实集团核心主业，扶持、加快培育业务发展，不断提高集团整体的经营业绩、管理水平和核心竞争力，全面完成新区下达的 2010 年各项目标任务，为"十二五"发展打好坚实基础。

2. 主要目标

（1）开发区经济发展目标

开发区营业收入同比增长 12% 左右，力争超过 2900 亿元；工业总产值同比增长 8% 左右，力争超过 1800 亿元；确保新区下达的合同外资、实到外资、内资、税收、地方财政和固定资产投资等考核指标的完成。

（2）集团经营管理目标

按照新区国资考核要求，全面完成新区对集团下达的重点工作和国资经营考核指标。

（3）安全生产工作目标

科学化、网络化管理开发区的安全生产，确保集团系统管理范围内不发生责任死亡事故。

3. 确立"五个观念"

（1）转变发展方式的观念

转变发展方式是上海未来经济发展的关键。集团上下都要清醒地看到转变发展方式的重要意义，要从传统的开发区发展模式中跳出来，创新思路、转变方式、大胆实践，以产业结构调整、经济质量与效益提升、资源消耗减量、生态环境和谐为重点，努力走出一条具有时代特征、金桥特色的开发区发展新路。

（2）开发区发展优先的观念

开发区发展是集团始终如一的使命，是集团主力军作用的根本体现，也是集团自身发展的前提。没有开发区的健康发展，集团犹如无水之鱼、无本之木。要进一步树立"开发区发展优先"的观念，把开发区的发展放在更加突出、更加重要的位置，作为集团上下的首要任务，并以此为原则，指导和安排全年各项工作的开展。

（3）服务至上的观念

企业服务是做好投资促进、营造宜商环境的重要抓手。集团上下要切实改变"重招商、轻服务"的做法，树立"服务至上"的观念，转变观念，达成共识，落在行动，以服务来招商、引商、稳商、留商。这是集团工作的出发点和落脚点。

（4）开放合作的观念

必须改变原有的思维方式和工作习惯，不能自我封闭、关门开发。要树立"开放合作"的观念，用好金桥国家级开发区的品牌，加强对外宣传、对外沟通、对外衔接，积极争取国家层面和上海主管部门的大力支持，积极争取政府资源、重点项目和公共平台落户金桥，积极争取带有突破性的政策在金桥先试先行，利用各方面力量和智慧合力推进金桥的发展。

（5）做强、做优集团的观念

在服务开发区、推进开发区发展的同时，要树立集团与开发区"共生双赢"，把集团做强、做优的观念，使集团和开发区共命运、同发展。不抓好集团经营发展，没有"强健体魄"，主力军将失去支撑，作用也不能很好发挥。要坚持以市场为导向，积极探索新的开发经营模式，不断提高经营效益和资产质量，把集团做强、做优，努力实现集团和开发区的双赢。

（三）主要工作措施

1. 突出抓好招商引资，不断扩大开发区经济发展基础

招商引资是金桥开发区经济与社会持续发展的动力和源泉，也是集团各项工作的重中之重。要着眼于跨国公司内部调整和新一轮产业转移的机遇，着眼于央企、国企和民营企业调整发展的机遇，利用好国际国内两种资源，紧密结合开发区实际，加强基础工作，明确重点和目标，坚韧不拔，锲而不舍，咬定青山不放松，提高招商质量和效率，确保2010年合同外资、实到外资、内资等三项招商指标的完成。

（1）抓好企业增资，实现重点突破

进区企业增资仍是开发区招商引资的主渠道。要突出区内企业增资这一重点，跟踪了解区内重点企业和跨国公司兼并重组等发展动态，及时掌握信息，积极跟踪服务，帮助企业解决增资过程中遇到的困难和问题，确保增资项目和资金落户区内，做到信息不遗漏、服务不滞后、增资不流失。

（2）聚焦重点项目，加快引进步伐

对正在洽谈和进入储备名单的重点招商项目，要落实责任制，明确专人负责，抓紧

招商前期准备，加强信息沟通，积极推进项目商务洽谈，主动协调政府主管部门解决项目遇到的各种问题。2010年要重点抓住 LG、立邦、百事可乐、西泰克、欧姆龙等重点项目，集中力量，加快进度，千方百计把项目落户区内。

（3）拓展招商渠道，探索新的方式

抓住浦东金融创新的机遇和优势，开拓招商思路，积极探索风险基金、私募基金、社会资金等招商引资的新方式，力争年内有新的突破。进一步加强与政府主管部门、中介机构、行业协会和外商商会的合作，加强交往与沟通，获取更多招商信息，优化合作招商方式，努力形成新的招商格局。

（4）加强招商宣传，增强招商吸引力

进一步改进和加强开发区对外宣传，加强与新闻媒体合作，扩大招商宣传范围，努力提升金桥的知名度和吸引力。继续举办金桥投资环境说明会、产业论坛和专题招商主题活动，提高活动层次，通过以会招商、专题招商、活动招商来拓展招商引资的成果。

2. 更加注重产业结构调整，加快开发区的转型升级

国际金融危机对开发区经济增长的冲击实质上是对开发区发展方式的冲击。产业结构调整既是上海经济转型的主攻方向，也是金桥长远发展的关键所在。金桥产业结构要与时俱进，在"优二进三"方面下功夫。要一手抓当前、一手抓长远，不失时机推进金桥产业结构调整和优化提升，真正形成先进制造和生产性服务二元融合、创新推动的产业格局，提高产业竞争优势，促进开发区的可持续发展。2010年，金桥产业结构调整要从三方面入手。

（1）大力发展生产性服务业

生产性服务业是金桥产业结构调整的主攻方向。要充分发挥金桥生产性服务业承接优势和环境优势，以创建"国家级 ICT 产业创新基地"为抓手，加快引进地区总部、工业设计、服务外包、新一代移动通信及视频网络文化等项目，形成集聚效应，把金桥生产性服务业做精、做强、做出特色，力争2010年金桥开发区生产性服务业收入超过400亿元。

（2）加快支柱产业的升级与创新

支柱产业是开发区产业升级的重点领域。金桥开发区的新能源轿车、新型数字家电和自动化控制等产业发展前景十分宽广。要通过政策引导、增资扩股、专项资金资助等多种途径帮助企业加强新产品开发，推进技术革新和工艺改造，推广精益生产和精细化管理，降低成本和资源消耗，生产更多、更好的新型产品。力争2010金桥开发区新产品比例超过55%以上，不断提高开发区产品的科技含量、附加值和市场竞争优势。

（3）培育新兴战略支柱产业

高新技术产业不仅是过去，也是金桥未来的立区之本。要根据国家新兴战略产业发展规划，在做强、做大传统产业的基础上，重点引进和培育绿色 IT、新能源和环保科技等低碳经济产业。2010 年，以南区为突破口，加快新兴战略产业重点项目引进、培育和集聚，力争引进 1 至 2 个龙头项目，抢占上海高新技术战略产业的制高点，努力形成金桥新兴战略产业的亮点。

3. 着力加强进区企业服务，努力提升开发区竞争优势

服务是投资促进和开发区发展的生命线。集团各部门、各公司都要以企业和客户为"上帝"，进一步增强服务意识，改进服务方式，积极主动、尽心尽力为开发区企业提供更多、更好的服务。

（1）依托投资服务中心，搭建企业服务平台

金桥投资服务中心作为开发区企业发展与服务的平台，要抓紧做好办公新址装修、人员培训、服务软件开发等前期准备工作，确保上半年投入运营。要建立和完善投资服务中心组织体制、工作制度和信息网络，结合金桥开发区实际，从投资促进、政策咨询、综合信息、项目配套、客户服务、园区投资环境改善等方面为进区企业提供全方位服务，努力成为开发区"企业之家"，改善金桥的投资软环境。

（2）加强政企合作，建立全方位服务体系

要依托各级政府，加强沟通协调，建立全方位服务体系。要主动与工商、税务、统计、公安、海关、检验检疫等主管部门建立开发区政企合作的服务机制和平台，定期为开发区企业提供服务和业务指导，为企业排忧解难，为开发区经济发展提供保障。

（3）整合集团资源，理顺内部服务体系

为企业服务不仅是招商部门和"投促中心"的工作，也是各级领导、各部门、各企业的重要工作。集团各部门都要把工作和服务延伸到进区企业，加强协调沟通，主动上门服务，通过服务来体现开发建设主力军的作用。物流、金加园、再生资源平台、废弃物公司、平和学校和商业公司也要围绕服务企业的目标。要把经营融入服务之中，把开发区功能配套服务做好，努力形成上下联动、内外结合的服务体系。集团要将服务企业作为考核内容，列入各部门和二层面企业的考核范围。

4. 突出重点抓落实，确保重点工作有序推进

要根据集团工作计划，突出重点，加强协调，扎实推进，确保各项重点工作落到实处，为开发区和集团自身发展夯实基础。

（1）抓好工程项目建设

在建工程项目要以质量为重点，加强工程建设的质量监督管理，加强现场协调，不断提高工程质量与水平。T28、G2-18、S1 等在建工程要按确定计划，完成年度节点进度目标。南三街坊、南五街坊、17B 商业中心等竣工项目要加强后续管理，做好工程收尾工作，按计划竣工验收并交付使用。W29、S8F、S8DE、阳光公寓等项目要抓紧做好招投标及各项准备，确保在 5 月份世博会开幕前完成所有报批手续并开工建设。张杨路老年公寓、生产性服务园二期、G1 兵宫大厦等项目要抓紧前期准备，深化方案设计，为开工建设早做安排。

（2）抓好土地动拆迁和规划工作

土地方面重点做好三项工作：一是重点做好陆行老镇、王家桥动迁推进工作，争取尽快完成动迁收尾工作；二是推进北区东南块征地工作，争取上半年取得征地批文，做好土地动迁和开发前期准备；三是推进南区土地动迁，重点是 WK10 和"药师村"的征地与动迁前期工作，为下一步启动开发做好准备。规划方面重点做好三项工作：一是完成生产性服务园四期项目的规划编报，争取尽快获得批准；二是南区关外二期土地规划编制，适应南区开发与招商需要；三是做好北区核心地块详细规划的编制，为深化开发和产业提升做好准备。

（3）抓好"十二五"规划编制

根据上海和浦东新区"十二五"发展的总体要求，精心组织和高质量编制金桥开发区和集团"十二五"发展规划，明确金桥开发区和集团的发展愿景、发展目标和发展措施，用规划来指导金桥开发区和集团的科学发展、可持续发展。

（4）抓好维稳和安全生产

要根据世博会维稳和安全要求，结合实际，精心组织，认真抓好落实，确保开发区的和谐稳定与一方平安，确保世博会顺利召开。继续以安全生产责任制为抓手，明确责任，加强检查和考核，把安全生产落到实处。各部门、各公司都要按照安全生产和消防工作要求，抓好责任范围内工程施工现场、租赁物业、重点场所的安全生产、消防和防台、防汛管理，落实措施，责任到人，确保不发生责任死亡和消防事故。

（5）抓好重点项目资金筹措

2010 年，集团系统工程项目在建和新开工项目较多，曹路新市镇开发和南汇联动发展都将实质性启动，资金需求和缺口较大。集团要加强统筹协调，从重点项目资金实际需求出发，多渠道筹资融资，确保重点项目和工程建设资金使用需求。要加强资金管理，统筹调度安排，提高系统内资金使用效率，减少利息支出，降低财务成本。

（6）抓好生态工业示范园区建设

2010年是金桥创建国家生态工业示范园区的关键一年，要根据开发区创建工作计划和要求，认真抓好各项工作的推进落实。要以生态环境、节能减排、循环经济、再生资源利用、绿色家园为重点，对存在的问题和薄弱环节抓紧整改，并按照国家三部委验收要求做好验收准备，确保年内一次通过国家生态工业示范园区的验收。

（7）抓紧推进"走出金桥"战略

南汇划入浦东给金桥带来了新的发展机遇。要加快步伐，加大力度，抓紧推进落实，使"走出金桥"发展战略取得新的突破，为集团下一步发展拓展空间：一是以集团公司为主体，积极参与南汇工业园区开发，力争上半年完成方案洽谈和签约，下半年有实质性进展；二是以股份公司为主体，以市场为导向参与临港主城区住宅项目竞拍，为下一步开发临港碧云国际社区做好土地储备；三是加快曹路新市镇开发步伐，一季度启动D1地块居民动拆迁，二、三季度基本完成D1地块运拆迁和土地上市准备工作，确保年内有2至3块土地上市交易。

上海综合保税区

2009 年，洋山保税港区、外高桥保税区、浦东机场综合保税区合并成立上海综合保税区。"三区"积极应对国际金融危机带来的挑战，采取有力措施，总体保持了区域经济稳定发展的良好局面。

洋山保税港区承担了探索建设国际航运发展综合试验区的重要使命，截至 2009 年底主体工程建设基本完成，各项业务功能逐步推进。2009 年全年，洋山保税港区新引进企业 39 家，区内企业完成进出口总额 15.58 亿美元，固定资产投资 21.98 亿元，实现税务部门税收收入 12.8 亿元。

外高桥保税区被市商务委批准成为国际贸易示范区，目前实际运作企业约 6 000 家，世界 500 强企业有 111 家在保税区落户，共投资了 263 个项目。2009 年全年，外高桥保税区完成增加值 985 亿元，实现进出口总额 551.12 亿美元，完成合同外资 8.99 亿美元，实现税务部门税收收入 234.70 亿元。

浦东机场综合保税区于 2009 年 7 月 3 日经国务院批复同意设立，规划面积 3.59 平方公里。目前处于封关建设阶段，正加紧与机场集团等有关部门协调，进一步加快工作进度，确保 2010 年 3 月底封关验收，正式开园后实现项目引进和功能运作。

上海综合保税区围绕"四个中心"建设的基本目标，按照"三区"联动发展的总体要求，以国际航运综合试验区建设为抓手，以国际贸易示范区建设为载体，以如期封关运营为目标，夯实联动基础和实施重点突破，为启动实施"十二五"规划做好充分准备。

1. 以国际航运综合试验区为抓手，全面构建现代航运服务体系

（1）推动国际航运综合试验区先行先试取得突破

一是在洋山保税港区和外高桥保税区正式开展期货保税交割业务。二是在洋山保税港区和机场综合保税区率先开展融资租赁业务试点。三是积极拓展洋山保税港区离岸金融业务。

（2）积极培育国际航运中心重要功能

一是拓展洋山保税港区、机场综合保税区、外高桥保税物流园区出口集拼和中转集拼功能；二是建立洋山保税港区高档进口汽车及零部件展示销售中心。

（3）探索符合洋山保税港区、机场综合保税区的营运中心政策

2. 以国际贸易示范区为载体，大力推动国际贸易产业能级提升

（1）拓展多元化贸易功能

有针对性学习我国香港地区、新加坡先进经验，在充分利用现有政策和实现外汇、税收等政策突破的基础上，探索研究离岸贸易、三角贸易、转口贸易功能；同时，拓展贸易配套功能，打造完整的国际贸易产业链。

（2）夯实国际贸易示范区基础

聚集高能级贸易主体，做大做强医疗器械、工程机械、机电、汽车、钟表、医药分销、酒类、文化设备租赁等外高桥保税区十大专业化贸易平台；同时，借鉴示范区贸易平台建设经验，筹建洋山保税港区机电设备、船舶设备等大宗商品交易市场。

（3）进一步优化贸易便利化环境

主动适应企业现代化经营需求，推动海关、检验检疫、外汇、税务、工商等职能部门的监管模式创新和延伸。

3. 以如期封关运营为目标，全力以赴推动机场综合保税区基础设施建设和项目引进

（1）加快机场综合保税区封关建设

与上海机场集团、现代产业公司紧密配合，加快推进海关隔离设施、巡关道路、监管设施建设，确保 2010 年 3 月份完成封关验收。

（2）探索创新机场综合保税区临空物流服务功能

发挥浦东机场亚太航空复合枢纽港优势，发展以航空快件中心、转运分拨、第三方物流等为主的航空口岸物流功能以及检测、维修等物流增值服务功能，推动综合试验区的创新政策延伸到浦东机场综合保税区。抓紧制定出台机场综合保税区管理办法，营造良好的招商和运行环境，确保在机场综合保税区封关验收后，实现项目引进和功能运作双丰收。

4. 以资源优化整合为基础，加快形成三区联动发展整体格局

（1）推动建立"三区"业务联动体系

一是建立上海综合保税区货物调拨体系，实现"三区"间货物流动无缝链接；二是搭建"三区"统一的企业经营资质平台；三是继续推进外高桥保税区"空运货物服

务中心"项目。

（2）建立管理部门紧密合作的联系机制

管委会同海关、检验检疫、外汇等职能部门建立更加紧密的工作联系机制，抓紧梳理影响综合保税区发展的关键环节和瓶颈因素，主动协调解决在操作层面和监管流程方面存在的实际问题；同时，形成日常沟通协调机制，进一步形成帮助企业降低成本、加快发展的服务举措，高效推进"三区"的改革创新和联动发展。

（3）推动建立"三区"各开发主体间的战略合作机制

在"三区"统一行政管理体制的基础上，"三区"各开发主体之间深度合作，在资金、土地、人力、品牌等方面实现资本、资源的共享和互补，形成合力推进、利益共享机制，促进"三区"的繁荣发展。

5. 以推动项目落地为重点，进一步扩大和加强产业集聚效应

（1）积极开展大型招商活动

针对"三区"的功能定位和产业要求，明确招商重点，梳理支持政策，完善激励机制，实现"三区"招商资源整合、信息共享、形成合力，打造"三区联动"全新品牌，促进区域招商工作取得新成效。

（2）全力推动重大项目落户

洋山保税港区利用保税港区营业税免税政策，吸引具有实力的国际航运企业总部入驻。外高桥保税区重点项目包括吸引国药控股公司增资至1亿元设立营运中心，推动物流服务供应商设立物流中心，引进从事奔驰汽车仓储、展示和销售的"奔驰世界"项目，鼓励亚太区最大的医药与健康产品公司设立大型医药物流中心。浦东机场综合保税区结合封关验收及开园运作，积极吸引品牌物流企业落户，初步形成航空物流产业集聚效应。

（3）强化企业服务各项措施

完善企业服务网络，制定更有力、更加贴合企业需求的针对性政策扶持措施，降低企业商务成本；同时，会同各行政职能部门建立完善稳商、留商预警协调工作机制，及时解决企业经营中遇到的瓶颈问题，确保企业的稳定发展。

6. 以优化配套环境为手段，不断提高区域的综合服务能力

（1）完善区域规划管理

配合市、新区两级规划管理部门协调推进新浦东规划、三港三区规划的编制，尽快形成规模化、集约化、快捷高效的集疏运体系规划布局。

（2）加快"三区"市政及综合配套建设

（3）改善区域配套环境

加大对洋山保税港区及周边区域生活配套设施投资建设力度，完善必要的配套设施建设；同时，引进金融、代理等服务机构，进一步提升商务配套功能，做好浦东机场综合保税区配套建设的相关规划。

上海漕河泾新兴技术开发区

一、2009 年工作总结

2009 年，面对国际金融危机蔓延加深、产业结构调整压力加大等一系列严峻挑战，漕河泾开发区认真开展学习、实践科学发展观活动，坚决贯彻落实党的十七届四中全会、市委九届九次全会等重要会议精神，不断提升服务水平，优化投资环境，大力推动高新技术产业和高附加值现代服务业发展，实现了年初提出的"总体平稳、稳中有增"的经济目标。

（一）经济指标稳中有增，三产增幅高于二产

2009 年开发区实现销售收入 1 862.6 亿元，同比增长 16.17%（其中第三产业收入 564.9 亿元，同比增长 33.32%）；工业总产值 1 253.2 亿元，同比增长 9.27%；地区生产总值（GDP）562.1 亿元，同比增长 18.6%；工业增加值 350 亿元，同比增长 10.85%；第三产业增加值 211.8 亿元，同比增长 34.06%；税收 44.8 亿元，同比增长 34.65%；利润 79.3 亿元，同比增长 42.97%；进出口总额 176.8 亿美元。

从总体情况看，2009 年开发区经济表现出较强的抗危机能力，除工业总产值（个位数增长）、进出口（负增长）外其他主要指标均保持两位数增长。产业结构比例发生新变化，三产增幅达到 34.06%，远大于二产的 10.85%，三产占开发区销售收入比例首次突破 30%。从区域分布来看，三产主要在本部，三产销售收入的 95% 来自本部区域；二产主要在浦江园区，工业产值的 77% 以上、出口额的 89% 以上、销售额的 52% 以上来自浦江园区。浦江园区先进制造业占闵行区的比重达到 27%。

（二）坚定不移"转方式"，加大力度"调结构"

根据中央和市委、市政府的要求，漕河泾开发区在 2008 年应对全球金融危机时加大了"转方式、调结构"的力度，坚持从五个方面"转方式"，即：① 坚持从"七通一平"为主要内容的硬环境建设，向更加注重服务、更加注重功能开发的软硬环境并举建设转变；② 坚持从生产性、制造型项目的引进，向重点引进国内外著名企业集团的"一部三中心"（地区总部、研发设计中心、运营结算中心、管理服务中心）项目转变；③ 坚持从单个高新技术项目的引进，向完善其产业链以及提升自主创新能力转变；④ 坚持从项目的引进和培育，向促使不合适项目的退出和调整（即"腾笼换鸟"、"腾笼引凤"）转变；⑤ 坚持从"引进来"，向"引进来"和"走出去"并举转变。

同时，从四个方面"调结构"：① 加大力度发展生产性、科技型现代服务业，实行二三产并举。三产增长幅度（34.06%），超过了二产增长幅度（10.86%）。截至 2009 年底，开发区二三产业产出比已经达到"七三开"。② 加大力度引进内资高科技企业，实行内外资并举。2008 年引进的 200 多个项目中内资企业占了五分之四以上。截至 2009 年底，开发区内外资企业比例已经达到"六四开"。③ 加大力度推进科技创新，实行科技创新与产业发展并举。截至 2009 年底，开发区内具有独立法人资格的研发中心、技术中心以及设立研发、技术机构的中外企业数已达 460 多家，占全开发区企业总数三分之一强，表明开发区创新能力正在增强。④ 加大力度实施"走出去"战略，实行"走出去"与"引进来"并举。截至 2009 年底，漕河泾开发区除本部区域外，在上海地区全资或参资开发并正式冠以漕河泾开发区名义的有五个分区域，它们是漕河泾开发区浦江高科技园、漕河泾开发区松江高科技园、漕河泾新经济园临港产业园、科技绿洲康桥产业园、外高桥亿威园区；在长三角地区已经建立的有漕河泾开发区海宁分区和漕河泾开发区盐城分区。这既是贯彻国家战略，也是为开发区中外企业当前和今后进行新的产业布局创造平台，为调结构创造条件。

（三）招商引资走势向好，"一五一"格局初步形成

2008 年四季度以来，面对全球金融危机袭来，开发区在继续坚持"大招商"格局，统筹本部、浦江、松江等区域，发挥联动效应的基础上，积极采取有效对策，加大项目引进和客户服务力度，进一步突出内外资并举和二三产并举，做到了"三个不"，（即不降低租售价格水平、不流失中外支柱企业、不增加房屋空置面积），打了一场艰苦而成功

的防守战，并在 2009 年下半年由守转攻。

2009 年开发区新引进中外企业 230 家，其中新批准设立外商投资企业 20 家，新增合同外资 2.28 亿美元。新进项目绝大部分为研发、总部、商贸类高附加值企业和机构。本部区域以"一部三中心"（地区总部、研发设计中心、运营结算中心、管理服务中心）项目为重点，如安吉安星汽车服务、爱普拜斯医药仪器、宏碁信息技术研发、日华化学技术、德和威工程咨询、索爱斯汽车系统、三星机电、合富医疗、中石油上海销售公司、上海市软件评测中心等。现代服务业集聚区总部经济区迎来以首创"从低等级煤矿中提取高品质乙二醇"重大科技成果而闻名全国的金煤集团总部及技术中心入驻；集聚区首期与凯德的合作也初见成效，吸引了汇付网络、爱默生电气、雅马哈建设摩托车销售、麦当劳中国总部等知名企业入驻。除新进项目外，雪铁龙技术中心、中国中原工程、麦考林邮购等企业逆势飞扬，扩延发展。浦江园区以成功获批国家生物医药产业基地、上海市高新技术（新能源）产业基地和上海市生产性服务业功能区为契机，加速项目集聚。全球核能龙头企业法国阿海珐输配电中国技术中心项目奠基动工，尚德电力迎来首块薄膜太阳能组件出产，博太科电气、御能动力科技、豪泽涂层技术、惠家电器、魏德曼电力、卫利净化、嘉里物流、行者赛能光电池、南安机电、众志安防等一批内外资项目纷纷入驻园区；之江生物、拜特医疗、贝奥路生物材料进一步充实了园区的生物医药产业。截至 2009 年末，浦江高科技园已累计引进内外资企业 54 家，总投资额 12.02 亿美元，合同外资 4.82 亿美元。此外，泰科电子、华东光电分别与本部及浦江园区签订预约合同和合作意向书，为 2010 年的招商工作开了好头。

开发区根据产业和技术发展趋势，依托现有产业基础，扩展延伸产业链，大力发展电子信息支柱产业和新材料、航天航空、生物医药、汽车研发配套和环保新能源五大重点产业以及现代服务业支撑产业，二三产业进一步融合发展，"一五一"产业格局初步形成。

（四）规划建设扎实推进，储地动迁取得突破

建设工程是重要的"窗口"。在 2008 年金融危机影响时期，开发区一方面从开发区招商引资需要、国家宏观经济形势变化情况出发，实事求是地决定相关建设施工工程的开工时节和节奏快慢，另一方面对于建设项目设计工作、政府部门协调工作、基础准备工作等前期工作抓得很紧。随着经济起暖回升，本部和浦江的工程项目不但没有减少，反而都创造了在建项目工程量之最以及品质和节能环保方面之新。

2009 年本部区域总建设面积约 64.5 万平方米。其中已竣工项目三个，面积 5.4 万平方米，分别是光启园三期高层、商贸区地下室一期以及徐汇市政公务署道班房；续建项

目四个，面积 46.2 万平方米分别是集聚区总部区单体竣工，国际商务中心结构封顶进入外立面幕墙安装阶段，新漕河泾大厦外立面改造完成内部装修全面展开，集聚区宾馆区基本完成地下室结构施工。新开工项目两个，面积 12.9 万平方米，分别是公司总部办公大楼和万源新城三期住宅项目。浦江园区 2009 年有地铁广场一期和 F 地块工业厂房三期 3 标两个项目开工，建筑面积 16 万平方米。此外，还上报了科技绿洲三期项目方案设计；配合"大学生创业创新园"开园，对新联技贸大楼进行了内外整修；配合"腾笼换鸟"工作，完成了对新芝地块厂房的全面清理整修。

2009 年，开发区多个建设项目获得有关部门肯定，如：西区三期厂房 A 标工程（宝石园 20 号楼）获颁上海市优质工程"白玉兰"奖，国际商务中心（超高层）工程 A 标项目被市质监总站列为迎世博文明施工专项整治观摩工地。

在土地储备和动迁工作方面，积极争取闵行区支持，发挥与虹桥镇"区镇合作"机制效应，大力推进。基本完成南宅、西王、薛更浪、侯家塘、余家宅、蔡更浪及新桥东、西队八个居民宅基地动迁工作，完成签约 611 户，签约率达到 94%；撤销余家宅、侯家塘、蔡更浪及新桥东、西队五个生产队建制；协同新桥村对 336 家集体、租赁企业启动解约拆迁工作，已签订搬迁协议 327 家，完成搬迁 308 家，完成"万源"三、四期规划调整后土地出让手续工作；取得河南队地块储备土地批文，完成中环线 3 户居民的协议动迁。此外，还成立万川物业公司配合完成动迁居民的进户工作，确保征地动迁中的稳定局面。

浦江公司 2009 年完成 C 地块 127 公顷土地的征地农转用手续，累计完成 447 公顷土地农转用，占总规划面积的 75%。协调闵行区和浦江镇两级政府，以定期联席会议方式推进动迁工作：年内共启动动迁量 150 公顷，涉及 720 户农民动迁；已完成 625 户动迁；实现拆平 104 公顷，确保了地铁广场、嘉里物流等项目的用地需求。

（五）双创体系继续健全，自主创新能力提升

国务院先后批准漕河泾为经济技术开发区和高新技术产业开发区。这"两顶帽子"决定了开发区必须坚持完成产业发展和科技创新"双重任务"，必须一手抓科技，一手抓产业"两条腿走路"。这是漕河泾开发区区别于国内其他许多开发区的特点。

在 2009 年中，以创业中心、产业转移促进中心、人力资源服务公司为主，公司各部门协同，以提升自主创新能力为转变经济发展方式为主攻方向，进一步加大了扶持自主创新和完善"双创"环境的力度，加快创新型科技产业园区建设，做好服务。

一是以大学生创业创新园为载体，建设就业、见习、实习"三位一体"基地，结合孵化器、留学生园建设，打造产、学、研合作交流平台。2009 年 4 月开园的大学生创业创新园入

驻率超过 100%，吸引 77 家大学生企业的项目及配套服务机构入驻，提供就业岗位 255 个。孵化器建设方面，由区内 7 家孵化器、科技园组成的"孵化联盟"总孵化面积约 27 万平方米，在孵企业 401 家。

二是打造中小企业融资平台，积极扶持企业上市。由开发区与徐汇区共同出资并和交通银行徐汇支行合作成立运作了首期 5000 万元的科技型中小企业融资平台，已实际下发贷款 39 家次 4100 万元；还与建行、工行、招行、上行、民生银行、浦发银行等建立战略合作，推出符合科技企业特性的金融创新产品；与专业机构合作，对拟上市企业开展上市个性化辅导服务。目前全区已有在国内上市企业 30 余家，最近又提出拟帮助上市的 39 家中小科技企业名单。

三是双创品牌服务做出特色，持续改善创新创业环境。召开政策咨询会、企业沙龙及培训讲座等各项活动；发布区产业帮困扶持资金项目、区导向型企业认定、浦江人才计划、小巨人企业认定等项目申报信息，推动孵化器企业入选小巨人企业；进一步推广双创培训品牌——"漕河泾双创大讲堂"，先后引进 10 多家知名培训机构，开展培训 58 次，培训 3 477 人次，并将培训服务拓展至临港、浦江园区。

四是启动"企业加速器"试点建设，接力后"孵化器"企业。率先在浦江双创园启动"企业加速器"试点建设，满足高成长性企业对资金、管理、人力资源等方面的个性化服务需求。目前已拥有高成长性企业 26 家，年销售额超过 10 亿元，销售和利润增长率 30% 以上。

五是探索孵化器品牌建设。以开发区创新创业服务 20 周年为载体，举办了"孵化器品牌建设研讨会"；形成了双创服务品牌；与中国高新区协会合作出版《中国孵化器——品牌漕河泾》专刊，提升开发区"品牌园区"和"上海市著名商标"在全国的影响力。

六是依托大张江资金，加强开发区自主创新能力和环境建设。2009 获批大张江发展专项资金 4 880 万元支持（不包括区里按 1:1 匹配的资金）。专项资金重点支持高科技产业和高附加值服务业项目引进、生态工业园建设、创新创业培训服务、中介咨询服务、中小企业融资平台及大学生创业园建设。

七是大力推动高新技术企业认定和技术先进型服务企业认定工作。至 2009 年末，区内经认定的高新技术企业共有 206 家，占全市总数的 8.08%；经认定的技术先进型服务企业 9 家，占全市总数的 8.6%。

八是建设知识产权试点园区，加快知识产权产业化进程。举办知识产权宣传周、研讨会；组织专利工作者培训班，共 43 人参加并获得了上海市专利工作者称号；推荐十多家企业申报区自主知识产权资助申请、上海自主创新产品认定、区信息化资金项目和国家创新基金的创业计划，提高了开发区和企业知识产权创造、运用、保护和管理水平。先选择 30 家企业为重点关心和跟踪企业，将逐步扩大范围。

九是整合区内外企业资源，推进公共设备和技术共享服务平台建设。汇集中国上海测试中心、微特检测、中国航空无线电电子研究所、上海大唐等 14 家企业 205 台仪器形成仪器共享服务平台，2009 年为区内企业提供服务 1 126 次，服务金额 750 万元。

十是继续深化服务外包示范园区建设。继续做好"千百十工程"服务外包人才培训工作，先后培训嵌入式软件工程师、软件测试工程师、网络工程师等服务外包人才 814 人次；推荐启明、PFU、文思创新、理光图像等 16 家企业申请商务部、上海市服务外包专项资金，获批 591 万元；开发区创业中心软件园职业培训中心被认定为"上海服务外包人才培训基地"。

（六）服务功能日益完善，投资环境不断优化

在 2008 年遭受金融危机冲击的严峻形势下，公司上下热情帮扶企业，采取了一系列具有漕河泾特色、体现差异性和前瞻性的服务措施。公司坚持"以企业为本"的服务宗旨，践行对企业"无事不插手，有事不撒手，好事不伸手，难事伸援手"的"四手理念"，遵循"对企业发展中需要解决的事，凡能在开发区内办到的，及时解决；凡不能在开发区内办到的，协调有关部门关心解决"的两项工作原则。公司各部门，特别是创业中心、开发区企业协会、园区管理服务中心、招商中心、产业转移促进中心等部门和相关子公司协同作战，企业有难大家鼎力相助。全年先后举办有针对性、有明确主题的现场会、座谈会、专题会、政策宣讲会等逾百次，走访企业、上门服务超过 500 人次。举办各种形式的银企对话活动 11 次，缓解企业融资难的问题；协调解决了区内不少企业在增资扩建、人才引进、集体户口、劳资纠纷、设备通关、商检质检等方面的困难。

2009 年中，开发区按照"一带、三圈、五点"开发区商业布局规划，进一步加强园区配套服务。引进一批金融机构、健康饮品、交通导航、便利商店、中西式快餐和咖啡馆等设施，完善商务服务布局；实施"一卡通"，整合 31 家餐饮及商业服务资源，为企业员工提供便利；开通客户服务热线，成立统一的客户服务呼叫中心，服务企业。

在人才建设方面，以企业需求为导向、"漕河泾人才网"为载体，为企业提供人力资源多元服务，内容涵盖人事代理、人员派遣、猎头服务和企业登记代理等，并将人力资源服务功能延伸到浦江高科技园和大学生创业创新园。此外，开发区企业协会人力资源专业委员会建立并举办企业人事经理沙龙，共同为创新型人才高地建设献计献策。人才培训方面，徐汇区－漕河泾开发区职业教育集团在开发区揭牌成立，建立了校企合作、"职

前职后一体化"的人才培训新格局。

继续加强"三大园区"建设。双优园区建设方面，ISO9001 质量管理体系和 ISO14001 环境管理体系持续改进，ISO14000 国家示范区深化完善，以"环境改进两年行动计划"为抓手，结合"迎世博 600 天"活动，全力抓好"三网"（道路网、公交网、绿化景观网）优化建设，推广集中供热、冰蓄冷、共同沟、地源热泵、太阳能、雨水收集等绿色节能环保技术的应用。同时，积极开展国家生态产业示范园的创建，举行了漕河泾开发区"国家生态产业示范园区"创建启动仪式；完成了创建国家生态工业示范园区规划的编制和上报工作；完成了小排河改造工程和生态修复综合治理工程，增加了小排河水生态植物及曝气装置；新建电子 LED 大屏幕并增设 10 个交通指南和宣传阵地，广泛宣传生态工业园区建设。在节能降耗工作中，推广试用安装了 6 400 多套 LED 和 T5 节能灯，节能效果明显。

数字园区建设方面，持续做好 ERP 维护工作，进一步完善招商模块、资产模块、物业公司设备管理系统，完成档案管理系统开发；完成地理信息系统首期；结合园区人力资源服务工作，对人才网进行了进一步宣传推广和应用；继续加强园区网络基础设施建设，开展了 3G 网络覆盖、楼宇智能化建设；完善园区技防监控体系；初步制定开发区公共区域技防监控系统建设规划、开发区公共热点无线覆盖方案及国际商务中心停车引导系统方案等。

国际园区建设方面，在加强与原有国际姐妹园区交流联系基础上，2009 年和加拿大渥太华研究与创新中心、意大利米兰工业家联合会、博洛尼亚工业家联合会和世界 500 强的联合圣保罗银行签订友好合作协议，谋求共赢发展。物业公司与英国莱坊的战略合作进入新阶段，双方签订《浦江高科技园地铁广场物业前期服务顾问协议》，为开发区高端物业管理打开新局面；华美达兴园酒店再次高分通过华美达集团年度质量评估，新漕河泾大厦酒店项目的改造及后续管理准备抓紧进行；保华万丽五星级酒店建设项目进展顺利，为国际园区提供高端服务配套。

（七）"走出去"战略有序推进，辐射"长三角"实质启动

为响应市委、市政府号召，进一步服从服务于上海产业合理布局和产业结构优化升级，推动长三角地区协调发展，2009 年开发区在区域协调发展、产业梯度转移、"引进来"和"走出去"等方面进行了积极探索。

一是缔结友好园区，谋求共赢发展。与上海金山工业区、江苏吴江汾湖经济开发区、滁州经济技术开发区、杭州余杭创新基地、安庆经济技术开发区、四川都江堰科技产业园、

成都青羊区绿洲产业园新结为姐妹园区,将国内友好园区的数量扩大到 21 个。加强与兄弟园区的干部交流,推动人员互访,互相交流开发、建设、经营、管理、服务经验。

二是坚持牵线搭桥,推动区域合作。以项目对接型为主要合作方式,以产业转移促进中心为平台,组织入驻平台的来自中西部 16 个省、区、市的人员参加一系列活动,推动产业项目对接,目前已有 20 个项目明确意向,4 个项目正式落地;知识产品集散中心年内征集并登记整理科技成果项目 18 项,新征节能环保领域项目 100 余项,并组织参加了"第三届中国(上海)中小创业项目展示会"和"绿色世博节能减排技术洽谈会"。

三是融入长三角,探索"一区多园"发展模式。在上海,与康桥工业区合力打造"漕河泾科技绿洲康桥园区",将"科技绿洲"品牌效应拓展到浦东。同时,立足上海,融入长三角,与浙江省海宁市政府及海宁经济开发区于 12 月 17 日举行全面合作协议签约仪式,启动建设占地 15 平方公里的漕河泾开发区海宁分区。此外,与江苏盐城经济开发区合作共建漕河泾开发区盐城分区的合作也签约启动。

(八)增进企业交流,共建和谐文化

开发区坚持以企业为本,努力创造快乐、人本、和谐的园区环境。"工商银行杯"篮球赛、浦江高科技园足球邀请赛、"农行杯"电子竞技大赛、迎世博"物业杯"棋牌赛等体育赛事的举办充分展示了各参赛企业的精神风貌和文化风采,加强了参赛企业之间的交流,增进了相互间的友谊,增强了开发区凝聚力。开发区传统文化项目——"相约漕河泾"走入第五个年头,全年组织 5 次活动,共有 580 名男女青年报名、245 人次参与,并有 8 对青年喜结良缘。"庆国庆 迎世博 漕河泾开发区文艺演出"在徐汇、闵行区政府的大力支持下,获得了区内企业的倾情参与,13 家企业奉献了一台精彩的节目向国庆献礼,为世博喝彩,1 300 余人应邀观看了演出。此外,开展了"再生电脑公益行"活动,组织区内企业先后捐赠 500 多台废弃电脑,"再生电脑公益行"漕河泾分中心已解决了 39 人就业,其中吸纳大学生 13 人。

二、2010 年工作计划

2010 年是推进经济结构调整、转变发展方式、提高经济增长质量和效益的关键之年,是"十一五"规划的最后一年,是世博会举办之年。开发区将继续坚持以科学发展观为指导,深入贯彻落实党的十七大、十七届三中、四中全会和中央经济工作会议以及上海市委九届十次全会和市经济工作会议精神,坚决贯彻中央"五个更加注重"和上海"五个确保"

的要求，紧紧抓住国家和上海市加快推进高新技术产业化的机遇，以增强开发区自主创新能力和国际竞争力为主线，以创建国家生态产业示范园区为抓手，全面推进浦江高科技园、现代服务业集聚区、科技绿洲三大重点区域建设；继续写好"产业、环境、创新"三篇文章，坚持"重服务、调结构、转方式、帮企业、稳增长"，大力推进二三产业和内外资并举发展、融合发展，确保开发区经济平稳较快发展，全面实现"十一五"规划目标，高质量编制好"十二五"规划，为新一轮发展打下坚实基础。

2010 年开发区要在服务企业、帮助企业、依靠企业的基础上，在全体中外企业的共同努力下，经济发展继续保持"总体平稳、稳中有增"。

2010 年，要继续促进五个方面的转变：一是从"七通一平"为主要内容的硬环境建设，向更加注重服务、更加注重功能开发的软硬环境并举建设转变；二是从生产性、制造型项目引进，向重点引进国内外著名企业集团的"一部三中心"（地区总部、研发设计中心、运营结算中心、管理服务中心）项目转变；三是从单个高新技术项目的引进，向完善其产业链以及提升自主创新能力转变；四是从项目的引进和培育，向促使不合适项目的退出和调整（即"腾笼换鸟"、"腾笼引凤"）转变；五是从引进来，向引进来和走出去并举转变。全年要重点做好以下几方面的工作：

（一）重服务，提高核心竞争能力

漕河泾开发区 25 年的发展经验告诉人们，之所以能取得今天的业绩，是因为开发区始终坚持"以人为本"、"以企业为本"的服务，这是漕河泾开发区品牌的核心，也是保持兴旺繁荣、永葆领先的制胜法宝。2009 年开发区在金融危机情况下，总体经济仍能稳中有增，与开发区对企业的服务特别是对一批处于困境中企业的贴心服务是分不开的。

2010 年宏观经济形势仍不乐观，存在诸多复杂和不确定因素。对开发区的发展来说，面临着更多的竞争和困难，要更加注重服务，通过服务优化投资环境，提高核心竞争能力。为此，公司决定将 2010 年定为"服务年"，各部门、各子公司和广大员工在全年的各项工作中都要将服务贯穿始终，要在服务理念的提升、服务体制的优化、服务资源的整合和服务手段的创新等方面有新的突破。要继续坚持"以企业为本"的服务宗旨，践行对企业"无事不插手，有事不撒手，好事不伸手，难事伸援手"的"四手理念"，遵循"对企业发展中需要解决的事，凡能在开发区内办到的，及时解决；凡不能在开发区内办到的，协调有关部门关心解决"的两项工作原则，进一步提高服务意识，打造服务品牌，拓展服务领域，完善服务环境，提升服务水平，从而提高开发区的核心竞争能力，发挥开发区的竞争优势。

（二）调结构，推动重点产业发展

要进一步提高思想认识，明确开发区是产业的推动者而非一般房地产开发商的定位，从坚持"五个并举"方面继续做好调结构工作，即坚持内外资并举、二三产并举、产业发展和科技创新并举、经济发展和环境协调并举、当前计划和长远规则并举。大力推进"开发区三年产业规划"所定位的"一五一"重点产业的发展：一大支柱产业，即占开发区产能比重最大的电子信息产业，包括计算机、集成电路、光电子及通信设备等；五大重点产业，即已形成的生物医药、新材料、航空航天产业和正在形成中的节能环保新能源、汽车配套研发产业；一大支撑产业，即以软件和信息服务业、金融服务业、科技和商务服务业等为主的高附加值现代服务业。2010 年，开发区现代服务业占比将在现有基础上再有所提高。

1. 要跟踪分析国内外经济形势，积极争取相关政策扶持

2010 年世界经济形势依然复杂，不确定因素较多。从国内来看，我国经济有望保持平稳较快增长的势头，但也将面临许多新的挑战。2010 年要编制开发区"十二五"发展规划，要跟踪分析国内外经济形势对开发区发展的影响，主动采取相应对策；同时要努力争取国家和上海市在调结构和稳增长方面的新政策对开发区的扶持，争取徐汇、闵行两区在产业和自主创新方面政策的进一步扶持，努力为招商引资及区内企业发展创造良好的政策环境。

2. 要突出开发区重点发展的"一五一"产业，统筹好"一区多园"大招商工作

"一五一"产业是开发区重点发展产业，在招商工作中要加以突出和体现，因为它体现国家战略、上海优势、世界水平、漕河泾特色。要坚持"大招商"格局，统筹好本部、浦江、松江、海宁等区域，发挥联动效应。浦江高科技园作为开发区新一轮重要发展基地，要抓住获批国家生物医药产业基地、上海市高新技术（新能源）产业基地和上海市生产性服务业功能区的机遇，重点发展电子信息、环保和新能源、生物医药及医疗器械等高新技术产业的研发、生产，同时引进高层次的服务业和服务贸易企业，进一步做大产业规模。

3. 要积极应对园区房源供应的新高峰，确保高品质项目的引进

2010 年开发区将有近 15 万平方米的老项目租赁到期，4 月底集聚区总部经济区 12 万平方米将竣工，年底国际商务中心近 18 万平方米将竣工，开发区将迎来一个房源供应的新高峰。为此，要在招商引资中采取有效应对措施，对有竞争优势的总部经济区采取"选择优质客户，保留适量房源"的措施，对处于相对竞争劣势的国际商务中心采取"重点推介、引进核心客户"的措施,对科技绿洲三期待建区域采取"提前招商、储备优质项目"的措施,通过理性定价、倾向性推介以及合理补贴等招商政策,确保优质项目的储备和引进;同时,继续坚持"腾笼换鸟"、"腾笼引凤",促使不合适项目的退出、调整,为优质项目腾出发展空间。

（三）抓建设，确保开发有序进行

2010 年,开发区本部区域建设总面积约 93 万平方米（其中新开工万源新城四期住宅、科技绿洲三期等项目共 43 万平方米,续建 12.9 万平方米,竣工 37.1 万平方米）。要配合招商工作需求,抓好工程建设进度。本部重点要抓好集聚区总部经济区与国际商务中心的竣工交房任务,确保 4 月底总部区竣工交房,国际商务中心年年底竣工交房;争取万源新城第四期安置房及相关配套一季度全面开工;抓紧科技绿洲三期的前期工作,争取一季度启动建设;公司总部办公楼结构封顶,2011 年内竣工交房;新漕河泾大厦改造及装修工程上半年全部完成。

2010 年,浦江高科技园建设总面积 44.6 万平方米（其中新开工地铁广场二期、F 地块三期等 18.5 万平方米,续建 20.4 万平方米,竣工 5.7 万平方米）。要着重加强现场管理,推进地铁广场一期的施工,确保三季度完成上部结构施工;二期抓紧设计及各项报批工作,确保三季度开工;F 地块三期 3 标确保年内竣工交付,4 标争取年中开工、2011 年三季度交付使用;抓紧 C、D 地块规划调整报批,争取 4 月底完成;高起点、高标准完成 D 地块设计方案,争取四季度开工;同时做好 A 地块恒南路、召楼路 2 标和地铁广场停车场三大市政项目的年内开工准备工作。

2010 年建设任务十分繁重,要在确保安全和质量前提下,一抓成本（成本管理、成本控制）,二抓现场（现场指挥、现场监督）,三抓创新（节能、环保、新技术应用）,努力塑造"窗口形象",推出"时代名片"。

在推进浦江高科技园、现代服务业集聚区、科技绿洲三大重点区域以及其他相关区域开发建设的同时,抓紧土地储备和动迁工作。本部区域重点完成河南队的征地撤队、场地平整、土地储备以及储备地块的招拍挂工作;全面完成虹桥镇新桥村剩余 37 户居民的动迁工作及 4 家企业的补偿工作,确保科技绿洲三期和居民安置基地开工建设需要;进一步加强区镇合作机制,协调万川物业、万源小区居委会,处理突发事件,保证动迁后居民的稳定。浦江高科技园面临 B 地块 80 公顷征地工作,A、C、D 地块共 67 公顷亩土地拆迁工作,A 地块规划恒南路以东、F 地块嘉里物流项目土地招拍挂工作,A 地块规划恒南路及 C 地块周浦塘改造项目供地划拨工作等,任务艰巨,但关系发展大局,务必完成。

（四）迎世博，推进三大园区建设

"三大园区"创建十年，极大地提升了开发区综合投资环境，2010 年要结合上海世博会的召开，继续全力以赴推进。

1. 以国家生态产业示范园区创建为抓手，持续推进双优园区建设

结合世博会，深化完善 ISO9001、ISO14001 及 ISO14000 国家示范区的持续改进，重点抓好国家生态示范产业园区的创建，积极做好新一轮环境改进两年行动计划（2010、2011 年）的编制和实施工作，推进园区的环保、节能减排、清洁生产、环境绿化等建设，发展低碳经济，促进资源节约型、环境友好型园区建设，进一步提升开发区生态环境。与此同时，进一步完善园区商业服务配套和公共区域管理。

2. 以提升园区信息化水平为抓手，持续推进数字园区建设

一是进一步加强网络基础设施建设，实施园区公共热点无线覆盖，推进 3G 网络覆盖和园区光纤网升级；二是结合世博会安全工作，建设平安园区，推进园区技防监控体系升级改造，扩增道路监控点，升级改造公园监控资源，建设园区出入口高清图像卡口系统；三是建设智能停车引导系统，先在国际商务中心试建，今后在现代服务业集聚区和公司总部办公大楼推行；四是开展国际商务中心、现代服务业集聚区及公司总部办公大楼等大楼智能化建设；五是提升改进开发区门户网，及时更新信息，增加服务和互动功能，并建立常态管理机制；六是结合学习临港产业园区在信息化方面的先进经验，继续推进 ERP、OA、K3、人才网、地理信息系统、一卡通、呼叫中心等系统的完善和应用。

3. 以加强国际项目合作和管理合作为抓手，持续推进国际园区建设

要继续加强国际间的交流与合作，以"国际商务中心"、"科技绿洲"、"现代服务业集聚区"建设和加强国际姐妹园区交流为重点，努力在国际项目合作、高端楼宇管理、酒店建设及管理等方面吸收和运用国际先进经验。

（五）促双创，完善自主创新环境

新的一年，开发区将以优化发展环境、提升品牌核心竞争能力为出发点，以双创指标体系为引导，依托各级政府政策支持，继续抓好创新创业工作，加快完善自主创新环境。特别是要大力抓好"双创超市"和"双创基地"的建设，集中资源，做大做强做活创业中心。有以下十项重点工作：

1. 建设"双创超市",加强双创服务体系建设

2010 年要进一步整合资源,提升管理,创新服务,重点抓好"双创超市"建设工作。要建立全面的多功能的双创服务产品和体系,全力建成充分体现实用性、系统性和人性化、集聚化服务理念的创新创业服务超市。

2. 建设"双创基地",加强孵化器建设

在已建成创业中心、双创园、大学生创业创新园等孵化基地的基础上,进一步加强孵化器建设。2010 年重点开展具有明确物理范畴的"双创基地"建设,如留学人员创业园、环保及新能源专业孵化器等。同时,以创业中心本部为基础,发挥品牌优势,输出管理和服务,探索多种方式和孵化联盟成员单位的合作,建设新经济园孵化器管理机构;以加速器为抓手,为高成长企业提供个性化服务加速其发展;以大学生创业园为抓手,支持大学生创业,再关心指导一批大学生在创业基地出成果;以国际企业孵化器为抓手,加强与以色列、加拿大、乌克兰的合作项目,进一步增强孵化器的国际化服务能力。

3. 继续申请大张江资金

过去两年来大张江资金对开发区环境建设和创新创业工作起到了较大的支持作用,要继续做好 2010 年度项目筛选、组织、申报工作。

4. 大力开展中小企业投融资服务

针对开发区中小企业融资难问题,要继续多渠道帮助企业解决:一是要充分发挥开发区中小型科技企业融资平台的作用,帮助企业做好与金融机构的衔接,协调和帮助一批中小型科技企业用好现有的银企合作融资平台;二是再引进一批风险投资、融资担保及技术、股权、产权交易等机构;三是利用好创业板机遇,加强对开发区 39 家拟上市企业的引导、推进和服务工作,再扶持一批科技企业上市。

5. 充分发挥公共技术平台和设备共享平台作用

积极推动现有软件评测平台、产品检测平台、生物医药技术平台等公共技术服务平台为科技企业服务,提高企业对仪器设备共享平台的实际应用率;同时再整合和充实一批公共技术平台和设备共享平台,为企业服务。

6. 继续做好知识产权示范园区工作

充分利用政府的各项支持政策,鼓励开发区企业专利申请,鼓励企业知识产权转让,协调各方加强知识产权保护,探索知识产权质押贷款试点工作,促进企业自主创新,为区内企业提供良好的知识产权保护和自主创新环境。做好 52 家试点企业的跟踪关心工作。

7. 大力加强创新型人才高地建设

着手人才公寓建设,帮助区内企业解决人才居住问题;加大开发区人才网宣传推广力度，提高成功率，为企业做好人力资源方面的综合服务工作。同时积极将人才网的服务功能拓展到松江新经济园、科技绿洲康桥产业园以及临港产业区等。

8. 抓好国家服务外包示范基地工作

用足、用好各项政策和扶持资金，结合软件园工作的开展，联动区内企业开展服务外包人才培训，进一步加强"国家服务外包培训基地"建设，努力培育和形成一批服务外包龙头企业。

9. 推进高新技术企业认定工作

继续把推进高新技术企业认定工作作为2010年的重点工作，努力帮助更多的企业通过认定，争取有新突破。

10. 研究和对接国家高新区评价指标体系

争取与我区"双创指标体系"相结合，及早参与并提出具有针对性、符合实际情况的意见和建议。

（六）谋发展，实施"走出去"战略

继2008年10月漕河泾开发区获评"上海品牌园区"之后，在2009年3月，开发区（司）标作为首次和首家开发区获评"上海市著名商标"。漕河泾开发区没有采用管委会体制，实行的是"人大立法、政府管理、公司运作"的管理模式。公司化的运作模式决定了漕河泾开发区不可能凭借政令，而必须主要依靠自己的服务去争取项目落户，依靠良好的商誉去赢得市场认可。品牌园区是开发区的基础，而著名商标则是开发区实力和优势的法律载体，是最直接向公众和客户展示的形象标志，是园区吸引客户的"磁石"，也是开发区"走出去"的"双脚"。

在2009年工作基础上，进一步实施品牌输出和"走出去"战略：一是通过理念互动，进一步加强与国内外兄弟园区之间的交流与合作，组织安排人员到国内外园区挂职，学习兄弟园区的先进经验；二是通过项目对接，以产业转移促进中心（商务部上海基地）和知识产品集散中心为平台，促进更多产业项目的双向转移和科技成果项目的转化；三是通过紧密合作，共建园区，抓好新成立的海宁分区的启动，重点抓好规划、建设、招商、管理等四条线工作，并在此基础上，进一步融入长三角，积极开展与盐城等其他长三角地区的战略合作。开发区要积极探索品牌输出与管理理念互动，为开发区今后发展不断拓展新的发展空间；要在与兄弟园区的交流互动中反思和提高自己、做大、做强自己；要从上海著名商标向中国驰名商标挺进，争取进入国际先进园区的行列。

上海闵行经济技术开发区

2009 年，受国际金融危机等因素的影响，闵行开发区经济发展遇到了一定的困难，开发区攻坚克难，迎难而上，以广泛开展学习实践科学发展观活动为契机，以高新技术产业和项目为抓手，积极调整产业结构，不断提升产业能级，采取了一系列有力举措，取得了较好的成效。据统计，2009 年闵行开发区完成销售收入与 2008 年同期基本持平，企业利润总额同比增长 9%，实缴税收总额增长 4%，总体上保持了持续平稳的发展态势。

一、开发区 2009 年的主要工作

（一）集中力量抓好园区优势企业的项目储备和建设，确保开发区"保增长"目标落到实处

近年来，闵行开发区始终坚持聚焦重点企业、重点项目的工作方针，开发区通过深入外资企业调研，第一时间掌握企业新建、扩建项目的计划、动向。相关职能部门也注重全过程跟踪、服务企业储备项目、有意向项目的进展情况，并及时帮助企业解决项目立项、审批等各个环节遇到的具体困难和问题，以确保新项目早开工、早建成、早投产。通过不懈努力，2009 年，闵行开发区迎来了新建、扩建项目的建设高潮。西门子高压开关、ABB 电机、贺德克液压、圣戈班高分子塑料等一批扩建项目已于年内落成并陆续投入使用，强生（中国）、三菱电梯、ABB 高压、不凡帝糖果、博朗电器等在建工程也均为跨国公司或知名企业的投资项目。随着这些新项目相继竣工、投产，预计每年将可为闵行开发区新增加产值 60 亿 ~70 亿元，确保开发区的"保增长"目标落到实处。

（二）主动与闵行区沟通协调，促进园区高新技术产业重大项目的顺利推进

为认真贯彻落实 2009 年市委 9 号文件精神，提前谋划开发区"十二五"发展，闵行开发区结合园区产业特点，加快推进高新技术产业发展。2009 年，轨道交通、上海强生制药、ABB 高压电机等三家企业明确了在闵行开发区扩张发展的意向。其中，上海强生制药计划通过扩建厂房、内部资源优化配置等举措，力争用 10 年时间，企业经济规模从目前年销售收入 5 亿元达到 50 亿元；ABB 高压电机计划设立全国性的中高端发电机设备维修中心，发展生产性服务业，完善产业链。轨道交通车辆产业计划通过与央企的战略合作，实现跨越式发展，成为全国生产轨道交通车辆的核心企业。这三个高新技术产业项目如能顺利投产，将有力地推动闵行开发区产业能级的提升，为新一轮发展增添强劲动力。

为确保项目的顺利推进，闵联公司进一步强化服务意识，着力做好相关服务工作，公司领导和职能部门多次登门到企业了解投资方的需求，并就企业提出的一系列要求和项目推进过程中遇到的难题，主动与闵行区联系，积极争取区政府及相关部门的支持和协助。此举得到了闵行区委、区府领导的高度重视。2009 年 10 月，闵行区在闵联公司召开了区长现场办公会，闵行区有关领导以及区政府相关职能部门负责人等都出席了会议，专题协调闵行开发区产业项目落地的具体事宜，逐一研究项目推进中的有关难题，并提出了具体的解决方案，为这些重大项目的顺利推进打下了坚实的基础。

（三）继续通过土地回购等方式，加强土地集约节约利用，推进产业结构调整升级

作为全国面积最小的国家级工业园区，对有限土地资源实施精耕细作始终是闵行开发区长期坚持的开发方针。近年来，闵行开发区积极通过调整功能回购、动迁回购、拍卖回购、协议回购等多种土地回购方式，实现优胜劣汰，"腾笼换鸟"，有力地推动了产业结构的不断优化、升级。2009 年，闵联公司又对 7 万多平方米的厂房和土地实施了回购。截至 2009 年底，闵行开发区累计回购厂房 28.64 万平方米，累计回购土地 94.78 万平方米，土地利用率达到 139%。土地资源的高利用率，为开发区发展创造了良好条件。通过持续的产业结构调整，目前闵行园区已形成以轨道交通、电站设备为代表的机电产业为主，以血制品、常用药品为代表的医药医疗产业和以世界品牌饮料为代表的食品轻工业为辅的三大产业，涌现出一批具有较强竞争力、较高知名度和市场占有率的企业，

世界 500 强企业的投资项目占到园区企业总数的 40%。闵行开发区的单位面积销售收入、企业利润、上缴税收在全国各工业开发区中已连续多年名列前茅。

（四）进一步增强服务意识，提高服务水平，通过连续三轮的企业走访，及时解决企业在金融危机中遇到的实际困难

为深入了解、掌握国际金融危机对企业发展的影响，强化工作的针对性、有效性。2009 年，闵联公司连续开展了三轮企业走访。第一轮是去年年初，闵联公司领导重点对开发区数十家优势企业进行了走访，了解企业生产经营状况、遇到的困难以及未来投资计划，并将落实的扶持资金送上门；第二轮走访中，公司领导又分四次与开发区 42 家（占开发区企业 50%）企业经营者进行了座谈交流，了解企业发展情况和需求；针对开发区部分企业出现不稳定因素有所增多的状况，闵联公司又进行了第三轮下企业走访，及时协调解决企业反映的增资扩建、项目建设、劳动用工、外部关系、劳资纠纷等方面的问题，帮助企业尽快走出了低谷。

二、开发区 2010 年的工作设想

经过 20 多年的开发、建设，作为一个成熟的工业园区，闵行开发区正步入一个发展的关键时期，面临着诸多新情况、新挑战，必须进一步大胆实践、开拓创新，实现科学发展、持续发展。2010 年，开发区的主要工作设想是：

（一）要以制订"十二五规划"为契机，从长远角度谋划好开发区未来发展

认真学习中央十七届四中全会精神，继续深入实践科学发展观，科学分析当前形势，把握开发区发展趋势，进一步贯彻落实市委市政府调结构、促发展，尤其是"加大优化产业结构工作力度，重点推进高新技术产业"的战略部署，以研究制订开发区"十二五规划"为契机，认真思考和谋划开发区的未来发展，通过加强与区域经济的联动发展，着力培育重大装备、生物医药、新材料等高新技术产业，为开发区持续发展奠定基础。

（二）要继续调整经济结构，提升产业能级，增强园区核心竞争力

调整优化产业结构是做大做强开发区的根本出路。2010 年，闵行开发区要继续坚定不移地推进产业结构调整，继续通过腾笼换鸟实现优胜劣汰，为重点产业和优势企业的

发展腾出空间,推进企业集群的发展壮大。要力争在"十二五"期间,在闵行园区现有 3.5 平方公里土地上,形成一批年销售收入达到 10 亿元、20 亿元、50 亿元、100 亿元能级的核心企业或企业集群,实现闵行园区产业能级进一步提升,经济规模进一步壮大,同时临港园区在招商引资、项目建设、产业发展取得新的突破,为上海经济作出更大的贡献。

(三)脚踏实地,勇于开拓,在"四个更加注重"上下功夫

要着力研究和解决闵行开发区在发展中遇到的瓶颈问题,着重在"四个更加注重"上下功夫:一是更加注重抓好项目的建设。通过提前谋划、提前准备,在推进已经签约、在建和将要开工建设项目的同时,继续聚焦高新技术产业、聚焦重点企业,积极通过对外招商,做好项目储备、项目引进,确保开发区的"保增长"落到实处;二是更加注重节能降耗减排和环保工作。突出抓好节能减排、生态环境保护等重点工程建设,继续保持产值能耗、水耗继续领先于各行业水平,并保持在现有基础上稳步下降的态势;三是更加注重提升服务水平。继续在服务企业,特别是服务优势企业上下功夫,强化与企业的沟通联系,准确把握企业的发展趋势和实际需求,及时解决企业遇到的各种困难,不断提高服务能力和水平。四是更加注重文明园区、和谐园区建设。创新工作机制和方法,以迎世博,保平安和推进文明单位创建为抓手,加强文明园区建设。高度重视开发区的安全、稳定问题,及时处理突发事件,化解各类矛盾,确保园区的平安、和谐、稳定。

上海陆家嘴金融贸易区

一、2009 年工作回顾

刚刚过去的 2009 年，是浦东开发开放历史进程中具有特殊意义的一年，也是陆家嘴集团发展历程中极不平凡的一年。一年间，集团经受考验、应对挑战，牢牢抓住浦东南汇两区合并和国务院"两个中心"意见出台的重大机遇，坚持"经济建设"与"功能开发"并重，深入推进战略转型，在极为严峻的经济形势下逆势而上，取得了一系列来之不易的成绩。

（一）立足经济建设，经营目标超额完成

2009 年，集团经济工作取得的实绩主要归纳为三个方面。

一是经济效益大幅提高。2009 年，集团系统创造净利润 24 亿元，较去年增长 246%，占全市国资系统全年实现利润的 5.4%；上缴国家税收达 11.5 亿元，较去年增长 61%。全面创下集团成立以来的最好成绩。

二是招商引资成绩斐然。2009 年 1-12 月，陆家嘴金融贸易区成片开发区域 5.4 平方公里共引进合同外资 10.89 亿美元、内资 15.92 亿元，平均每平方公里引进合同外资超过 2.01 亿美元；全年吸引第三产业投资额占招商总额的 97%。

（二）立足功能开发，项目建设大步推进

坚持把金融城建设作为首要任务，紧紧围绕"做功能、做环境"，集团在确保安全、优质的前提下，圆满完成了各政府功能性项目的年度建设目标。一是优化金融城生态环境。北滨江改建工程提前在 9 月竣工；二层步行连廊一期主体钢梁结构提前完工；二是提升

金融城人才竞争力。启动了杨东青年公寓建设,还推出了首个市场化运作的人才公寓——陆家嘴花园一期单身公寓,目前出租率达到65%。

（三）立足战略定位，业务转型持续深入

2009年,集团成功实现了向多元化、综合性投资控股公司的战略转型。各大板块皆在2009年取得了不菲的成绩。

1. 政府功能板块：实力全面增强，资源整合成效显著

集团在年初重组成立了从事政府功能开发的产业平台,并成功打造了一支具有超强执行力、凝聚力和战斗力的团队。在动拆迁工作,青年公寓开工,二层连廊O形补缺段施工等工作中,团队克服了协调难、时间紧、任务重的重重困难,以顽强拼搏、无私奉献的精神全面实现了预期目标。

2. 商业地产板块：市场价值凸显，转型迈入全新阶段

围绕拓展区域招商引资配置空间的目标,2009年陆家嘴公司全年竣工项目8个、新开工项目2个、在建项目7个、前期策划项目13个。

公司加大力度抓质量、抓营销、抓服务,使商业地产业务在金融危机的巨大压力逆势上扬,租赁收入较去年增长近一倍,再创历史新高。

3. 金融产业板块：业务启动有力，平台运作日趋成熟

2009年,金融业务得到了深度和广度上的拓展。2010年6月,圆满完成对爱建证券收购,业务平稳有序推进,资产效益大幅提高。

4. 会展产业板块：抵御市场冲击，实现平稳健康发展

会展行业克服了全球经济危机带来的巨大冲击,在市场需求急剧下滑的困境中保持了平稳健康的发展势头。亚太会展行业的主导地位进一步稳固。2009年,场馆总利用率达64.9%。在新区领导的关心和各方面的支持下,新国际博览中心扩建也在稳步推进,将确保在2010年底前实现竣工。

二、2010年工作计划

新的一年蕴含着浦东行政体制革新的机遇。集团要积极融入改革大潮,在新组建的陆家嘴金融贸易区管委会的领导下,继续围绕"经济建设"和"功能开发"两大目标,服从服务于浦东开发大局、服从服务于金融城建设大局,加大改革创新的步伐,加强业务拓展的能力,创新和优化融资与管理模式,探索新的投资机遇和发展空间,为集团在

更高的定位下再度实现跨越式发展奠定基础。

（一）抢抓机遇，深化改革，提升企业定位

首先，要进一步深化国企改革，推进资产重组，充分发挥政府投融资平台的作用。我们既要思考国有资产在流动中实现保值增值，发挥国资集中力量办大事的优势，又要思考上市公司如何迸发出新的活力。

其次，要进一步加强融资平台和项目平台的联动，立足战略定位，加快推进核心产业发展。整个集团系统要既能面向市场，又能胜任政府任务，全面提升核心竞争力。

第三，要进一步配合重点地块的规划研究，创新动迁模式，继续致力于金融城开发空间的拓展。要继续配合研究金融城东扩规划，在吸收国内外经验的基础上，提出更具操作性和现实意义的城市功能更新办法。

第四，要进一步理解重大历史机遇的深刻内涵，投身新一轮开发，为集团"二次创业"再蓄动能。要紧紧抓住世博会即将召开的契机，深刻理解浦东产业功能提升及经济结构调整产生的深远战略影响，并积极投身其中，为创造浦东建设金融中心、航运中心、贸易中心未来数十年的成长空间开辟新天地。

（二）振奋精神，攻坚克难，全力达成目标

1. 着力加大招商引资力度，优化投资环境，力争实现新的突破

要聚焦经济结构转型的重大契机，找准招商重点，并努力与陆家嘴金融贸易区管委会形成新的协同关系，放大协同效应，在改善金融城投资环境、提升客户服务上多做思考；要进一步增强营销团队的综合实力，有效提高执行新区产业扶持政策的效率，在招商引资做增量的同时，做好安商稳商保存量的研究，使招商引资取得新突破。

2. 着力加大政府功能性项目实施力度，确保各项目标如期达成

集团必须举全司之力，继续给予全面、充分的支持。建设团队、动迁团队更要继续发扬艰苦奋斗、团结奋进的拼搏精神，充分体现"集团军"、"主力军"的风范，力争按时呈上一份令人满意的答卷。

3. 着力完善管理机制，健全新形势下的集团管理架构

要总结机制改革的经验，进一步加强集团的投资管理职能。坚持行之有效的目标管理机制、考核激励机制和全面预算管理制度，并不断对制度加以优化和完善，激发各投资企业的潜能与动力，提高投资回报，实现集团的可持续发展。

4. 着力加强社会综合治理管理，稳妥推进各项建设

一是要进一步加大社会维稳工作的力度。尤其在世博召开期间，特别重视对各类重信重访对象的安抚调解，把"维稳"落实到所辖区域社会生活的方方面面；二是要更严格地执行安全生产管理。安全监管和责任意识要进一步增强。要努力确保每个建设工地都在平稳安全的状态下，实现各项建设目标。

上海闵行经济技术开发区临港新城产业区

一、2009 年开发建设回顾

2009 年，临港新城坚持以科学发展观统领开发建设大局，积极应对国际金融危机及种种变动因素，加强产业引入和项目推进，加强基础设施建设，加强管理服务，改善投资环境，全力保持开发建设的稳步推进，实现经济持续稳定增长。

1. 经济保持持续增长态势

2009 年，临港新城完成地区增加值 197.4 亿元，比上年增长 20.8%。完成固定资产投资 203 亿元，增长 17.9%。完成工业总产值 249.6 亿元，增长 101.8%。引进合同外资 1.2 亿美元，与上年相比基本持平。实现税收收入 22.3 亿元，增长 35%。交通运输业缓步回升，洋山港全年吞吐量 7346.3 万吨，其中出口 3971.2 万吨，进口 3375.1 万吨；国际标准集装箱全年吞吐量 784.9 万 TEU，其中出口 426 万 TEU，进口 358.9 万 TEU。

2. 产业功能塑造取得重要进展

产业区全年招商引资卓有成效，落地项目总投资 101.5 亿元。申能燃气电厂、中船三井二期等项目正式落地；三一重工在奉贤分区顺利签约落地并开工建设。产业区投资上扬明显，装备产业区和物流园区两区域共完成投资 97 亿元，比上年增长 83.2%。继上海第一机床厂扩能项目开工后，上海电气临港核电制造基地二期工程开工建设。临港物流园区重点功能性项目普菲斯亿达冷链基地开工。申能临港燃气电厂进入主体施工；上海电气超高压变压器制造工程、中船临港大功率柴油机二期工程、外高桥船厂海洋工程等项目进入设备安装调试；ABB 高压电机项目建成投产；普罗新能源设备制造、维尔泰克二期、闵联二期标准厂加快项目建设步伐。华仪电气、中船柴油机配套等项目加快前期设计及手续办理。临港四镇配套产业区一批产业项目顺利推进。

3. 投资环境继续完善

继续推进重点基础设施建设，完成固定资产投资 38 亿元。LNG 临港段、芦潮港车客渡码头改建工程竣工投用。重装备产业区水系工程、芦潮港水闸外移工程继续推进。大芦线航道项目 14 个标段全面开工，累计完成投资 29 亿元。临港大道、两港大道西延伸段开工。重装备产业区 Y5 雨水泵站正式立项。内河港池项目进入项目核准。东港区多功能码头加快前期报批工作。奉贤分区市政基础设施加快推进：两港大道奉贤段建成通车，新杨公路及一期市政道路全面开工；新建大堤用海报告获批。加快营造良好的投资环境：临港"国家新型工业化产业示范基地"获工信部批准；上海市第六人民医院东院开工。利用国家支持上海建设国际航运中心建设政策出台契机，加快谋划临港航运服务集聚区建设，上海洋山海关行政办公楼和检验检疫综合办公楼完成节点建设目标。积极拓展保税物流与非保税物流的功能与内涵，探索开展保税港区及临港物流园区飞机、船舶融资租赁业务。积极服务企业，帮助企业争取市服务业引导资金、市重点技术改造专项资金、市节能技术改造项目补贴等政策扶持资金；切实解决企业用电、用工等实际困难。产业区商贸业规划编制完成并开始实施，着力改善临港产业区公交、职工宿舍、信息服务等配套环境。

4. 分城区建设稳步推进

加大四镇动迁安置工作保障力度，全年核发动迁许可证 7 张，拆迁居住房 1839 户，面积 28 万平方米；拆迁非居住房 144 户，面积 11 万平方米。年内新增动迁安置房销售面积 52.6 万平方米，安置 3429 户 10 370 人。截至 2009 年底，临港新城动迁人口累计安置率达 96.5%。进一步推进分城区建设，芦潮港新建车客渡码头配套陆域开发总体方案初步形成，客运站建设前期工作启动，芦潮港文化活动中心建成投用；泥城生活广场、外国语附属中学前期工作抓紧推进，上海临港外国语实验小学开工。加强离地农民就业指导、培训与推介，举办两次较大规模的就业培训推进活动，全年定向培训 363 人，新增就业岗位 14 267 个。

5. 管理与服务水平不断提升

编制完成《临港新城中心区分区规划》、《临港物流园区奉贤分区一期控详规划》并获得市政府正式批准，配合开展《上海航空产业基地发展规划》调研和编制，完成并获批《临港物流园区控详规划局部调整》等规划调整。《临港新城土地储备规划》进入报批阶段。重视土地节约集约利用，全年审批农转用项目 79 个，新增建设用地面积 470 公顷，确保了重点工程实事项目用地。完成供地项目 79 个，用地面积 434 公顷，土地出让 26 幅，面积 169 公顷，缴纳土地出让金 35.64 亿元。全力推进主城区已上报和正在进行中项目，确保上海中学临港分校如期竣工，上海市临港科技学校迁建工程顺利开工以及皇冠假日酒店等重点项目如期完成节点目标。根据中央要求和市委市府的统一部署，结合临港开发建设实际，顺利完成学习实践科学发展观活动，为今后一个时期科学推进临港开发提供思想基础和实践经验。

二、2010 年主要工作思路

2010 年是"十一五"规划的收关之年，也是谋划"十二五"规划的关键一年。临港产业区经过 5 年多的开发建设，从初创期走向成长期，构筑了比较完善的基础设施体系，初步形成了清洁高效发电和输变电设备、大型船舶关键件、海洋工程装备、自主品牌汽车整车和零部件、民用航空配套产业等产业集群，承接国际装备制造业转移呈高端化、产业链的完整化趋势。同时，临港产业区也面临国内其它装备制造业园区的激烈竞争，一定程度上还存在核心产业链不完整、研发机构落户不足、整体竞争力有待进一步提升的问题。

2010 年，临港产业区建设要深入领会中央经济工作会议和胡锦涛总书记在临港产业区考察讲话精神，全面贯彻落实市经济工作会议精神，牢牢抓住国家振兴装备制造业、发展民用航空产业、上海建设国际航运中心和举办世博会的重大契机，进一步发挥举全市之力、市区联手的体制优势，振奋精神，抢抓机遇，创新驱动，按照经济发展方式转变的要求，推进产业、技术、人才集聚，完善基础设施建设，构建配套服务平台，推动临港和谐开发，致力于把临港产业区建设成为世界一流、全国领先的国家级自主创新型装备工业园区。2010 年临港产业区开发建设，将推进加大招商引资力度与营造更好投资环境的统一，项目集聚与完善产业链及功能提升的统一，重装备区深度开发与奉贤园区大规模启动、主产业区适时启动的统一，开发建设与推动经济发展方式转变、实现绿色发展、构建和谐临港的统一。2010 年要确保实现"三个 100"：即固定资产投资 100 亿元；工业总产值同比净增 100 亿元；招商引资落地项目总投资 100 亿元。

1. 进一步加大招商引资力度

坚持体现国家战略、体现上海优势、体现国际竞争力，进一步加大招商引资力度，进一步加强对外宣传推介力度，确保招引落地项目总投资 100 亿元，力争更多的项目储备。高度重视项目储备和引进项目质量，推动装备制造业和现代物流业实现产业集聚，进一步做深、做长、做强产业链，积极开拓新的产业领域。坚持各区域协调推进的开发策略，形成滚动可持续的开发机制和局面。按照上海两个中心建设要求，会同洋山保税港区，共同支撑临港国际航运中心航运服务集聚区建设，在集疏运体系建设方面率先实现功能配套。注重自主创新型工业基地建设，加快临港产业区产业、人才和技术集聚。要以创建"国家新型工业化产业示范基地"为契机，利用上海的高校和科研机构研发优势，以上海电气等重点企业为主体，加强产学研合作，建立有关科研中心、工程技术中心、实验室等研发机构，加快形成临港产业区装备产业技术创新平台。推动"上海市海洋科技研究中心"落户临港，形成以先进重大装备、民用航空制造业、海洋科技和工程装备为特色的产业技术创新体系。注重项目源头控制和全过程监管，推进产业节能、建筑节能和交通节能，建设生态型产业区，打造临港低碳发展实践区。狠抓项目产出，力争落地项目早建设、早投产、早见效。推动上海电气电站临港工厂技改项目、三一重工、西门子风力发电、上海华仪风电、阿特拉斯压缩机、埃筑博工程机械项目等重点项目全面开工。推动上海电气核电二期、电气超高压变压器、中船柴油机二期、外高桥船厂海洋工程等项目全面投产，确保全年实现工业总产值350亿元。

2. 加快完善基础设施体系

抓紧推进重大基础设施项目，不断优化投资环境。一是要继续完善重装备区、物流园区基础设施。两港大道西延伸段、重装备区水系、仓储转运区市政道路和雨污水泵站等项目年内要全面完工。推动Y5雨水泵站、芦潮引河、芦潮港水闸外移等项目建设，确保产业区汛期安全。大芦线航道建设年内基本完成。尽早启动物流园区内河港池建设，发挥内河航运的综合优势。联合上海交运集团，推动东港区2万吨级口岸码头早日开工。二是加快奉贤分区的市政基础设施建设。实施奉贤围海大堤工程；加快临港物流园区奉贤分区新杨公路、一期二期道路网格以及雨污水泵站、电站建设，为项目入驻创造条件。三是启动主产业区道路、水系等基础设施建设。加快贯通主产业区和主城区的临港大道建设。适时实施重装备产业区与主产业区连接的骨干道路。抓紧产业区公交枢纽、加油站、消防站、通信局房等重要配套设施以及四镇基础设施建设。加强建成道路、绿化、管网的管理维护和移交工作。

3. 着力提升综合服务水平

充分发挥临港产业区体制机制的优势，着力提升政府综合管理和服务水平，充分体现"国家新型工业化产业示范基地"和闵行国家级开发区临港园区的政策优势。用足用好新的临港专项资金政策，更好地发挥临港产业区激励考核指标的引导作用，增强对主导产业的扶持力度，进一步完善服务企业的政策体系。要探索临港产业区土地储备机制，加强对重点项目的用地保障。进一步提高对企业的公共服务能力，加快启动临港产业区产业公寓等项目建设。着力帮助企业解决交通、职工宿舍、用工、用力和商业、文化等诸方面的困难和需求。适应临港产业高新化进程加速的趋势，加快高新政策落地，完善高新技术认定评审机制。强化客户关系管理，建立园区企业协会，发挥产业区企业联合工会作用，促进产业区企业之间协作配套。

4. 加强分城区开发建设

加强对分城区规划土地和产业发展的管理指导与支持。一是四镇要继续加强动迁房的规划建设和动迁安置的保障力度；二是要围绕商业服务等生活设施加强配套，构建为临港产业区服务的多层次、全方位的配套生活环境；三是要充分接纳产业区龙头项目开发的辐射效应，加快相关产业的引进，加快标准厂房招租利用，推进落地企业开工投产，发挥产业配套服务功能。继续做好以就业为重点的民生工作；加强政企互动，根据企业的工种需求，开展岗位培训，提供实用人才，解决就业问题，确保全年临港产业区新增就业岗位 5000 个。

5. 进一步做好规划土地管理工作

加强主产业区、综合区等未开发区域的规划土地管理，积极研究主产业区开发方案，深化规划编制；加强城市总体规划、土地利用规划和产业发展规划的衔接，在城市总体规划和土地利用总体规划的指导下，加快临港产业发展规划、综合交通、地下空间等专项规划的编制；严格土地管理，加强土地节约集约利用。做好新形势下临港产业区功能定位、产业重点、区域布局、发展战略等重点课题研究，积极开展闵行国家级开发区临港园区"十二五"规划、临港民用航空配套产业建设、临港低碳发展实践区、上海国际航运中心核心功能区、临港口岸码头利用等专项规划，确保临港产业区"十二五"规划编制工作顺利推进。进一步强化机制创新，坚持行之有效的重大项目推进制度、项目审批会审制度，建立健全土地、规划、产业信息化管理系统，推动产业区管理服务迈上新的台阶。

上海化学工业园区

2009 年是上海化工区建区以来经济发展最困难的一年。面对国际金融危机对实体经济的严重冲击，化工区深入贯彻落实科学发展观，坚决贯彻国家战略部署，把握宏观调控政策取向和市委、市政府"四个确保"的工作要求，自我加压，攻坚克难，全力以赴保增长、保稳定、促发展，着力推进"两个基地"建设，保持了园区经济和各项事业的良好发展势头。

2009 年，化工区经济发展基本平稳，主要经济指标完成情况如下：完成销售收入 449 亿元，同比下降 12.9%；完成工业总产值 434 亿元，同比下降 13.2%；批准投资项目 31 个，总投资 10.9 亿美元，同比下降 70.91%；区内注册企业实现利润 1.8 亿元；上缴税金约为 25 亿元，同比略有增长；完成固定资产投资 94.0 亿元，同比增长 4.3%；土地投资强度为每平方公里 152.8 亿元；单位土地产出为每平方公里 72.5 亿元；已投产工业企业万元产值能耗约为 1.14 吨标准煤，比上年有所增长；截至 2009 年底，化工区共注册成立企业 53 家，累计批准项目总投资 148.7 亿美元，累计完成固定资产投资 792.1 亿元。

一、2009 年主要工作任务完成情况

（一）以积极的姿态，应对全球金融危机影响，服务企业发展

2009 年，全球金融危机对上海化工区的影响仍未消除。为减少危机的影响、保持园区经济平稳健康发展，化工区及早部署、狠抓落实，把保发展作为首要任务，千方百计为企业解难事、办实事，努力将金融危机对企业产生的不利影响降到最低。

年初，化工区先后召开业主大会、管委会和发展公司工作务虚会、化工区经济工作会议，认真贯彻落实中央和上海市出台的一系列振兴经济的政策措施，进一步分析了化

工区面临的形势和任务，树信心，鼓干劲，加强对策研究，为保持园区经济平稳较快增长作了动员和部署。管委会领导带头对口联系重点企业，及时掌握企业生产经营动态，帮助协调解决企业在生产过程中面临的困难和问题。

通过努力，区内企业面临的一些实际困难得到切实解决。例如，协调赛科大检修期间天原华胜化工厂的乙烯供应问题，增加原料供应渠道，确保氯产业链上的多家企业6月底重新开车；加强与市天然气管网公司的协调和沟通，保障了区内企业的天然气需求；加强与电力公司的沟通，确保企业夏季生产用电；切实解决了拜耳一体化基地公司合并、赛科公司石脑油进口配额、赢创德固赛公司天然气直供、太古升达公司外运废灰处置价格下调等问题；帮助孚宝、天原公司解决了码头扩建所需的岸线规划问题，并协调解决了外轮夜间航行和停靠问题，满足了企业对化工区航道夜间通航装卸24小时作业的要求。

（二）以坚定的信心，在危机中求发展，大力推进招商引资工作

全球金融危机对化工区的招商引资工作带来较大冲击，为确保园区经济持续健康发展，化工区积极探索新形势下招商工作的新方法和新举措，不断提高工作主动性和有效性，以国家出台的《石化产业调整和振兴规划》及其实施细则为契机，细化各项对策举措，积极推进符合化工区发展规划的项目落户和实施，取得一定成效。

2009年，在各方的努力下，一批重点项目得到有力推进。其中，中石化集团投资25亿美元的1200万吨/年炼油项目于5月4日由上海市人民政府和中石化集团联合向国家发改委上报了项目申请报告；中国电力投资集团公司总投资约100亿元的IGCC煤基多联产项目已开展项目选址、技术选型、市场调研等工作；陶氏化学公司4.9亿美元环氧一体化项目、赢创德固赛公司MMA增资1.12亿美元项目均获得国家发改委核准批复；西班牙西萨化工公司2.06亿美元苯酚丙酮项目申请报告已完成评估，并正式进入国家发改委核准程序。与此同时，应对时艰，创造条件，鼓励已批项目尽早开工建设。领导亲自带队专程拜访陶氏、三菱瓦斯、英威达等企业高层，介绍中国经济和市场形势，深入了解企业实际需求，及时帮助协调、解决棘手问题，不断增强投资方信心。年底，赢创德固赛公司MATCH项目正式投产，三菱瓦斯PC项目和华谊ABS项目先后举行了开工仪式。陶氏化学正在寻求项目实施的多种可能性，英威达也在努力推进项目前期工作。此外，提前介入后续储备项目招商工作，为化工区下一步发展打好基础。通过召开招商引资领导小组工作联席会议，加强对在谈项目的政策咨询和服务协调工作，着力剖析影响项目落户的关键问题，协助投资者解决难点问题，有效促进项目的进展和落地。

（三）以强烈的责任意识，加强园区安全生产监管，为战胜危机、赢得新发展保驾护航

2009 年是全国安全生产年，同时化工区又面临四年一次的装置集中检维修高峰。在全球金融危机的背景下，化工区突出强调全力确保园区安全运营、企业生产稳定，坚持"安全第一、预防为主、综合治理"的方针，积极落实各项工作措施，取得了预期的效果。

年内，管委会与区内 43 家企业签订 2009 年度《上海化学工业区安全生产工作责任书》。通过对相关企业开展安全生产管理工作考核、开设化工区安全教育警示室、举办危险化学品从业人员安全培训、农民工安全培训等工作，强化了企业及相关从业人员的安全生产责任意识。5 月中旬至 7 月中旬，化工区共有 15 家企业 47 套装置集中进行检维修。为确保生产和施工安全，化工区印发《关于全面做好检维修期间安全生产管理工作的通知》，召开专题安全工作会议，编制了涵盖所有检维修企业的检维修计划进度明细表，强化检维修作业的现场安全监管，深入企业一线开展联合检查、专项抽查，确保了园区大检修工作安全、顺利完成，为企业尽早恢复生产赢得时间。全年，共计开展安全生产大检查和专项检查 93 次，提出整改建议 102 条；对所有在建工程进行了排查，确保在建工程监督全覆盖；完成了化工区应急响应中心改扩建工程，组织实施了模拟万吨级油罐火灾事故应急处置实战演习和光气泄漏事件应急处置桌面演习，制定形成了《上海化工区突发事件等级划分》及相应部门应急联动任务配置方案，并纳入园区预案管理系统，有效减少了园区安全事故隐患，增强了突发事件应急处置能力。

（四）以高度负责的精神，落实各项环保措施，确保一方和谐稳定

化工区以上海市推进第四轮环保"三年行动计划"为契机，积极推进各项环保工作，鼓励区内企业开展清洁生产，不断强化区域环境管理。年内，化工区创建国家生态工业园区《建设规划》和《技术报告》通过专家评审已正式上报；化工区循环经济示范项目被列入联合国开发计划署、联合国环境规划署和上海市环保局合作开展的环境友好型城市动议示范项目之一，并进入实施阶段；化工区区域风险评估与安全规划研究正式启动；进一步完善了区域日常环境监测体系，开展了区域环境质量及重点污染源调查监测，并配合市环保局启动了化工区大气环境监测站建设工作。同时，环保宣传教育力度进一步增强，编制并公布 2009 年上海化学工业区环境质量公报，开展"6·5"环境宣传日活动，并与市环保局等单位联合举办上海市企业清洁生产论坛，加快推动园区清洁生产，取得良好效果。经过努力，化工区一批技术可靠、能产生良好经济效益和环境效益的循环经

济项目已经初显成效，区域环境质量水平总体良好。

此外，化工区按照市委提出的世博安保工作"四个坚决防止发生"、"四个确保"，把世博安保工作纳入重要议事日程。管委会成立了化工区世博安保、反恐防恐工作领导小组，与市经信工作党委、化工区内各管理单位、企业签署了世博安保工作责任书，召开化工区世博安保工作会议，拟定《世博会期间化工区反恐防恐工作总体方案》、《上海化学工业区反恐防恐工作任务推进表》，开展专项整治活动，同时全面落实沿海地区安全防范措施，进一步加强封闭式管理，完善监控设施，并着手筹建边防派出所，加强边防保卫工作，确保各项工作落到实处，为成功办博贡献力量。

（五）以创新的形式和内容，推进学习实践活动整改措施的落实，开创化工区党建工作新局面

2009 年是建党 88 周年和建国 60 周年。化工区把落实整改措施作为巩固和发展学习实践活动成果的重要抓手，结合实际研究制定了学习实践活动整改落实方案，并有序推进落实。与此同时，上海化工区申报国家级经济技术开发区、化工区土地集约利用评价等工作得到有效落实；上海化工区被工业和信息化部评为全国第一批"国家新型工业化产业示范基地"。

年内，化工区结合实际，建立健全了机关直属党委的组织机构和各项规章制度，组织开展了化工区党建工作状况的调研，逐步形成区域党建工作新机制。同时，由管委会牵头，化工区创造性地开展了与周边地区"双结对、好邻居"活动，以"资源共享、难题共解、和谐共建、发展共赢"为目标，拜耳、天原华胜等 13 家区内企业与周边金山、奉贤区的 13 个行政村（居委会），以及化工区管委会机关直属党委 7 个党支部与周边 7 个村（居委）党支部分别结对。化工区的这一做法，得到了市经信工作党委的肯定，并在市经信委系统范围内作了交流，在区内企业、周边社区中引起了良好反响。

（六）以充分的调研和筹备，启动实施"三区"一体化管理，促进联动发展

2009 年 9 月 21 日，韩正市长主持召开市政府第 57 次常务会议，决定将上海化学工业区金山分区、奉贤分区纳入上海化工区一体化管理。这是上海市政府实施化工产业集聚，转变化工产业发展方式，进一步提升上海化工产业能级，推进区域经济持续健康较快发展的重大举措，对上海化工区的未来发展具有重要意义。

根据市政府常务会议精神和市发改委制定的金山、奉贤两个分区纳入化工区一体化

管理方案，上海化工区会同金山区和奉贤区政府积极开展筹备工作，建立了三区主要领导参加的金山分区、奉贤分区纳入上海化工区一体化管理工作联席会议制度，同时设立协调小组和土地规划建设、产业联动发展、基础设施对接、应急环保安全、综合协调服务等五个专项工作小组开展调查摸底、制定实施方案等工作。11月，《关于一体化管理的实施方案（试行）》基本形成。在市领导的关心、市发改委等有关部门的大力支持下，12月25日，金山分区、奉贤分区纳入上海化工区一体化管理工作正式启动。

二、2010年工作要点

2010年是实施"十一五"规划的最后一年，也是上海世博会的举办年。世界经济发展仍有诸多不稳定、不确定因素，全球金融危机对化工区的影响犹存。化工区开发建设和经济发展的任务更加艰巨。在这重要时期，我们必须以更加积极的精神状态，拼搏进取，攻坚克难，努力开创各项工作新局面。

（一）化工区经济发展主要数据指标

2010年，化工区力争完成：招商引资15亿美元，其中化工区完成12.5亿美元，金山分区完成1亿美元，奉贤分区完成1.5亿美元；销售收入700亿元，其中化工区完成600亿元，金山分区完成30亿元，奉贤分区完成70亿元；工业总产值650亿元，其中化工区完成580亿元，奉贤分区完成70亿元；固定资产投资81.5亿元，其中化工区完成75亿元，金山分区完成1.5亿元，奉贤分区完成5亿元。

（二）主要工作任务和措施

1. 保世博，全面落实平安世博各项工作措施

安全是化工区的第一责任。化工区作为全市世博安保重点单位之一，要高度重视、全力以赴做好上海世博会期间的安全管理工作。切实发挥化工区世博安保、反恐防恐工作领导小组作用，实施《上海世博会化工区安全保卫工作总体方案》，加强对重点单位的安全防范措施；进一步加强封闭式管理，在车辆持证进入封闭区域的同时，建立对人员进入封闭区域的检查登记制度；加大园区全覆盖监控力度，建设园区码头、沿岸海域监控设施，建立区域人防警报系统；加大对区内重点目标的防范控制，启动重大危险源的应急信号联网试点工作，确保园区安全始终处于受控状态。

2. 调结构，深入推进经济发展方式转变，积极谋划园区"十二五"发展规划

2010 年是"十二五"规划的谋划之年。化工区要紧密结合国家目前正在开展的"十二五"规划编制工作以及化工区"十一五"发展现状和 2020 年远景目标，围绕"十二五"发展开展课题调研，研究制定上海化工区"十二五"发展规划纲要。从五个方面加强对园区产业发展问题的研究和布局：一是发展炼油行业，尤其是与乙烯产业链发展相结合；二是发展新型煤化工产业；三是优化精细化工产业项目整体规划；四是加大化工新材料研发和生产能力；五是继续加快物流产业园、化工品交易市场等配套设施和项目建设，增强化工区的综合竞争力。

3. 重招商，全力以赴推进招商引资，努力完成"十一五"招商工作目标

招商是化工区的第一要务。2010 年，要继续把招商引资作为一项重点工作抓紧抓实。一是要建立重大招商项目联系人制度，建立政府与投资者之间的有效沟通机制，对大项目落实专人跟踪，及时掌握和反馈项目发展态势和动向；二是抓项目落地。加快推进中石化 1200 万吨 / 年炼油项目的环评、安全及土地等方面前置工作，力争年内获批；重点推进中电投 IGCC 煤基多联产项目，努力促成项目早日落户；进一步跟踪落实陶氏化学一体化项目及后续项目、英威达尼龙 66 等已获批或已有投资意向的项目；继续关注西萨苯酚丙酮项目核准进程，做好相关工作；协助三菱瓦斯公司聚碳酸酯项目办理公司设立和涉及开工建设有关手续，力争项目早日开工建设；做好南非沙索催化剂项目的上报准备工作。三是进一步完善投资环境，有针对性地帮助企业协调、梳理项目开展前期工作的重点和难点问题，优化项目规划选址、土地预审等前置审批程序，提高办事效率。四是密切跟踪石化产业调整振兴规划实施细则以及石化产业"十二五"规划纲要等政策性文件的出台和编制情况，加大对化工区后续招商的策略研究，创新招商引资运作机制，保障园区后续发展。

4. 促发展，以实施"三区"一体化管理为新起点，进一步转变政府职能，推进区域经济持续较快发展

2010 年是上海化学工业区金山分区和奉贤分区正式纳入上海化工区一体化管理的第一年，要精心组织化工区及一体化管理区域的详细规划修编和整合工作，要进一步加强与金山区政府、奉贤区政府的沟通和联系，进一步完善工作措施，充分发挥各专业部门的作用，为两个分区纳入化工区一体化管理做好服务工作，尽早使各项工作走上正轨，展现一体化管理效应。

5. 抓队伍，进一步加强和改进党的建设，促进各项工作迈上新台阶

2010 年，化工区要继续加强组织建设、作风建设和制度建设。一是要认真学习贯彻《中共上海市委关系贯彻〈中共中央关于加强和改进新形势下党的建设若干重大问题的决定〉的实施意见》；二是要以建设学习型党支部为重点，加强党员政治思想建设；三是围绕世博主题，开展党员世博先锋行动等活动，发挥党员作用；四是进一步加强基层基础工作，开展为化工区"十二五"发展献计献策等活动，完善"双结对、好邻居"活动工作机制；五是健全化工区党建联席会议制度；六是进一步落实党风廉政建设责任制，加强干部廉洁自律教育。七是继续抓好干部队伍建设，注重干部教育培训，不断增强干部的履职能力，促进各项工作迈上新台阶。

上海松江工业园区

2009 年,是松江工业区发展最为困难的一年。面对国际金融危机的严重冲击,在区委、区政府的正确领导下,工业区管委会领导班子带领全体员工,深入贯彻落实科学发展观,紧扣"班子团结、实力增强、面貌改变、水平提高、贡献增大"的工作要求,坚定信心、积极应对、务实开拓,各项工作扎实推进,成效明显。

一、2009 年工作回顾

(一)先抑后扬,经济运行逐步企稳回升

在国际国内宏观环境的影响下,工业区 2009 年经济呈现了先抑后扬的走势,转好的趋势基本确定。全年实现增加值 161 亿元,同比上升 4%;完成工业总产值 2139 亿元,同比下降 14%,但环比逐季增长;实现销售收入 2133 亿元,同比下降 12%;利润总额 30.3 亿元,同比下降 2%;出口创汇 258.6 亿美元,同比下降 14%;完成固定资产投资 17.3 亿元,同比下降 46%;税收 30.25 亿元,同比增长 12%。民营企业税收实现快速增长,新增民营企业 53 户,注册资本 5.7 亿元,全年完成税收 2.2 亿元,同比增长 43%。

(二)狠抓源头,项目引进落实水平提高

2009 年,工业区着力优化招商机制,提高项目质量、突破发展制约,招商引资和项目建设工作实现了新突破。一是招商选资态势良好。面对金融危机下招商竞争环境日趋激烈的局面,在发挥现有招商资源的同时与中介机构建立战略合作关系,拓宽招商渠道。2009 年,工业区全年新批准外商投资项目 22 个、增资项目 24 项,总投资 5.27 亿元、引

进合同外资 2.15 亿元、引进外资注册资本 2.16 亿元、实际到位资金 2.17 亿元。二是项目用地稳步落实。2009 年，工业区积极破解土地"瓶颈"，全力推动 23 个项目土地指标的落实，保障项目用地，为项目的落地奠定坚实基础。

（三）加大投入，不断完善园区基础建设

2009 年，工业区围绕园区总体规划，进一步加大基础设施的建设力度。一是绿化建设日新月异，全年新增绿化面积 17 万平方米，逐步改造了铁路沿线、一期松东路、方塔路、洞泾路等企业围墙外绿化，新种植鼎松路、广富林路、鼎源路北段等路段绿化，有力提升了工业区绿化的整体形象。二是路桥系统建设日趋完善。完成了新飞路西延伸段、东胜港路南北延伸等 9 条道路的前期手续办理；完成东部新区申港路俞塘河桥的建设；完成了西部新区所有道路人行道板、道路侧平石、破损路面、道路桥接坡等设施的维修保养工作；出口加工区 A 区茸江路拓宽工程、茸江路桥、东泖泾路桥项目正在积极筹备；三是水网管道建设更加合理。继续推进工业区内自来水、雨污水管网的配套建设。配合水务局，解决了闵行水厂 Φ1400 水管走向问题；启动开通松闵路污水泵站；完成达丰生活区三期、桥弘等地块的上水、污水和雨水配套建设及普洛斯项目自来水、污水的接通工作。四是电网容量得到扩充。东部国家电网 500KV 变电站建设前期准备工作已经落实；西部新区内 110KV 长兴站即将竣工，进出线高压走廊的建设及电力开关站的建设正在推进。五是辅助设施建设逐步配套。全年完成茜蒲路路灯改造、鼎源路北段及文吉路路灯安装工程；出口加工区 A 区功能拓展工程已破土动工，有序推进。

（四）阳光动迁，保障民生，助推撤村撤队

工业区的核心功能是招商引资和开发建设。有序有效地推进动迁、保障民生、撤村撤队工作，能为工业区今后的招商引资提供较好的发展空间，为松江工业区今后的开发建设奠定坚实的基础。

1. 围绕中心，有理有情有序开展动迁工作

动迁是实现工业区未开发区域由"农业战场"转变为"工业战场"的必由之路，是一项难度大，关注度高的热点工程。

2009 年，工业区围绕"沪杭客运专线、金山客运专线、绿色通道项目"等重大项目动迁及非项目动迁两个中心，加大动迁工作力度。在动迁中，工业区严格执行政策，公开动迁标准，自觉接受监督，通过深入细致的工作，营造了一个理解拆迁的浓厚氛围。工业区全年共计完成 231 户农户的动迁。截至 2009 年底，工业区西部新区 3477 户农户，

已动迁 3403 户，剩余 74 户，未动迁农户主要集中在沈溇村。东部 1743 户农户，已动迁 1448 户，剩余 295 户，未动迁农户主要集中在新泾村。

2. 维护群众利益，改善民生共享发展

在抓好动迁的同时，工业区始终把有效保障动迁后失地农民生活作为民生工作的重点。首先，着力解决动迁群众的推岗就业，全年完成本地劳动力就业岗位 1611 人，职业培训 915 人，安置 40 名残疾人上岗就业，完成工资集体协商劳动者覆盖数 1.6 万人，安置本区域劳动力 119 名。其次，计划生育、老龄、残疾人等事业全面推进。加强外来流动计划生育管理，完善养老保障，为享受征地养老的 5286 人，累计发放养老金 3933 万元，支付征地养老医疗费 276 万元；完善医疗保障，促进 5286 人征地养老人员纳入居保，促进 1339 人纳入农村合作医疗；为 288 名残疾人提供上门康复服务，为 80 名残疾人提供免费体检。此外，投入 61 万元资金开展了帮困助学活动。

3. 规范操作，稳步推进撤村撤队工作

在动迁逐步深入的基础上，工业区积极争取区政府职能部门的支持，健全机构，完善机制，先后成立了撤村撤队工作领导小组及善后工作领导小组，深入调研，推进撤村撤队工作，并规范有序地解决了西部村干部的分流安置工作。

2009 年，全面完成了历时两年的西部 5 个村的撤村撤队工作，涉及 80 个生产队，4469 户，21973 人，土地总面积 26072.62 亩，总补偿资金 8.8174 亿元，兑现资金 5.4396 亿元。

（五）调整结构，推动园区产业能级提升

金融危机的严重冲击，进一步增强了工业区经济转型的紧迫感，积极培育和构筑提升产业能级的平台。一是认真落实上级政府出台的一系列保增长措施，加大投入增加发展后劲，批准企业基建项目 34 个，共计建筑面积 574821 平方米，土建投资 8.6 亿元，安装投资 0.17 亿元。盘活闲置土地 137.56 亩。二是推进结构优化升级，总部经济区建设强力推进。做好"优二进三"的文章，由工业区控股与成都置信合作开发的总部经济区项目、与中国纺织工业协会合作开发的时尚硅谷项目已初步形成合作框架，项目的实施有望成为工业区国有资产的增长极；三是落实优惠政策，引导企业内涵式发展，增强核心竞争力。全年培育"上海市科技小巨人培育企业" 1 家，创建区级技术中心 2 家，成功申报"产学研创新项目" 5 个，成功申报市、区节能技术改造项目 13 个。2009 年，园区企业享受政府各类政策性补贴超过 6850 万元。

（六）狠抓载体，强化管理实现和谐发展

紧扣《迎世博 600 天行动计划纲要》，结合工业区实际围绕"长效管理、环境整治、社会动员、平安建设"等方面狠抓工作落实，营造喜迎世博的良好氛围。

完善市容环卫长效管理机制。以创建规范化协管队伍为基础，以企业生活区为突破口，稳步推进拆违和环境整治工作，取得了良好效果。2009 年，拆除违法建筑 2055 平方米，清除"三乱"及涂刷墙面 10 余万平方米，铲除黑色广告 5 万余张，清除道路两侧杂草和垃圾 1000 余吨，平整闲置地块近 25 亩，砌隔离墙 900 余米。

畅通群众诉求，维护社会稳定。以妥善化解群体性矛盾和强化安全生产为抓手，建设平安工业区。2009 年，接待群众来访 45 件 1956 人次。调处劳资纠纷 47 起，调处率达到 100%。全面启动安全生产"三项"行动，为"迎世博保安全"创造良好环境。

（七）强化服务，抱团取暖全力共克时艰

在金融危机的危局中，工业区以"企业服务年"为契机，多措并举加强企业服务能力建设，完善服务工作机制，协助企业解决在发展中遇到的难题，全力助推企业发展。

1. 深入企业，听取企业呼声

在深入企业展开调研的基础上，分别召开了"日资企业、欧美企业、出口加工区企业、食品行业企业"四个座谈会，听取服企业的意见建议。分类集中处理了企业提出的 8 个方面的 84 条意见建议。

2. 努力探索，推动特殊监管区域企业产品内销

在企业对外出口订单萎缩的形势下，出口加工区积极协调相关职能部门，努力推动加工区企业产品内销工作，为加工区企业打开了一条发展自救的新通道。2009 年，出口加工区内销金额近 60 亿元，同比增长 50.1%。

3. 着眼长远，建章立制

为确保企业服务工作的一贯性，工业区管委会建立了"松江工业区两委班子领导服务联系亿元产值企业制度"，对服务联系企业工作进行了规范。

（八）全面发展，党群建设取得新的突破

2009 年，工业区以党建促工建、团建，有力地激发了管委会各项工作的健康发展。

1. 紧密联系实际，深入开展学习实践科学发展观活动

按照中央、市委和区委的统一部署和要求，在工业区党委的领导下，自 2009 年 3 月起，

工业区以"服务企业，服务群众，确保科学发展，确保和谐稳定"的活动载体，分批次、按步骤分别组织开展了第一批、第二批学习实践科学发展观活动，1866 名党员参加了活动，全面查找分析了工业区在落实科学发展观中存在的不足，并结合实际，制定了行之有效的整改措施，较好地完成了各项工作任务，促进了园区经济的可持续发展，得到了群众的好评。基本达到"党员干部受教育、科学发展上水平、人民群众得实惠"的预期目标和总体要求。依托学实活动，认真做好党员教育管理，2009 年发展新党员 29 名，转正党员 67 名。

2. 加强对工会、共青团、妇联工作的领导

通过党建带工建、团建。2009 年，新建企业党组织 8 家，累计建立基层党组织 75 家。新建企业工会 35 家，累计建立工会 90 家。进一步巩固扩大了党的执政基础。

3. 干部队伍的培养力度不断加大

2009 年，按照干部选拔任用有关规定，严格程序，顺利完成了干部队伍的调整工作。新提拔 8 名中层干部，12 人次进行了轮岗，新招聘 11 名大学毕业生。通过调整和引进人才，工业区干部队伍的年龄结构、知识结构、能力层次得到了改善，人才梯队框架逐步建立。

4. 内部行政、财务运转体系更加完善

依托质量管理体系认证转换，管委会内部管理规范化程度得到了进一步提高，宣传、办文、办会及日常后勤接待保障水平得到了提升；财务运行体系进一步优化，有效完成了资金筹措、财税收支、内部审计等工作，在规范财政资金、监督基建投资、保障党风廉政建设等方面作出了重要贡献。

纵观一年的工作，在收获成绩的同时，我们的发展还面临着一些困难和问题。一是吸引外资工作压力逐年增加，招商选资难度大；二是现行的部分规章制度与发展的现状不相适应；三是"两规合一"的调整，对工业区项目引进影响凸现。对于这些困难和不足，我们将用发展和改革的办法，采取切实可行的措施，认真加以解决。

二、2010 年工作思路

2010 年是上海世博会的举办之年，也是"十一五"规划的总结之年，更是工业区经济企稳回升、奠定新一轮发展基础的重要一年。2010 年，工业区要上下一心，努力拼搏，实现各类经济指标增幅不低于全区水平，确保完成工业总产值同比增加 10%，完成税收 34 亿元、争取 35 亿元的经济总体发展目标。

（一）实施重点调整，规划区域发展板块

一期，对洞泾港以西、老沪松路以东、荣乐路以北区域实施产业调整，逐步向现代服务业转变；出口加工区，着重于改善服务设施，提高等级，改善生活生产环境；东部，建造先进制造业基地，以制造业为主进行招商；西部，用好剩量土地，形成制造业与总部经济区齐头并进的趋势。

（二）发展自身实力，构筑国资增值高地

坚持以经济建设为中心，突出"提升品质与做大规模并重、提升存量与扩大增量并抓"的主题。一是做精做实标准厂房的建设和出租，减少标准厂房的空置率。年内东开置业要实现外来务工人员居住中心第一期50000平方米项目的开工建设；出租标准厂房48000平方米，实现租金收入3500万元。二是积极融入环球企业中心、中国纺织服装品牌创业园、文翔总部园的建设，通过控股、参股、独立开发等方式，进一步扩大工业区的自身实力，在发展项目的同时，为工业区的后续发展提升空间。

（三）加快动迁步伐，形成开发成本洼地

动迁工作是当前工业区工作的重中之重，要在区委、区政府的正确领导下，继续加大动迁工作的力度，在总结经验的基础上，不遗余力地推进动迁工作，为企业落户创造先决条件，为工业区今后的发展赢得时间和空间。逐步树立起"动迁工作促进招商工作"的动迁新思路。重点完成西部沈漊村剩余农户的动迁和全面推动东部新泾村的农户拆迁。

（四）抓紧撤村工作，转变专业开发角色

撤村撤队工作是理清工业区和农户之间利益的关键之举，关系到工业区能否转变开发建设角色，一心一意搞开发；关系到工业区开发主体的确立。2009年，工业区完成了西部五个村的撤村工作。针对撤村后大量闲置土地产生的问题，要做好两项工作。一是土地的转性，如果不转性就切不断同农民的关系，碰到补偿资金提高，工业区还得支付不必要的资金。二是闲置土地的管理，确定由茸缘绿化公司进行统一管理，做到应种尽种，避免抛荒现象的发生。

（五）依托园区招商，拓宽招商选资通道

招商工作是工业区发展的生命线，任何时候我们都不能放松招商工作，要使工业区

不但是中外企业投资松江的大舞台，更要成为工业区自身经济发展，促进资本经营，赢得稳步发展，增强实力的大平台。要按照区委、区政府关于"政府招园区、园区招企业"的发展思路，由单纯的出让土地向经营土地转变，打造专业园区推进招商工作，初步形成管委会招园区开发商，园区开发商招项目的招商模式。利用工业区的标准厂房，专业园区的总部楼宇，相关的扶持政策等等，来吸引项目落户。在招商过程强调落户项目的税收归属，把优质的客户招入到园区，形成工业区税收的新增长点。要增大对内资企业的招商力度，解决以往存在的"重外资、轻内资"的"一条腿长、一条腿短"的局面。2010 年，乐民公司要抓好实体型企业和贸易型企业的落户工作，争取完成税收 2.5 亿元，

（六）强化基础建设，坚定不移狠抓环境

环境建设是工业区的形象工程，要在工业区范围内树立起环境也是招商的思想。一是要实现绿化全覆盖，全力打造硬环境，重点是环境建设的历史欠账，特别是边角地块、环境死角和工厂周围绿化改造。2010 年，工业区要完成 30 万平方米的绿化指标。二是尽快完善西部区域的基础设施配套，做好规划道路的前期规划、设计，做好基建项目储备，使工业区的基础设施建设逐步走上规划、设计、储备、办证、建设的良性循环。三是推进西部景观绿化带湿地公园的开工建设。

（七）完善党建工作，切实夯实党风学风

当前和今后一段时期，继续把学习贯彻党的十七大精神深入开展下去，形成以科学发展观为统领的经济发展大局意识。切实增强广大党员的党员意识、忧患意识、发展意识。坚持和健全民主集中制，切实转变领导作风，落实集体领导和分工负责的制度，认真执行议事规则，推进决策的科学化、民主化。按照科学的发展观、正确的政绩观要求，努力建设一支想干事、能干事、干成事、不出事的干部队伍。深化能上能下的用人机制，实施绩效考核，完善激励机制，切实把报酬和工作实效紧密挂起钩来，最大限度地调动广大干部的工作积极性。完善后备干部队伍选拔、培训、锻炼、跟踪、使用机制，为经济社会发展提供有力的人力支持和组织保障。完善全体干部员工集体学习制度，制定人员培训计划，分期分批对工业区的干部员工进行培训，引导他们转变发展观念，适应宏观调控形势的变化。进一步抓好制度的立改废，强化管理，以科学发展观为指导，进一步提高干部员工的思想认识水平、知识水平和管理能力，进一步振奋精神，攻坚克难，努力提高管理水平。

上海莘庄工业园区

一、2009 年工作总结

2009 年，国际金融海啸的影响全面显现，园区实体经济受冲击较大。园区早作准备，积极应对，基本实现了"保增长"的目标，出色完成了"迎世博，促和谐"等任务。

（一）园区经济继续保持稳定健康发展

1. 主要经济指标运行平稳

全年实现财政总收入 50.8 亿元，同比增长 20%；完成地方财政收入 11.7 亿元，同比增长 17.5%。

完成增加值 127 亿元，同比增长 6%。

完成外资招商 1.11 亿美元，到位 1.12 亿美元。内资方面，全年共新增注册资金 17.4 亿元。

2. 经济运行特点

税收保持增长态势。全年完成税收 57 亿元，同比增长 24%。税收前 50 名企业税收总额为 43 亿元，同比增长 39%。

工业企业企稳回升。园区工业 GDP 一季度末下降 27%，二季度末下降 17%，三季度末下降 10%，全年为增长 2%，。完成工业销售产值 454 亿元，同比下降 12%，其中主要是受到广电 NEC 等的影响。

招商引资总量减少，质量提高。受金融危机影响，新投资项目减少，实际完成招商引资 8000 多万元。但新引进项目的质量有所提高，批租项目的平均投资强度（注册资本）为 13.7 万美元 / 公顷，租赁厂房项目的平均投资强度（注册资本）为 3.9 万美元 / 公顷。

物流园区发展迅速。全年实现税收 3.5 亿元，同比增长 54%，以 150 亩用地计算，每亩产出约 240 万元。其中，雅诗兰黛和顺丰速运两家企业的税收同比分别增长 51% 和 143%。在物流园区的带动下，第三产业所占 GDP 比重由 13% 提高至 17%。

（二）各项重点工作实现突破

1. 创新完善投融资体系

为了更好地打造园区的金融服务功能，通过金融服务扶持园区科技型中小企业发展，最终促进园区高新技术产业的发展，加快园区的经济结构调整，实现产业优化升级，园区相继完成了以下三项主要工作：一是与国家开发银行上海市分行、交通银行闵行支行分别签署了中小企业融资业务合作协议书，搭建银企合作平台。二是对莘庄工业区实业股份有限公司的股本结构进行了调整，由区城投公司等四家区属公司受让了 49% 的股权，增强了股东的实力和背景。三是经区政府常务会议讨论通过，牵头若干民营企业筹建投资公司，主要从事战略投资、经营租赁和贷款担保等三项工作。

2. 稳步推进生态园区创建和节能降耗工作

工业区创建国家生态工业示范园区顺利通过市级验收，达到了国家《综合类生态工业园标准》。全力冲刺，做好生态园区国家级验收准备工作，确保莘庄工业区生态工业示范区国家级验收工作顺利进行。园区制定了具体的行动方案，确定了 46 家企业作为节能降耗工作的重点对象，35 家企业与园区签订了《2009 年节能减排责任书》，这些企业的能耗水平下降对完成整个园区的全年节能减排工作目标起到了决定性的作用。

3. 基本完成村级集体经济改革工作

莘庄工业区村级集体经济产权改革工作从 2007 年 5 月准备工作开始，2008 年 2 月工作正式启动，2009 年 6 月成立了上海莘庄工业区社区股份合作社。目前改革工作已基本结束。集体经济产权改革工作的成功完成，为集体经济的发展迎来了新的机遇，也为失地农民分享改革开放成果建立了长期稳定的机制。

4. 基本完成园区动拆迁工作

截至 2008 年年底，园区仅剩余 346 户动迁户尚未完成动迁，按照公平、公开、公正的原则，并采取了适当的激励措施办法，最终圆满完成了全年动迁任务。既落实了城中村的改造工作，同时又腾出了土地用于园区新的发展，也进一步支持了股份合作社的发展。

5. 有序推进城市管理大联动机制试点工作

按照区委、区府关于开展"大联动"试点工作的相关文件及会议精神，园区成立了以党政主要领导为负责人的试点工作领导小组，并着手建立闵行区"大联动"中心莘庄工业区分中心。对街面（区域）及住宅小区进行网格化管理规划，整合社保队、城管等所有相关队伍力量，各司其职，实现全天候、全方位管理。同时加强各支队伍的信息沟通，实现无缝化衔接，完善配合机制，保证执法工作的有效开展，进一步提高城市管理的效率和水平。通过一系列强化保障、加大支持的措施，试点工作正有序推进。

（三）园区管理和社会事业扎实推进

1. 妥善处理企业劳资矛盾

受金融危机的影响，园区部分落户企业在调整过程中引发了劳资矛盾问题。园区及时掌握第一手信息，由劳务所、工会、综治办、派出所共同参与，分析判断形势，群策群力解决问题，维护了职工的合法权益，保障了企业的正常运营。

2. 高度重视民生工作

高度关注民生工作，深入社区居民，积极开展大接访活动，同时大力推进卫生综合改革，完善文化、体育设施规划，切实解决百姓急难问题。闵行区中心医院鑫泽阳光公寓体检站正式开业，申北路文化体育中心新近落成，敬老院正式开工建设，申莘三村、春辉新村等老旧小区完成综合改造，申莘一村综合维修工程也在进行中。这些以为民服务为宗旨的民心工程，得到了群众的一致认可与支持，使群众享受到民心工程的实惠。

3. 全力维护社会稳定

高度重视社会稳定工作，以化解矛盾纠纷为主线，将不安定因素排查处理作为综治与平安建设的重要组成部分。园区制定了重大事项实施过程中的信访评估机制，组成信访评估小组，做到项目实施前有风险分析预测、实施中有跟踪监控管理，实施后有责任追究。另一方面，园区专门成立了世博安保群防群治工作领导小组，认真做好辖区世博安保工作，确保世博安保各项工作措施落到实处。

二、2010 年工作任务

2010 年工作总体要求是：围绕"转变经济发展方式"这个中心，不断提升第二产业能级和提高第三产业比重，集约节约利用土地，提高单位面积产出，实现科学发展。

2010 年主要经济目标预测：

财政总收入比上年同期增长 12%，力争增长 18%；

区地方财政收入比上年同期增长 12%，力争增长 18%；

增加值比上年同期增长 8%，力争增长 12%；

合同引进外资 2.5 亿美元，力争引进 3 亿美元，外资到位 1.1 亿美元，力争到位 1.7 亿美元。

（一）经济和社会事业协调发展

1. 调结构、保增长，努力完成全年目标任务

一是提升原有第二产业的能级。发挥招商优势，争取在新能源和生物医药这些高科技产业方面取得突破，引进优质项目。重点关注园区前 50 强企业，资源政策上聚焦，促进其做大做强，不断培育新的销售额超 10 亿元的企业。对一批拥有自主知识产权的科技创新型孵化企业，在其完成孵化后及时给予资源、融资等方面的支持，推动企业上市，实现企业的扩张。

二是提高第三产业比重。虽然园区支柱产业的集聚度很高，达到 90% 以上，但单位面积产出还不是太高，第三产业的比重还较低。通过调研学习，决心打造生产性服务业园中园，使有限资源效益最大化。建设生产性服务业园中园需要加大投入，对招商资源也有影响，但长期来看，园区的二三产业将更趋合理，园区抗各种风险的能力将不断提高。

2. 重民生、促和谐，扎实稳定经济发展基础

一是完善社会保障体系。更加关注和主动做好民生工作，关心好大病、低保对象和居住困难等弱势群体。聚焦合作社的发展，利用合作社这一平台，不断提高失地农民的收入水平，共享改革开放和经济发展成果。

二是健全社区硬件设施。2009 年，南北两片的卫生中心已建成和扩展，敬老院和文体活动中心也已开工建设，下一步将通盘考虑老小区的改造，解决小区活动用房问题，不断提高园区老百姓的生活质量和水平。

（二）狠抓重点工作

1. 高水平发展生产性服务业，建立大招商机制

抓住在虹桥商务区域内建立高铁、城际高速、空港等综合交通枢纽这一机遇，在竞争中抢先一步，集中力量、狠抓优质项目落地，规划建设一个具有集聚效应和辐射效应的生产性服务业聚集区。争取吸引更多商贸物流、地区总部销售中心类项目落户工业区。

2. 有序推进大联动工作，确保稳定迎接世博

全力确保世博期间不发生重特大安全事故。组织协调相关职能部门，对两个市级重点单位做到一点一方案，并严格按照工作要求，落实相关措施；对获取的预警性信息以及排查掌握的突出问题，及时分析，研判问题的成因和发展态势，提前做好防范工作，

并采取措施予以化解；加强平安志愿者队伍的教育培训工作，提高其业务素养、增强责任感，充分发挥平安志愿者群防群治的作用。

结合试点工作经验，全面落实城市综合管理"大联动"机制推进工作，综合提升城市管理水平，营造安全祥和的良好氛围，不断完善信访制度，畅通下情上达渠道，解决老百姓急事、难事，将矛盾化解在基层的萌芽状态，为经济发展奠定扎实、稳定的社会基础。

3. 扶持合作社发展，完善保障体系

合作社目前正在进行改造发展，拟在光华路 598 号内新建 12000 平方米标准厂房，并对申南路 515 号老小区进行改建，建造一个现代化工业与商务相结合的创业小区。支持合作社的改造发展，使相关改建工作顺利推进。全方位完善民生保障体系，通过合作社的发展，逐步提高保障水平。

4. 大力发展高新技术产业，提升产业能级

在闵行区聚焦的高新技术产业中有二大类和工业区紧密相关，一是新能源，二是生物医药，是园区未来招商的重点，也是突破点。要加快此类项目落地、产出效益，取得先发效应，同时关注后续相关项目，形成产业集群。

5. 正式成立投资公司，投融资工作扎实推进

继续发挥银企合作平台作用，为需要融资的中小企业提供融资服务。股份公司着力于各类政策性项目（如国际物流园区）的对外投资，逐步发展成为综合实力较强的经营性实体；投资公司着力于专业化、市场化的投资，重点要在股权投资、经营租赁上取得突破。

上海浦东康桥工业园区

一、2009 年工作总结

2009 年以来，康桥工业区积极贯彻落实中央宏观调控精神和区委、区政府部署的重点工作，经受住了国际金融危机的考验，在确保质量的前提下保持了经济的稳定与增长。

2009 年工业区主要经济指标完成情况如表 3.5：

项目	年计划合计/亿元	完成情况		康管委年计划/亿元	完成情况		康桥镇年计划/亿元	完成数/亿元
		工业区完成数/个	同比增减/%		完成数/个	同比增减/%		
税收		39.4794	−5.8					
产值		741.815	24.7		590.2			151.615
规模以上产值	723	734.315	24.9	570	590	32.8	153	144.315
工业固定资产	24	24.2848	8.2	21	18.2625	1.1	3	6.0223
合同外资（亿美元）	2.15	1.4972	−38.8	2	1.37	−26.5	0.15	0.1272
实到外资（亿美元）	2.01	2.2441	−1.7	1.88	2.1241	1.1	0.13	0.12
财政收入	32.75	29.2563		18.45	16.4322	11.8	12.84	12.8241

（续表）

| 项目 | 年计划合计 / 亿元 | 完成情况 | | 康管委年计划 / 亿元 | 完成情况 | | 康桥镇年计划 / 亿元 | 完成数 / 亿元 |
		工业区完成数 / 个	同比增减 / %		完成数 / 个	同比增减 / %		
地方财政	9.37	8.2202		5.53	4.3324	1.2	3.84	3.8878
注册企业实现税收	9.75	14.4505	−4.4	1.7	4.499	22.4	8.05	9.9515
内资企业注册资金	6.7	10.3609		3.2	5.7395		3.5	4.6214

工业区全年经济社会发展中共体现出如下 5 个方面的特点：

1. 经济运行探底回升

康桥工业区全年共完成规模以上企业产值 734.32 亿元，同比增长 24.9%。其中，产值前 15 位企业，累计贡献 599.5 亿元，同比增长 35%，占到工业区的 81.6%。既显示出工业区产业集聚度的不断加强，也显现出金融危机下园区与企业共同发展的良好态势。

2. 社会投资增长明显

工业区 2009 年全社会固定资产投资为 70 亿元，增长了 55%。其中工业投资 24.28 亿元，同比增长 8.2%；房地产开发建设如火如荼，销售形势火爆，全年工业区房地产投资达 41.5 亿元左右。固定资产投资呈现以下特点：房地产投资规模扩大，工业投资基本稳定。

3. 招商引资成效显著

2009 年以来，我们对招商部门进行了机构的优化，出台了相应的激励机制。招商引税的工作也随之取得了突飞猛进的成绩。集团公司全年完成内资企业注册资本 5.7 亿元，注册企业实现税收 4.5 亿元。大大超过年度目标计划。

随着工业区一系列亲商爱商措施的推行，2009 年的外资招引工作也取得明显进展，全年共引进外资项目 45 个，其中合同外资 1.5 亿美元，实到外资 2.24 亿美元。6 月，又一家世界 500 强企业——沙特基础工业公司（SABIC）签约落户，为园区的发展注入了活力。

4. 产业结构持续优化

2009 年，康桥生产性服务业集聚区的建设取得一定成效。先期启动的"上海总部湾"

A区已经建成近15万平方米的成熟区域，包含了孵化基地大楼、中试厂房和独立式研发楼、综合研发楼；B区一期也基本完成了前期手续流程，8个项目可于近期启动建设；C区与漕河泾、临港两家公司合作开发的"科技绿洲"项目，目前已进入中期规划评审阶段。2009年，园区企业的万元产值能耗同比下降了10%，其中体量最大的昌硕和延锋江森分别下降了30%和12%。

5. 项目落地推进顺利

工业区现有孵化基地二期、上海港机总部大楼等在建项目16个，总投资39.7亿元，建筑面积120.7万平方米。还有威上电子、延锋江森杰华研发等拟建项目29个，总投资17.65亿元。潍柴动力上海研发中心、中隆纸业总部等在谈项目10个，用地面积405亩，预计总投资31亿元。这将为工业区明年的产出、税收等奠定良好的基础。

二、2010年工作打算

紧抓"两区合并"带来的大好机遇，康桥工业区将深刻把握上海"两个中心"建设战略决策的重大意义，贯彻落实浦东新区党代会关于"动员全区人民为实现浦东开发开放第二次历史性跨越而奋斗"的要求，积极转变经济发展方式，全力推进产业结构升级，切实增强园区开发实力，不断提升康桥工业区在全市、全区开发区中的经济比重和影响力。

为此，我们确定了工业区2010-2012年经济发展的"1661"战略目标，即：至2012年底，实现工业总产值1000亿元以上，上缴税收60亿元以上，户管企业地方财政收入6亿元以上，再培育1家产值超百亿元的大企业。

为此，我们将从多方面入手，围绕"提升能级、完善功能、优化服务、加强管理"十六字方针，努力实现园区又好又快发展。

1. 提升能级，转变经济发展方式

第一是转变经济发展方式，发展服务经济。鉴于工业区土地日益稀缺的现状，未来我们将利用好"上海总部湾"、"康桥科技绿洲"等项目资源载体，招引"土地资源节约型"、"财税贡献集聚型"项目，提升产业发展能级。我们要重点规划南区产业定位，积极谋划战略性新兴产业发展基地。同时，把握迪斯尼项目建设和广电项目落户的大好机遇，利用传媒产业"制播分离"等契机，策划打造传媒产业基地，丰富康桥工业区新的经济增长点。

第二是加大招商引资力度，奠定发展基础。我们将围绕主导产业"主动出击"，开展一系列的招商洽谈活动，捕捉新项目信息，争取老企业增资，积极促进产业链的完善和产能的扩张。要改变以往产业发展中"重二产、轻三产，重外资、轻内资，重企业，轻中介"的做法，将目光更多地投向具备一定实力和潜力，且发展主动性强、不受制于国际经济形势波动的内资龙头企业。同时努力建立与外资中介机构的定期互访制度，发挥和利用好他们的成熟网络和平台。

第三是狠抓项目落地推进，落实招商成果。招商引资的重要落脚点是落实项目如期开工投产。为此，2010年要继续花大力气，努力克服动迁难的瓶颈问题。将积极围绕重点项目和重点工程的需求，从规划、动迁、安置等多个条线及时介入、广泛协调、全力推进。

2. 完善功能，营造更佳投资环境

第一是发挥规划的先导作用。良好的市政基础设施和优质的社区配套环境，正是服务经济走高端、上档次所必须具备的前提。2010年，我们首先要做好"三大规划"，即：南区拓区规划、传媒产业集聚区规划以及康桥社区配套规划，通过规划先导作用的发挥，促进园区的科学、有序开发。

第二是抓紧市政设施的建设进程。要进一步加大基础设施投资和建设的力度，全力配合区委区政府"8路"对接的重大工程，推进康梧路建设，同时抓紧园区主干道秀浦路、东康220KV变电站的建设，力争年内完工。

第三是完善社区的配套功能。2010年继续重视和跟进园区内三个星级酒店的建设进程，做好相关服务工作，争取在建的半岛假日酒店早日投入试运营，争取振龙商务酒店早日完成规划编制，争取博雅酒店早日签约落地。而面对"两区合并"之后道路、轨道交通对接加快的有利局面，要及早规划和布局相关商业设施，大力推动康桥的城市化进程。

3. 优化服务，提高企业满意水平

首先是强化"四大平台"的运作。2009年，康桥工业区是全市最早从国际金融危机中复苏的开发区之一，这既得益于国家"十大行业振兴规划"的刺激，也是在区企业与我们同舟共济的结果。2010年，我们会认真总结之前工作的经验教训，继续深化企业服务"四大平台"的功能内涵，完善运作机制。

其次是加强对企业的主动服务。要继续探索对企业开展各类业务、政策培训，如政策法规培训、财务管理培训等，以帮助企业规范日常运作，降低生产经营风险。2010年起，还将进一步发挥企业服务部这一专门机构的工作能动性，努力实现服务水平的逐年提升。

第三是帮助企业解决实际问题。2010年开始，将完善现有的沟通机制，及时了解企业的困难和需求，并加以解决、反馈。同时，对2009年"企业满意度调查"结果进行总结和思考，对得分较低的"设施配套"、"人文环境"等进行有针对性的整改和提高，争取下一次的满意度调查能有一个让人满意的结果。

4. 加强管理，打造优秀开发团队

第一是推进"作风年"的建设。继 2009 年确定"服务年"的主题之后，我们将 2010年定为"作风年"，要紧紧围绕企业作风建设的主题，从教育、制度、监督等多个方面全面推进，使企业的作风建设尽快登上一个新的台阶。

第二是完善内部管理各项制度。一年多以来，针对工作机制中存在的问题，我们通过管理制度的完善和落实，已取得了一定的进展。下阶段，将继续从考核机制、财务管理、日常运作等关键领域入手，不断加强公司治理结构的整合与优化，提高工作效率，发挥工作效能。

第三是营造和谐健康的企业文化。2010 年，结合世博会"城市，让生活更美好"的主题，我们确立了"园区，让创造更美好"的理念，以鼓励和推广一种积极的学习风气、科学的管理风格、人性的服务风尚。

上海嘉定工业园区

一、2009 年主要工作回顾

2009 年，是经济形势复杂多变的一年，面对各种不利因素所带来的严峻挑战，工业区在区委、区政府的正确领导下，在各基层党组织和广大党员干部共同努力下，坚持深入学习实践科学发展观，按照"四个确保"的具体要求，紧紧围绕年初提出的各项工作重点，积极应对国际金融危机所带来的挑战，统一思想，明确目标，抢抓机遇，攻坚克难，经济和社会各项事业保持了平稳较快发展。主要体现在以下几方面：

（一）各项经济指标实现平稳较快增长

全年实现国内生产总值 95.6 亿元，同比增长 17.6%；完成工业总产值 450 亿元，同比增长 30.2%，其中规模以上企业完成产值 390 亿元，同比增长 3%；实现税收总额 26.04 亿元，同比增长 13.96%；实现地方财政收入 5.45 亿元，同比增长 10.5%（不包括市级企业分成部分），其他各项经济指标均取得较大幅度增长，超额完成了全年制定的经济目标。全年完成引进外资投资总额 8.4 亿美元，合同外资 2.6 亿美元，外资到位 1.5 亿美元。新增民营和内资注册资本 30 亿元，引进内资投资超过 30 亿元。从招商引资完成情况来看，外资相较去年同比增长 15.8%，内资增长 20%。引进项目的投资规模、质量有较大提高，产业优势特点比较明显，2009 年我们在加大制造业项目引进的同时，加大对服务业项目的引进，在引进的企业中现代服务业项目占项目总数的 50%。除了引进一批企业总部、研发、销售中心外，加大对创意产业的引进，最近国内最大的电子商务企业京东商城入驻，使工业区项目质量进一步提高。

（二）园区各项建设顺利推进

全年完成开工项目 51 个，项目总投资 85 亿元。年初确定的 52 个重点工业项目，已有 46 个正式开工建设。围绕重点项目的建设落地，规划建设部和招商部门以及各相关部门全力协调，相互配合，确保了一批重大项目顺利建设和投产，同时还加快了南区一批动迁企业的开工建设，南门商务圈内嘉创国际商务大楼、金宇豪五星级酒店、南北周动迁基地等项目建设工作，以及高科技园区总部基地的动迁规划等各项工作加速推进。北区的各项基础设施建设进一步完善，完成了嘉朱公路一期，以及园区内 8 条道路的建设和水、电等配套设施建设，北区核心区内污水纳管率达到 100%。完成了产业园区内道路及市政配套等工作。动迁工作顺利推进，累计完成动迁基地 5 块，拆除农居户 361 户、企业 188 家，拆除各类违章 158 处，总拆除面积达 12 万平方米。重点建设项目加速推进。胜辛路菜场地块的动迁和改造工程已正式启动，朱桥学校、幼儿园、社区卫生服务中心将于 28 日正式开工，社区文化活动中心以及企业培训中心、广告总部一期工程即将开工建设。

（三）社会各项事业协调发展

围绕保民生、保稳定的总体工作要求，社会各项事业进一步协调发展。就业和社会保障体系不断完善。积极落实推进各项就业政策，完善对"双困"人员的就业机制，全年新增就业岗位 6500 多个，推荐就业 1500 多人。全年除了缴纳各类社保资金 1.2 亿元以外，还发放征地养老生活费 9000 多万元，镇保劳动力生活补贴 4000 多万元，实施了第二批 1154 名农村居民土地换保障工作。不断加大对各类重点优抚对象的救助力度。全年共有 17000 多人次获得社会救助金共计 2000 多万元。社会稳定和综合治理进一步加强。平安建设 12 项实事工程全面完成，完成了北区图形监控设施和小区技防建设全覆盖。"两个实有"试点工作通过市里的验收，来沪人员管理进一步加强。积极完善信访维稳机制，强化了对信访工作责任制的落实，一批历史遗留问题得到有效化解。社区创建和管理工作进一步深化。全面推进了和谐创建和市级文明社区建设。小区综合管理和实事工程有序进行，结合迎世博 600 天行动计划，完成了 10 万平方米旧小区综合改造工程。社会各项事业稳步推进。社区卫生服务的综合改革进一步深入。科技、教育、计划生育等方面也取得了较好的成绩。全年用于民生方面的投入 3 亿多元。

（四）迎世博工作深入推进

按照迎世博工作的总体要求，各项整治工作和文明创建工作取得了较好成绩。坚持完善机制，形成合力，确保行动计划落到实处。坚持把迎世博工作与提升园区形象、改善民生工作和加强文明创建紧密结合起来，着力提高辖区环境文明、秩序文明和服务文明指数。进一步加强了对客运站、主要商业街、集贸市场、北部集镇等重点区域环境综合整治力度，累计拆除违章搭建 33000 多平方米。坚持突击和长效相结合，加强督促检查，加大整治力度，完善管理措施。同时深化社会动员，积极开展"文明快递行动"、"文明承诺"、"志愿者服务我奉献"等主题实践活动，努力提升居民文明素质。

（五）新农村建设扎实开展

深入推进农业产业化、规模化、合作化经营模式，农业产业结构进一步优化，产业化进程不断加快，产业化基地建设扎实推进。进一步加强流转土地管理，根据工业区实际情况，制定出台了《工业区关于集体经营流转土地的实施意见》，指导和督促各村加强和完善了流转土地管理。同时积极筹办村级粮食、蔬菜经营合作社及工业区大型粮食生产合作社，为 2010 年全面推进集体经营管理土地打下了基础。农村环境面貌进一步改善。实施了 252 户村庄改造工程。完成 17 条村沟宅河的环境整治，加大了农村基础设施投入，完成 4.8 公里农村道路建设以及 36 座危桥翻建。村级经济实力进一步增强。围绕年初制定的经济发展目标，切实加强村级招商引资工作和经济管理工作，确保村级经济平稳较快发展。

（六）党建和精神文明建设取得实效

深入开展"学实"活动。按照区委的统一部署，在区委学习实践活动第四指导检查组的具体指导下，开展了深入学习实践科学发展观活动。我们以"坚持科学发展，推动园区建设，加快实现'四个目标'"为实践载体，始终将学习实践活动作为推进经济和社会各项事业平稳、较快发展的重要抓手。按照规定动作不走样、自选动作有特色的原则，组织形式多样的学习活动，党政企领导班子成员围绕影响工业区发展的 32 个课题，分别牵头带领部门成员进行了调研，主动征求影响和制约工业区经济和社会各项事业发展的问题和党员干部队伍建设等方面的问题，集思广益，分析检查，明确整改落实的措施。坚持学习培训、廉政教育常态化机制，切实加强领导班子和干部队伍建设。2009 年我们成功进行村（居）两委班子的换届选举工作。坚持完善干部选拔任用机制，加强了农村青年后备干部的培养，进一步优化基层领导班子结构。坚持和完善党内民主制度，"三重一大"议事制度严格执行。推进教育、制度、监督并重的惩治和预防腐败体系建设，严格落实党风廉政建设责任制，党员干部的作风建设进一步加强。宣传和精神文明建设进一步加强。有序推进市级文明社区创建工作，成功举办工业区第二届文化艺术节。此外，工业区各基层党组织、职能部门围绕大局，充分发挥职能作用，为经济和社会各项事业发展作出积极贡献。

二、2010 年经济社会发展的目标任务

2010 年是实施"十一五"规划收关之年和上海迎世博举办之年，做好 2010 年经济社会发展工作，对于继续保持工业区经济社会平稳较快发展至关重要。以党的十七届四中全会和中央、市、区经济工作会议精神为指导，深入贯彻落实科学发展观，紧紧围绕区委、区政府总体要求，坚持"两个融合"发展战略，着力转变经济发展方式，加快产业结构调整优化，加大招商引资力度，推进园区城市化建设和管理，促进民生改善、社会和谐，提升党的建设科学化水平。进一步解放思想，增强信心，攻坚克难，真抓实干，加快推进工业区"四个目标"建设，在新的历史起点上实现工业区科学发展的新跨越。

2010 年主要经济目标：实现国内生产总值 111 亿元，同比增长 16.1%；实现工业总产值 522 亿元，同比增长 16%；完成税收入库 28.2 亿元，同比增长 10.2%；完成地方财政收入 5.76 亿元（不包括市级企业分成部分），同比增长 10.1%；引进合同外资 2 亿美元（力争 3 亿美元），到位资金 1 亿美元（力争 1.5 亿美元）；引进内资新增注册资本 35 亿元，内资投资总额 40 亿元；实现外贸直接出口 15 亿美元；规模以上工业企业万元产值能耗同比下降 5%，其他各项经济指标保持一定增长。

要实现明年的发展目标，一是必须紧紧围绕中央、市、区提出的总体工作目标要求，坚定信心，增强加快转变经济发展方式的紧迫感和责任感，坚定不移调结构、脚踏实地促转变。二是必须紧密联系工业区实际，按照区委、区政府提出的"两个融合"发展战略，坚持产业化与城市化融合发展，坚持二产与三产融合发展，力争在促进转变经济发展方式方面取得新突破。三是必须进一步解放思想，转变观念，创新思路，攻坚克难，积极应对当前发展中面临的机遇和挑战，着力化解当前经济发展中的困难、瓶颈以及社会发展中的矛盾，确保经济社会全面、协调、可持续发展。重点要做好以下几方面工作：

（一）坚持以二三产融合发展为重点，加快产业结构调整优化

加快产业结构调整是实现转变经济发展方式，提高园区经济发展质量和可持续发展的关键。随着经济形势的发展，当前，我们正面临着经济发展转型过程中的一些新形势、新问题，同时也给我们的发展提出了新挑战。要按照区委、区政府提出的坚持"两个融合"

的发展要求，把促进二三产融合发展作为当前调结构、促转型的重要举措，着力推进三个"转变"。

1. 注重由依靠二产发展向二三产并重发展转变

随着经济发展方式的转变，结构调整、产业转型是当前经济可持续发展的关键。所以在土地资源紧张，发展空间减少的情况下，依靠单一的先进制造业发展模式已经不能适应发展需要。因此在大力发展先进制造业的同时，必须要加快现代服务业发展，推动二三产融合发展。在二产方面，做大做强以汽车产业、新能源、科技电子、机械设备制造等为主的先进制造业，着力推进一批在建项目的建设以及重点企业发展，大力推进国内外著名企业、优势产业、高新技术产业的入驻，加快产业集聚，提升先进制造业能级。在三产方面，围绕先进制造业发展，加快推进一批世界500强以及规模以上企业的总部、研发设计、销售中心的落户，2009年引进了5家，2010年力争再引进5家地区总部和研发落户。此外，要加快推进产业创新中心，中广国际基地建设，加快引进一批创意产业、软件信息、电子商务等现代服务业发展，在做好京东、新蛋、东方CJ、百度华东区总部等项目建设的同时，力争2010年再引进一批优秀企业落户，加快现代服务业发展。另外，还要依托出口加工区功能拓展，大力发展保税物流、仓储物流等服务业项目，形成二、三产业集聚效应。

2. 注重由规模扩张向能级提升转变

随着土地资源、发展空间减少，单靠数量、规模扩张不能适应可持续发展要求。所以，要把提升产业能级作为提高经济发展质量和可持续发展的抓手，一是从注重数量、规模扩张向提高发展质量和效益转变，加大高新技术产业、重点企业扶持力度，加快优势产业集聚，着力引进一批国内外著名大企业和行业龙头企业，努力形成以龙头企业为引领、上下游产业配套的产业发展群，增强发展后劲，提升产业能级。二是从依靠土地资源开发向集约利用土地资源，提升发展能级转变，加大劣势企业淘汰力度，把淘汰劣势企业与转变发展方式、调结构、促转型结合起来，力争全年淘汰10家劣势企业，腾出土地用于新项目落地。三是要大力推进节能减排工作，重点加强对规模以上耗能、排污大户企业的管理，落实节能减排措施，进一步提高发展质量和效益。

3. 注重由要素驱动向科技创新转变

大力推进高新技术产业发展以及加大科技创新扶持，在积极用好国家、市、区出台的各项鼓励企业科技创新扶持政策的基础上，完善工业区扶持企业的相关配套政策。把政策、资源向科技含量高、拥有自主知识产权、核心竞争力强、成长潜力大的科技型企业倾斜，加大对企业科技创新的扶持力度。积极实施"小巨人"计划以及科技创新、产

业发展、品牌建设等方面的配套扶持政策，积极培育高新技术产业，并切实保障高新技术产业快速健康发展。加快国家级高科技园区规划建设，进一步完善高科技园区产业孵化平台建设。引导和鼓励企业充分发挥自主创新主体作用，努力加强品牌建设、培育自主知识产权，提升企业核心竞争力。加强与科研院所的院企合作，在加快推进上大、复华产业基地建设，加快光机所、新傲科技、中科院先进科学院电动汽车等国家重大专项以及产业化项目建设的基础上，2010年重点加快推进技术物理研究所、中科高等研究院等一批重大科技项目和产业化项目的落地，促进各类科技创新服务平台建设，努力形成产学研联动机制，增强园区发展竞争力。

同时，要结合工业区特点，加快农业产业结构调整。加强农村流转土地的经营管理，着力推进农业产业化、合作化经营模式，扶持农业品牌建设，加大对特色农业，品牌农业的扶持力度，提高农业规模化经营水平，促进农业增效，农民增收。

（二）坚持以产城融合发展为重点，加快推进园区城市化建设

要紧紧围绕我区城市化快速发展的契机，按照产城融合发展的要求，在加快推进产业化进程中，加速园区城市化建设，以产业化推进城市化建设，以城市化建设带动促进产业化发展，提升园区城市化发展水平。

1. 进一步加快南门商务圈建设

围绕嘉定新城建设的总体要求，在做好企业动迁的基础上，加快产业结构的调整，为新城建设做好服务。同时加快推进南门商务圈项目的建设，推进嘉创国际、金宇豪五星级酒店等项目建设，进一步加大动迁力度，促进产业转型，项目落地，加快启动国家级高科技园区总部基地建设，加快园区内企业动迁，规划调整，功能完善，确保园区内商务办公、企业总部、科研孵化、公共服务平台等项目落地，打造产业化、城市化融合发展的亮点。

2. 进一步加快北区城市化建设进程

随着北区产业化发展，一大批企业的入驻，目前城市化发展严重滞后于产业化发展，对整个园区发展带来一定影响。要围绕城市化发展要求，加快做好朱桥地区新市镇规划编制，改造计划的实施，加快城市化建设，提升北区城市化发展水平。要充分依托北区制造业和产业化发展优势，加快推进一批重大功能性项目、社会事业项目、生产、生活、服务配套等项目建设。加快推进天居房产以及嘉宝片林房产项目建设，进一步加快北区生活配套服务设施项目建设，加大对北区商业地块储备出让，确保星级酒店等商业服务项目落地，推进城市化进程。同时充分利用轨道11号线通车的契机，进一步完善北区公

共交通设施。

3. 进一步加大动迁工作力度

为了确保项目按时落地以及各项建设任务的顺利实施，2010年要进一步加大动迁力度，在南区，主要是新城核心区企业动迁，以及葛家宅地块、老办公大楼周边地块、集装箱厂周边地块、胜辛路菜场动迁安置房基地和湿地一期等地块的动迁工作。在北区，主要是嘉盛公路延伸工程、嘉朱公路衍生扩宽工程、沪嘉浏高速公路以西地块等动迁任务，涉及企业近30家，居民（农户）近1000户，建筑面积150000平方米，另外嘉宝片林的动迁也将启动。

4. 进一步加快项目建设速度

2010年，要进一步加快项目建设速度，主要是加快推进一批在建项目建成投产，以及加快推进新项目的建设，如大陆新工厂、京东物流中心、皮尔博格新工厂等一批规模以上重点项目。北区产业创新中心内，一批企业总部项目的建设，在广告总部基地一期规划建设的同时，加快一批著名广告企业、创意产业落户。同时，还要加快北区核心区范围内基础设施配套建设，重点推进沪嘉浏高速以西地块、城北路以东地块的开发建设，确保上汽等一批重点项目落地。另外，要以继续推进迎世博整治为抓手，加大违章整治力度，加强园区环境建设。继续做好农村道路、危桥、河道整治等工作。

（三）坚持以创新招商思路为重点，进一步加大招商引资力度

招商引资是工业区重中之重的一项工作，涉及产业结构调整，能级提升，发展的质量和水平等诸多方面，也是当前调结构、促转型的重要保证，特别是在当前土地资源紧缺，发展受影响的环境下，做好招商引资尤为重要。所以，要切实创新招商思路，加大招商引资力度。

1. 进一步转变招商观念和招商方式

发展要转型、产业要转型，招商的观念、思路必须要转变，特别是在当前招商竞争日益激烈、招商难度不断加大、招商要求不断提高的形势下，一定要按照内、外资并举，先进制造业、现代服务业并举，实地型和注册型并举的原则，实现招商引资与招商选资结合，招商引资与集约利用土地、转变发展方式结合，招商数量与质量结合。着力转变招商方式，强化对项目信息的梳理以及跟踪服务，积极有效地利用和整合工业区招商资源，积极开展多形式、多领域的招商活动。

2. 进一步提高招商质量

结合产业发展要求，突出招商重点，严格项目准入机制，进一步提升招商引资质量，

加大对重点项目、功能性项目、高新技术产业项目，先进制造业以及总部型、研发型、销售型、创意产业、软件信息和电子商务等行业的招商力度。在制造业方面，力争再引进一批世界 500 强企业以及国内优势企业落户，在服务业方面，力争引进一批世界 500 强企业的总部、研发、销售企业落户，同时确保在广告、软件信息、电子商务等行业中各有 2~3 家国内领先的企业入驻。

3. 进一步强化招商服务

切实加强招商队伍建设，落实招商目标责任制，提高招商引资的能力和水平。创新服务理念，拓展服务平台，争创服务品牌，强化招商稳商工作，以优质服务增强区域竞争力，促进以商引商的招商模式。要进一步完善服务的功能，完善服务体系，拓展服务平台，完善定期走访企业制度，项目跟踪服务制度，日常服务联系协调制度，加强企业服务责任制落实，提升园区发展环境。继续加大项目代理，以及工程代建力度，为企业发展做好服务。

（四）坚持以改善民生为重点，维护社会和谐稳定

继续围绕"保民生、保稳定"的要求，不断加大投入力度，全力确保社会各项事业的协调发展。

1. 以人为本，加大社会事业投入

加快社会事业项目的建设。推进北区社区卫生服务中心、文化活动中心和两所学校建设。坚持以人为本，不断加大社会救助、教育卫生等方面的投入力度，扩大工作覆盖面。要进一步完善就业和社会保障体系，积极搭建公共就业服务平台，全面落实各项就业促进政策，做好第二批 60 岁以上农民土地换保障工作。

2. 维护稳定，加快推进平安工业区建设

2010 年维稳工作的重中之重是要做好世博安保工作，要将世博安全工作和平安工业区实事建设工程结合起来，加大综合整治力度，全面加强社会治安综合治理和人口综合管理服务工作，做好外来人口管理工作。要落实信访工作责任制，集中精力化解重大矛盾纠纷和历史遗留信访矛盾，确保社会和谐稳定。

3. 促进和谐，加强社区建设和管理

要通过加强社区干部队伍力量，完善社区管理，提高物业服务能力和服务水平。要进一步完善社区内部管理和各项考核制度，切实推进社区建设、管理和创建工作。要按照创建市级文明社区的要求，增强社区功能，提升服务水平，努力建设管理有序、服务完善、治安良好、环境优美、文明祥和的和谐社区。

（五）坚持以提高领导科学发展的能力为重点，加强党建和精神文明建设

1. 加强领导班子和干部队伍建设

注重学习教育，切实提高党员领导干部的能力，促进工业区科学发展。注重基层领导班子建设，重点是村（居）"两委"班子，着力解决基层干部精神状态与工作能力的问题，通过制定好换届后新三年行动计划，使新班子有新目标、新面貌、新成效，提升班子的凝聚力和战斗力。要通过加强制度建设和作风建设，加大"充实、培训、调整"力度，提高干部队伍的执行力与协调力。要加强农村青年干部队伍和后备干部队伍的培养，进一步加大选拔力度，确保干部队伍的持续性储备。要继续加强农村、社区、企事业、"两新"组织等各领域的基层组织建设，进一步夯实党的执政基础。

2. 加强反腐倡廉建设

要创新体制机制，加强反腐倡廉制度建设，切实抓好党风廉政建设责任制工作的落实，进一步规范基层干部的从政行为。进一步抓好基层单位"三重一大"等制度的落实情况，坚持和落实领导干部经济责任审计制度，积极推进基层单位党政正职干部以及机关干部述职述廉。要加强纠风工作，切实维护群众利益。

3. 加强宣传工作和精神文明建设

继续坚持围绕中心、服务大局，正确认识和把握新形势下宣传思想工作的特点和规律，唱响主旋律，打好主动仗，重点在探索新载体、提升新水平、培育新品牌、塑造新形象上下功夫，不断增强地区科学发展，积极营造齐心协力、攻坚克难、奋勇前进的良好思想舆论氛围。要继续深入探索新市民教育的模式和途径。以"百姓三台一户"为载体，丰富品牌内容，深化品牌内涵，不断提高新市民的文明素养。要注重培育创建品牌特色。在文明单位、文明村、文明小区的创建中继续注重挖掘培育新亮点，组织开展"园区十大名片"评选及推广宣传活动，充分发挥示范作用。要注重完善公共文体服务体系建设。坚持贴近社会、贴近基层、贴近群众，加大文体硬件设施的投入，重点要加快推进完成工业区社区文化活动中心的建设，完善地区公共文化服务体系。要继续围绕迎世博工作总体要求，积极开展各类实践活动，提升园区文明程度和创建水平。

上海青浦工业园区

一、2009 年主要工作推进情况

2009 年，是园区发展史上最为困难的一年，也是园区积极应对国际金融危机取得明显成效的一年。在区委、区府的正确领导下，园区以科学发展观为统领，紧紧围绕区委、区政府提出的"四个确保"的发展要求，以建设"三生"园区为发展目标，进一步解放思想，坚定信心，克时艰、保增长、优环境，在危机中抢抓机遇，在困境中寻求突破，在竞争中赢得主动，各项工作有质、有序、有效推进，较好地完成区委、区府下达的各项工作任务，园区经济和社会事业继续保持平稳回升、蓄势上行的良好局面。

（一）主要经济指标完成情况良好

① 招商引资：1–12 月，完成合同外资 3.2 亿美元；完成到位资金 2.1 亿美元（商务部口径）。

② 税收收入：1–12 月，共实现税收收入 36.2 亿元，同比增长 14.95%；完成地方收入 15.65 亿元，同比增长 12.34%。

③ 工业产值：1–12 月，共完成 582 亿元，同比增长 10.1%。

④ 企业开工：1–12 月，共有 50 家落户企业开工建设。

（二）非常之举实现非常之为

在金融危机席卷全球之际，园区以"保增长、促发展"为工作主线，以非常之策应对非常之态，以非常之举实现非常之为，着重抓好以下八个方面工作：

1. 立足用好资源，"无地"招商保增长

针对当前土地资源的瓶颈制约，园区主要从以下三方面下功夫。一是强化服务，有效推动现有企业增资，全年引进增资项目有39家，合同外资1.39亿美元，提高园区土地利用率；二是积极引导，有效盘活闲置标准厂房，对区域内空置标准厂房资源实行"五统一"联合管理；全年引进租赁厂房项目20家，合同外资4698万美元，缩短项目投入产出周期；三是拓宽渠道，有效发展外资注册型企业，全年引进项目12家，合同外资3706万美元。

2. 立足"保存量、求增量"，夯实税基保增长

针对落户企业经济下滑的现状，在继续实行网格化管理的基础上，园区主要采取了以下两项措施，进一步壮大园区税基。一是坚持"走出去"，拓展民营经济发展新空间。2009年伊始，园区在总结前阶段"走出去"招商经验得失的基础上，有计划、有针对性赴外省市开展招商活动。全年共引进外省市企业429家，占新增户数的41%，不仅进一步拓展了园区的招商渠道，也为下阶段园区经济发展奠定坚实的基础。二是创新工作思路，拓展园区税收发展新渠道。充分利用园区现有的企业资源优势和政策优势，有效推进关联企业、施工企业和未投产企业的税收管理，全年完成关联税收2.39亿元，建筑税2003万元，未投产企业税收4.1亿元。

3. 立足"引、逼、收"，推进开工保增长

针对项目开工受金融危机影响推进缓慢的严峻形势，在区政府及区有关职能部门的大力支持下，园区多策并举，有效推动项目开工建设。"引"：对2009年开工至2010年竣工的项目列入VIP通道，加快各类手续办理，并予以一定的规费缓交；"逼"：对未有开工计划的项目，通过上门拜访、集中约见、收取开工保证金等形式，促使企业年内开工；"收"：回收三块土地464亩存量土地，采用指标平移的方式，解决16个急于开工项目的用地难问题。全年共实现57家落户企业开工建设。

4. 立足突出重点，应统尽统保增长。

一是加强总部经济统计工作，重点针对以德力西、人民电器厂、四维尔为代表的企业，通过发挥其产业乘数效应，全年共完成产值42亿元，其中增量15亿元。二是加强统计数据分析工作，重点针对产销比例失调企业、税收同比增幅大于产值同比增幅的企业和产值同比下降幅度较大而能源消耗同比上升的企业进行调查走访，全年完成增量产值23亿元。

5. 立足加强沟通，优化服务保增长

2009年，园区展开了"服务企业年"活动，为此，园区依托协调办这个沟通平台作

用，通过推行"企业服务年"活动，有针对性地为企业提供良好的服务，切实帮助落户企业，特别是有困难落户企业排忧解难。全年共收到企业信访件 80 件，办结率 94%。一方面，通过开展"暖冬"行动和实行园区班子成员与重点落户企业"结对子"行动，深入企业一线，与企业面对面交流谈心，为园区开展有效服务收集第一手资料。另一方面，以设立 24 小时服务热线的形式，进一步加强园区与落户企业的沟通联系，切实做到"企业有所呼、园区有所应、服务做到位"。

6. 立足奋勇争先，百日竞赛保增长

2009 年 9 月底，园区开展了百日竞赛活动，号召园区上下比精神、比服务、比办法、比业绩，掀起了一股比、学、赶、帮、超的工作高潮。12 月 18 日，园区召开了产业项目投资签约及开工仪式；12 月 23 日，世界 500 强企业之一斯伦贝谢项目与园区签订投资协议，追加 1.2 亿美元在园区设立其在亚太地区最大的工程应用研发中心和加工中心；10 月、12 月，园区的税收收入分别同比增长 42.5%、30.6%，为全年各项经济指标的全面完成奠定了扎实的基础。

二、2010 年工作初步设想

综观国际国内形势，2010 年的发展态势将总体好于 2009 年。世界经济回暖迹象明显，我国在全球率先实现经济形势总体回升向好，2010 年举行的上海世博会，以及虹桥枢纽港的建成运行，对园区经济发展的积极作用毋庸置疑，青浦轨道交通建设和"产城一体"的功能定位也为园区产业能级提升带来新的机遇。但经济企稳回升，并不意味着经济全面复苏，并不等同于经济运行根本好转。影响经济全面复苏的不稳定不确定因素依然较多，我们面临的形势仍然极其复杂。2010 年工作的指导思想是：坚持以科学发展观为统领，在区委、区政府的正确领导下，更加注重优化调整经济结构、提升产业发展层次，更加注重培育园区新的经济增长点、提升可持续发展能力，更加注重精细化管理、夯实经济发展基础，更加注重服务优化、提升投资软实力，更加注重"两个文明"一起抓、构建和谐社会，促进园区经济社会又好又快发展。

（一）2010 年经济工作主要预期目标：

1. 合同外资

力争完成 4 亿美元，到位外资：力争完成 3 亿美元；

2. 工业产值

力争完成 665 亿元；

3. 企业开工

确保 30 家，力争 40 家；

4. 税收收入

力争完成 42.2 亿元，地方收入：力争完成 18.1 亿元；

5. 全社会固定资产投资

完成 25 亿元。

（二）主要工作措施：

1. 着力推进产业转型升级，加快转变经济发展方式

（1）大力提升先进制造业发展水平

坚定不移地实施科学选资，坚持当前利益和长远利益并重，围绕发展先进制造业开展重点招商，做到"四个不招"、"三个瞄准"。"四个不招"：不符合产业导向的项目不招、不符合投资密度和产出密度的项目不招、不利于环境保护的项目不招、不符合能源和资源节约的项目不招。"三个瞄准"：瞄准一批龙头型、基地型、主导型项目的特大型项目；瞄准一批跨国公司的结算中心、技术服务中心、研发中心；瞄准一批实力强、规模大、品牌响、技术含量高、符合园区产业特色的央企、民企，不断提升园区先进制造业发展水平。2010 年，要确保 1 个有影响力的项目落地。

（2）大力启动园区总部经济基地建设

充分利用虹桥枢纽港建成运行的契机，借助张江"一区六园"政策的辐射效应，建设园区总部型基地，培育一批国际国内结算型总部基地。年内将适时启动该区域的规划设计和机构设置，做到边组建、边规划、边招商，并逐步完善局部区域的配套功能，力争每年吸引 5–10 家左右总部入驻，每户企业占地 5 亩左右，平均每亩产生税收 100 万元以上，不断培育壮大园区新税基。

（3）大力加快中央商务区建设

中央商务区的开发将是建设"三生"园区的重要组成部分，是园区先进制造业和现代服务业协同发展的重要载体。中央商务区规划面积 2.5 平方公里，将力求打造成为一个富有传统水乡特色、为落户企业提供生活、休闲、购物、居住为一体的特色商务区，成为园区对外交流的一个重要窗口，成为青浦区域性的标志和景观区。2010 年，园区将着重加快贺桥村 13 队的动迁推进工作；加快住宅用地的推出，力争一季度完成岛区西侧110 亩住宅用地；加快完善商务区内的市政配套、中心绿地建设及水、电、煤等配套工

程建设。

2. 着力破解土地资源瓶颈，加快提升持续发展能力

土地资源始终是制约园区进一步发展的主要瓶颈问题。为此，2010 年园区将着重从以下四方面入手，破解土地资源障碍。

（1）积极争取政策支持

年内，力争有 2 个重点产业项目列入市"绿色通道"。

（2）积极推进土地指标平移工作

对因动迁受阻无法开工建设的 5 个项目 301.4 亩土地，继续争取市房地部门的支持予以指标平移，解决急于开工企业的需求。

（3）积极推进联盟招商工作

以园区的项目优势同各乡镇（街道）的土地资源优势（占补平衡指标）相互联合，实现项目共享、资源共享、成果共享的"双赢"格局，达到"1+1>2"的效果。

（4）积极推进土地集约利用

充分发掘园区现有闲置土地、闲置厂房资源，积极探索闲置用地"二次开发"的有效途径，进一步缓解土地资源紧缺的压力，提高园区土地利用效率。一方面，要积极推进"腾笼换鸟"工作。2010 年，园区将重点做好鼎讯、晨兴、沃盟等项目的"腾笼换鸟"工作，力争年内有所突破。另一方面，在有条件的地块实施"退二进三"战略，在实施产业结构优化升级的同时，进一步发挥土地资源的效能。

3. 着力壮大园区经济基础，切实提高园区综合竞争力

（1）全力以赴抓税收

要继续实行实体型经济和民营经济对园区财力的"双轮驱动"。一方面，做大做强实体经济。继续实施网格化管理，确保园区实体型企业税收应收尽收；继续实施班子领导分工负责制，确保重点企业生产经营；继续拓展税源渠道，充分发挥现有落户企业资源，加大关联税收征收力度，逐步取消分销企业，逐步扩大企业总部结算中心，夯实园区税基。另一方面，做强做优民营经济。除实行分层包干服务制外，要继续实施"走出去"战略，加大对国内行业龙头企业活知名民营实体型企业的招商力度，有效形成园区新的后继财源。

（2）全力以赴抓开工。一方面，要抓好重点项目的开工建设

2010 年，园区将积极与市、区有关职能部门沟通，在项目审批、土地指标等方面予以优先考虑，确保斯伦贝谢、永联、海德堡、弘大项目于年内开工建设。另一方面，要抓好有指标项目的开工建设，继续推行"引、逼、收、调"的工作措施，通过列入 VIP "绿色"

通道，减免相关契税等方式，加快办理各类基建手续，确保项目早开工、早建成、早投产；对有土地指标超过两年仍无开工计划的项目，请有关职能部门予以收取相关土地闲置费，直至无偿收回土地。

4. 着力创新企业服务机制，加快营造园区投资氛围

广大落户企业的健康发展是园区得以持续健康发展的基础和关键，为进一步使企业"引得进、留得住、长得大"，园区将继续优化服务，为落户企业排忧解难。一是机制上创新。在服务落户企业上，一方面，集团公司与街道要形成合力，使企业的效能与政府的职能达到和谐统一，切实提升服务水平；另一方面，在集团公司内部要进一步延伸与落户企业"结对子"活动，建立班子领导及部门负责人与企业结对服务机制，为企业做强做大提供有力的服务支持和保障。二是方法上创新。从建立服务企业的长效机制入手，对落户企业实行分类服务，即重点企业特色服务、优质企业重点服务、均势企业标准服务，力争做到"企业服务零距离、生产经营零干扰、执行政策零折扣"，促进企业在园区逐步发展壮大，确保园区在未来 3–5 年时间里，能够出现 4 家以上产值规模超 50 亿元的企业，30 亿元、20 亿元及 10 亿元的企业将达 26 家以上。

5. 着力推进三大重点工程，树立园区良好社会形象

（1）抓好两条主干道路景观线建设

结合园区 15 周年活动的举行以及区"创模"工作的开展，重点做好对崧泽大道、外青松公路等两条园区主干道路沿线的景观改造及环境整治工作，

（2）抓好三大实事民生工程

为进一步完善园区的公建配套功能，营造园区良好的投资环境，园区将全力做好三大实事民生工程。其中：国内首家按照"绿色建筑评价标准"进行设计的博文学校，将确保 7 月底竣工交付；区政府实事工程之一的清香苑改造工程，将确保年内竣工；力求打造成为青浦区一流的园区社区文化中心，将确保 4 月开工建设，力争 2011 年 4 月投入使用。

（3）抓紧推进国家级生态示范园区创建工作。

作为"三生"园区的重要组成部分，园区在创建国家级生态园区进程中，一方面要继续加大投入力度，加快对部分区域污水管网建设；另一方面，要积极推进清洁生产、节能降耗工作的深入开展，督促企业通过技术创新，达到生态园区减排降耗标准，并对重点排污企业实行监控。同时，在环境建设方面，要建立长效机制，加快绿化带、厂区的环境整治工作，使园区的整体环境建设再上新台阶。

上海宝山城市工业园区

一、2009年工作总结

2009年，在区委、区政府的坚强领导下，园区党工委、管委会团结带领广大干部群众认真贯彻落实区委五届八次全会精神，深入学习实践科学发展观，团结一心，真抓实干，经济和社会发展取得了新成绩。

（一）主要工作实绩

1.经济发展实现新超越

（1）经济指标取得新增长

全年完成工业销售产值80.73亿元，同比增21.9%；增加值完成26.51亿元，同比增16.7%；区级财政收入完成1.98亿元，同比增16.3%；社会消费品零售总额完成3.18亿元，同比增74.6%；实到外资1890万美元；完成生产性固定资产投入8.25亿元。

（2）招商引资取得新成效

引进相宜本草、普安重型柴油发动机等5个项目，总投资额达11.5亿元，合同外资1453万美元，奠定了园区新经济增长点的优势。

（3）节能降耗取得新进展

园区全年综合能耗万吨标准煤的区级指标为6.3万吨，实际消耗5.7万吨，万吨产值能耗下降率达12.52%，超出区级指标0.52个百分点。

（4）产业调整取得新突破

完成控详规划修编并获区政府批准，园区二三产业融合发展的功能定位确立。园区开发公司成功收购悦腾混凝土制品有限公司，企业兼并、重组在谈项目两个，标志着园区产业结构调整迈出实质性的步伐。盘活企业资产存量，园区 2009 年出租空置厂房 3 万平方米。

（5）宣传推介取得新形象

园区建成门户网站，为网上浏览政务、咨询业务、办理事务提供一站式访问服务平台。网站更着重在招商引资、宣传推介、搭台合作、资源共享等方面发挥网络信息化优势，充分整合园区企业的优势资源，共同打造高新技术产业和现代化服务业聚集的新名片。

2. 城乡建设呈现新形象

（1）项目建设进展顺利

2009 年在建项目 14 个，竣工项目 5 个，新开工项目 6 个。绿地现代服务业重点项目如期建设，9 万平方米商品楼竣工，年底入户。一期 6 万平方米商务楼开盘，二期已开工建设。

（2）市政建设有新亮点

新辟公交 85 路进园区，解决长期困扰企业职工、村民的出行难。建成宝祁路 1 万伏开关站。辟通园康路 500 米道路。

（3）土地储备更规范

全年征用土地 280 亩。出让综合用地 1 幅计 137 亩，由金地集团摘牌开发。出让工业地块 2 幅，总面积 26 亩。

（4）迎世博 600 天行动计划有实效

拆除危棚简屋和违法搭建 30 余处，拆除违章建筑 4000 平方米。取缔违规违法经营店 8 处。粉刷围墙立面 16 万平方米。整治 7 条村级河道并通过区级验收。绿化种植 2 万平方米，道路清扫，绿化养护，农村公厕管理等坚持突击整治与长效管理相结合，城乡面貌焕然一新。

3. 关注民生凸现力度

（1）为群众办实事，做好事

全年完成 9 个村民小组的撤制申报和 4 个村民小组撤制工作。农民纳入社会保障 172 人。对未满 16 周岁农业户籍人员实施一次性补贴。调整提高农保人员养老金至 370 元 / 月。农村合作医疗应保尽保率达 100%。为 450 名农村妇女、162 名 75 岁以上老人提供免费体检。通过政府补贴，为 11 名老年人免费实施白内障手术。

（2）健全劳动调解体系，规范企业用工制度

2009 年园区组建劳动调解室，受理劳动调解案件 30 起，协议成功调处 25 起，劳资信访受理 7 起，化解率达 100%，发挥了劳动调解及时预警、预防和调处的工作职能。

（3）重视再就业工作

推荐农村劳动力 60 人上岗，解决"零就业家庭"、"双困"人员 14 人就业。

（4）精心打造安居工程

2009 年完成动迁 90 余户。聚丰景都动迁基地建设如期推进，116 户村民乔迁新居。

4. 社会和谐显现新举措

（1）努力实现社会综治全覆盖

对园区 80 家企业试行"综治进企业"活动。大力推进平安园区建设，组织多项专项整治活动，消除治安隐患。加强外口管理，外来人口登记办证率达 100%。强化区域封闭式管理，有效遏制"六乱"现象。

（2）着力做好安全生产工作

实施企业安全生产重点培训计划，25 家大型企业参加区安全协会，培训企业员工 1500 人次，对 80 家次的企业进行安全专项整治、整改，有效提高企业安全生产意识和技能。防御自然灾害实现组织体系、硬件设施、工作措施三到位。重视信访工作，信访矛盾化解率达 95% 以上。

5. 党建工作体现新水平

（1）认真抓好学习实践活动

按照区第二批学习实践科学发展观活动的要求，园区以"强实力，谋发展，促和谐，打造二三产业融合发展的新型产业园"为载体，以学习调研为基础，分析检查为抓手，落实整改为目标，为园区找准目标定位，理清发展思路，夯实工作基础提供了思想保障。

（2）加强班子自身建设

园区圆满完成新老班子的交替和工作衔接。新班子朝气蓬勃，既注重工作的连贯性，更力求工作的开拓与创新。领导班子心齐气顺，清正廉洁，坚持中心组学习和党委会制度，坚持重大事项民主决策、科学决策的原则，政令畅通，战斗力强。

（3）加强基层组织建设

抓好"党群联建"，服务企业发展。发挥工青妇团"资源共享，优势互补"的组织合力，组织企业职介专场、"十佳优秀员工"评选表彰等活动，不断强化党组织在企业的影响力，拓展党的组织和工作覆盖面。

（4）加强精神文明建设

丰富群众的精神文化生活，2009 年园区协同区总工会放映露天电影 8 场，观看人数 1000 余人。组织企业工会向职工赠送健康教育书籍，营造良好学习氛围。以迎世博为契机，组织了"迎世博两新组织职工运动会"和"迎世博，强素质，比技能"企业职工技能比武等大型主题活动，有力提升了园区精神文明创建活动的质量。

二、2010 年工作思路

（一）总体思路

2010 年是园区实施二三产业融合发展规划的起步之年，要以科学发展观统领全局，围绕区委、区政府的重大决策和各项目标任务，结合园区的实际，努力实现"强实力创实绩，谋发展出实招，促和谐见实效，重党建落实处"的目标，为"打造二三产业融合发展的新型产业园区"开好局。

（二）目标任务和工作措施

1. 强实力创实绩

（1）主要目标

2010 年工业销售产值完成 91 亿元，同比增长 12.5%；增加值完成 29.7 亿元，同比增长 12%；区级财政收入完成 2.2 亿元，同比增长 12%；生产性固定资产投入完成 8.66 亿元，同比增长 5%。

（2）主要抓好六项工作

一是尽快落实相宜本草、普安重型发动机等项目的开工建设，努力培育新经济增长点。二是重点关注园区骨干企业的生产经营，最大限度地发挥大中型企业的经济支撑作用。三是加强在建项目的管理和服务，促使早竣工、早投产、早产出。四是强化属地征税的力度，杜绝税源漏洞。五是做好项目用地和招商信息的储备，招商引资、招商引税要有新突破。六是继续做好腾笼换鸟工作，盘活企业存量资产。

2. 谋发展有实招

（1）主要目标

动迁工作大力推进，徐巷动迁基地实质启动，金地项目开工建设，绿地项目全力推进。进一步实施迎世博 600 天行动计划。

（2）主要工作有五项

一是以三星村尖头村、徐巷的两个生产队为动迁重点，在配强动迁力量，调整和完善动迁政策的同时，力求高速度、高质量推进动迁，为腾地建造动迁商品房留出空间。其次选择规划调整区域内的企业进行关、转、并、停的试点，以点带面，逐步推动企业整体动迁。二是做好徐巷动迁基地的规划设计。按整体规划、分期建设的思路，办好相关手续，争取年内打桩开建，为两年基本建成奠定基础。三是金地综合用地建设要尽快做好各项前期工作，要严管理，重服务，下半年开工建设。绿地项目要按既定的时间节点建设。四是继续实施迎世博600天行动计划，营造优美的城乡环境和浓郁的世博氛围。五是全年计划新开工工业项目5个，竣工项目6个。

3. 促和谐，见实效

（1）主要目标

突出世博安保重点，强化社会综治力度，做到"四个不发生，三个下降，两个提升"。关注民生，人民群众安居乐业，构建和谐社会。

（2）主要工作有五项

一是围绕世博安保这一主题，强化安全责任意识，以"综治进企业"和村委"六位一体"综治警务室为平台，有效推进各项综治工作，确保世博期间安全工作万无一失。二是做好社会综治的常规工作，加强群防群治队伍的建管工作，构建地区治安防控网络。三是强化生产安全和食品安全意识，强化自然灾害的预防。四是以人为本，关注民生问题，进一步做好"三农"工作，进一步完善社会保障体系，注重新农村建设，推进再就业工程，提高村民的生活福利待遇。五是做好信访工作，正确处理和化解各种矛盾，争取人民群众对园区二次创业的最大理解和支持。

4. 重党建，落实处

主要目标：进一步增强贯彻落实科学发展观的自觉性和坚定性，加强党的组织建设和队伍建设，更加坚定对园区新一轮发展的信心和决心。

主要工作有四项：一是要加强领导班子思想、能力、作风和制度建设，形成政治坚定，务实创新，勤政廉政，团结和谐的领导核心。二是要加强队伍建设，打造"学习型"机关，深化效能建设，建设一支精神振奋，作风过硬，奋发有为，勇于开拓的干部职工队伍。三是要夯实基层基础，强化行政村"两委"班子建设，强化非公企业党组织的工作覆盖，进一步提高党组织的号召力、凝聚力、战斗力。四是要以精神文明创建为抓手，"党群联建"为纽带，开展丰富多彩的文体活动，丰富人民群众的文化生活，进一步提升园区的精神文明水平，让园区的正气、文明蔚然成风。

上海工业综合开发区

一、2009 年主要工作

2009 年上海市工业综合开发区坚持以科学发展观统领全局,紧紧围绕"四个确保"主线开展工作。

(一)经济运行已经走出"低谷",出现向好"回暖"趋势

在国际金融危机风暴冲击中,针对开发区"两个 70% 以上"(落户企业 70% 为外资企业、工业产品 70% 依靠出口)的不利因素,落实有效措施,积极应对复杂多变的经济形势。从前十个月环比状况分析,经济发展各项指标同比:一季度呈两位数负增长,二季度呈个位数负增长,三季度基本持平,十月份起转负增长为正增长。预计全年规模企业产值可以达到 195 亿元,比上年增长 4%,批准合同外资 1 亿美元,比上年减 42%;到位合同外资 1.2 亿美元,比上年增长 11.7%;到位内资 4.6 亿元,比上年增长 30%。外贸出口 13.2 亿美元,比上年减 20%。工业固定资产投资完成 12.5 亿元,比上年减 21%。税收实现 11.5 亿元,比上年增长 12.7%;其中地方税收 3.25 亿元,比上年增长 12%。

(二)重视缓解民生问题,着力推进重点工程

完成乐康苑二期、民旺苑一期、秀枫苑动迁基地 27 万平方米建设,确保 995 户动迁农民交房落户。完成区政府要求试点基础上,基本完成 22 个撤队农民土地补偿款发放工作,共支付补偿资金 2344 万元。结合专业特色商业街改造,完成人行道路改造、韩谊路全线贯通等工程,方便群众出行。健全困难群体生活救助机制,全年发放救助资金 310 多万元。积极实施"就业工程",新增就业岗位 1782 个,超额完成区下达任务。

（三）加强综合治理，保持社会基本稳定

充分发挥基层群防群治作用，把社会治安不稳定因素和人民内部矛盾化解在基层。截至 11 月 15 日，共立刑案 80 起，同比下降 3.75%。各类不稳定因素排查出 92 起，化解了 88 起，缓解 4 起；排查化解治安隐患 65 起，化解率达 100%。安监队共组织 430 多人次，检查生产经营企业 578 家，对 15 家人口密集场所、18 家建筑工地反复检查，发现隐患，及时整改。接待处理来信 180 件，来访 167 批 360 人次。办结了信访积案 12 起，化解了 8 起，化解率 66.7%，其中 4 起重点信访积案化解了 3 起，化解率达 75%。完成"两个实有"调查试点，一次性通过市级验收。

（四）广泛动员群众，积极参与"迎世博"活动

在"迎世博 600 天"活动中，围绕改善市容市貌、窗口服务、城市管理，提高市民文明素质和文明程度落实行动计划。不断加大宣传力度，群众知晓率为 98.5%（第四次市文明程度测评结果）。组织 51 支志愿者队伍，共 2.2 万人次参加"迎世博、齐动手、洁家园"等活动，完成 A4 沿线 6400 米河道整治、拆除违章搭建 1675 平方米，清除暴露垃圾 1612 吨，粉饰清洗外墙主面 15.9 万平方米，培训世博"窗口"人员 4933 人。对城乡结合部、亿阳菜场等环境脏乱差难点进行重点整治，并建立了长效管理机制。

二、2010 年主要工作目标

1. 指导思想

坚持贯彻落实党的十七大、十七届四中全会精神，深入学习实践科学发展观，坚持以"调结构、转方式"为核心，振奋精神，攻坚克难，开拓创新，促进经济、社会又好又快发展，党的建设再上新台阶。

2. 预期目标

规模企业工业产值达到 220 亿元，比上年增长 12.8%。批准合同外资 1.2 亿美元，比上年增长 20%；到位合同外资 1.28 亿美元，比上年增长 6.7%；到位内资 4.8 亿元，比上年增长 4.3%。外贸出口 15 亿美元，比上年增长 13.6%。工业固定资产完成 13.2 亿元，比上年增长 5.6%。税收实现 12.5 亿元，比上年增长 8.7%；其中地方税收 3.4 亿元，比上年增长 5%。确保各项事业与经济建设同步发展，人民生活质量进一步提高，社会保持稳定。

3. 主要工作

（1）坚持"一抓三促四提升"，全力保持经济发展向好势头

"一抓"即把抓招商引资作为经济建设的重中之重，针对金融危机对开发区招商引资的冲击，强化招商队伍建设，充实力量，调整招商考核激励机制，拓宽信息渠道。在方法上，以巩固"网上招商"、"以商引商"等传统优势为基础，改过去"守株待兔"式被动招商为主动出击。在理念上，以不降低"门槛"为原则，变过去"重外轻内"为"内外并举"。"三促"即促进新项目早建设、早竣工、早投产，加强对现有 26 个工业在建项目的跟踪，力争年内形成新的生产力。促进重点企业迅速"回暖"，领导班子成员分工对先锋、创见等 12 家受金融风暴影响大的企业大户"挂钩服务"，及时帮助解决企业生产"回暖"中的困难，主动与企业总部沟通联络，争取增加生产"订单"。促进潜力企业增加产能，对日野、奥托立夫、索谷等 15 家生产正常并正在扩展市场的企业进行逐一排摸，在给予政策扶持、强化服务的同时，共同制定年内增长目标，鼓励这类企业多作贡献。"四提升"即提升产业集聚度。主要是在扩区规划批准的基础上，把光仪电园区和新能源、新材料产业园区规划紧密结合起来，全力打造新能源、新材料产业集群。提升资源利用率。通过淘汰劣势企业，"腾笼换鸟"、"退二进三"等举措，提高土地单位产出率。提升科技含量。更加注重引进企业总部、研发中心、具有科技含量企业落户和鼓励老企业技术改造、科技创新"四管齐下"，提高科技贡献率。提升服务功能。以打造上海市生产性服务业功能区为载体，推进二三产业融合和经济发展方向的转型。充分利用出口加工区功能延伸政策优势，加快物流保税仓库建设。强化企业服务，从服务中争取新的经济增长点。

（2）坚持"以人为本"，办好民生实事

不断深化学习实践科学发展观活动，在解决民生问题上下功夫，年内办好五件人民群众希望办的实事，使学习实践活动的过程成为不断为民造福的过程。一是改造奉浦二村排水系统，解决因地势低洼、底楼居民住房大雨进水的历史遗留问题。二是完成亿阳菜场的改造修缮工程，健全长效管理机制，变管理"难点"为"亮点"。三是加大树园一期、民旺苑二期动迁房建设推进力度，确保 2010 年分两批安置 928 户入住。同时，启动九华动迁房基地建设。四是整治九华、树园城乡结合部居住环境，对迁期未列入拆迁的区域增加公共卫生设施，整治黑臭河道，修缮破损路石。五是完成和协助完成聚贤煌都小区、树园小区幼儿园建设，确保当年投入使用。加快新建中学地块拆迁速度，力争早日动工，缓解"入学难"问题。六是增加社区卫生服务点，启动绿地老街社区医疗服务中心工程。

（3）坚持以"保平安、促和谐"为指导，确保社会稳定

进一步加强社会综合治理基层基础工作，强化村、居委综合治理工作责任制，巩固

提高"三站"、"三队"建设，完善"综合治理工作中心"机制，在防范、化解不稳定因素上下功夫。紧紧围绕"确保世博会安全"主题开展贯穿全年的专项活动，整合和优化综合治理工作力量，强化信访处理、社会秩序维护、安全生产监控、来沪人员管理、应急处置等五个方面的措施落实，确保一方平安。

（4）坚持以全社会参与世博行动为契机，加大环境建设力度

把动员各方积极参与世博行动同进一步提升开发区投资环境紧密结合起来。一是以开展"三五"活动为平台，提高群众的参与度，促进文明素质的提升。二是巩固和扩大"窗口"文明建设成果，健全优质"窗口"服务体系，使"窗口"成为为民服务和吸引企业落户的"亮点"。三是进一步完善市政配套、绿化等基础设施，完成商业特色街改造，增加公共交通线路，增强开发区硬件配套功能。四是全面履行"梳理、推进、协调、指导"工作职责，实行城市管理网格化，健全管理、监督长效机制，坚持"建管并重"。五是加强志愿者队伍建设，将志愿者队伍建设列入城市长效管理的重要内容，形成"群众教育群众"的社会氛围。

（5）坚持以开展"三创一评"活动为载体，推动基层党组织建设

深入贯彻落实党的十七届四中全会精神，在开发区内开展"三创一增强"活动，"三创"即创新组织设置，按照便于党员参加活动、党组织发挥作用的要求，探索完善党的基层组织，特别是"两新"组织基层支部设置形式，形成与经济社会发展相适应得基层组织格局。创新活动方式。打破条块之间、块与块之间自成体系、封闭运行的模式，推进基层党组织活动方式向互动开放型转变，增强互动的互动性和有效性。创新工作方法。紧紧围绕强化基层组织生机活力，把握不同领域党建工作特点，按照因地制宜、分类指导原则，深化党组织功能定位及其实现途径。"一评"即党员"四优"评比。把目标管理引入党员队伍建设，激发党员内生动力，引导党员争做"政治素质优、岗位技能优、工作业绩优、群众评价优"的"四优"带头人。

上海金山工业园区

一、2009 年工作总结

2009 年，金山工业区面对国际金融危机持续扩散和蔓延带来的严峻挑战，在区委、区政府的正确领导下，深入贯彻党的十七大、十七届三中、四中全会，区委三届九次、十次全会精神，围绕区委区政府确定的年度目标任务和"抓招商、抓服务，保增长、保就业"的工作要求，狠抓招商引资、狠抓项目推进、狠抓企业服务、狠抓促进就业，有力、有序、有效地推进了各项工作，工业区经济社会保持健康有序的发展势头。

（一）经济指标起稳回升，发展基础逐步夯实

受外部经济影响，2009 年工业区主要经济指标出现不同程度下滑。但工业区审时度势，积极出台相关对策，帮助企业应对困难，经济运行出现积极变化和回暖迹象，降幅逐步收窄，企稳回升态势进一步体现。2009 年，完成国内生产总值（GDP）18.1 亿元，同比增长 5.9%；工业总产值完成 87.6 亿元，同比增长 12.2%，其中规模以上企业完成产值 62.3 亿元，同比增长 11.8%；实现总税收 5.58 亿元，同比增长 8.12%，其中财政收入完成 2.03 亿元，同比增长 0.63%；固定资产投资完成 14.04 亿元，同比下降 3.78%，其中工业性投入完成 13.01 亿元，同比下降 5.49%；合同利用外资完成 3075 万美元，同比下降 82.46%。实现内资到位资金 14.9 亿元，同比增长 6.22%；实现外资到位资金 6479.7 万美元，同比增长 17.75%。

（二）产业建设效果明显，支撑作用逐步体现

2009 年初，我们形成了"五大产业基地"：新能源和节能环保产业基地、生物医药

产业基地、新材料产业基地、先进装备电子信息产业基地和食品加工产业基地。通过参与了 2009 年中国国际生物技术与设备博览会、第 11 届上海国际生物技术与医药研讨会、中国新能源与可再生能源装备大会、上海市 2009 生物医药产业推进会和 2009 上海生物医药产业发展高峰论坛等重要活动，加强与重点生物医药企业的对接，工业区被授予"上海国家生物医药产业基地"和"国家科技兴贸创新基地"等称号，被上海市推进高新技术产业化工作小组办公室命名为"上海市高新技术产业化新材料产业基地"，上海新金山工业投资发展有限公司荣获"上海市生物医药行业诚信企业"称号。2009 年工业区签约项目共 54 个，其中：内资 40 个（包括实地型项目 18 个，租赁型项目 22 个），协议总投资 66.2 亿元，完成全年目标 60 亿元的 110%；外资 14 个（包括实地型项目 9 个，租赁型项目 5 个），协议总投资 2.77 亿美元。经济小区全年新招注册型企业 450 户，其中自招 209 户，占 46%；完成税收 2.27 亿元，比去年净增 4300 万元，增幅 23.4%，绝对增量名列全区第一。

（三）基础设施强力推进，承载能力逐步提高

2009 年，在完成 1.8 公里茂业路建设的基础上，重点配合建设完成了 22 万伏合兴变电站；便利中心商业配套设施工程于 6 月份开工建设，已完成人防工程基坑桩基维护施工；中运河完成了工程可行性研究报告的编制和评审；完成了思业路、定业路、通业路、金百路、金腾路、林贤路、金飞路和金展路绿化的种植，总里程为 7.26 公里，总面积为 16.8 万平方米。完成了金百路、思业路、定业路和通业路共计 122 盏路灯的安装，总里程为 4.64 公里。另外，在市、区水务局的支持下，完成了总长度为 6.5 公里、总投资为 2680 万元的长楼港拓宽和综合整治工程，这些重点配套功能设施的建成必将对园区招商引资和开发建设的推进起到显著的作用。

（四）软硬环境不断优化，企业服务逐步深入

2009 年受金融危机、耕地占用税调整等政策影响，许多企业推迟投资或取消投资，项目推进难度加大。金融危机给园区企业的运行带来一定的影响，为了更好地帮助企业"化危为机"，我们做到两个坚持。一是坚持走访联系制度。我们重点走访竣工但无产出的企业，通过上门实地查看，了解企业生产过程中遇到的困难和问题，并及时帮助企业解决。二是坚持召开各类座谈会。分别召开外资企业和内资企业座谈会，并以中秋和国庆佳节为契机，组织企业联谊活动。通过聆听企业的呼声，拉近企业和工业区的距离，搭建良好的政企沟通平台。全年新开工项目 16 个，竣工项目 20 个，新投产企业 22 家。完成高

新技术企业申报 2 家；完成上海名牌企业申报 5 家；完成小巨人培育企业申报 1 家，完成污水纳管 11 家，完成专利申报 103 个。2009 年园区共有 9 家企业申报技术改造，总投资为 3.77 亿元。通过技改，企业不仅提高了工作效率、降低了能耗、提高了产值还增加了百姓的就业机会。

回顾过去一年历程，我们取得了令人鼓舞的成绩，积累了弥足珍贵的经验。我们深深体会到：加快园区发展必须坚定信心、迎难而上。"信心比黄金更重要"。一年来，面对严峻的形势和激烈的竞争，全体园区人不灰心、不气馁，始终保持奋发有为、昂扬向上的精神风貌，以坚定的信心迎难而上、排难而进，以坚定的信心应对危机、赢得发展。加快园区发展必须开拓创新、善破难题。2008 年，面对金融危机持续扩散和蔓延带来的严峻挑战，我们采取果断措施促进经济起稳回升。始终围绕转危为机的目标，"主攻工业、决战工业、稳定工业"不动摇，营造发展氛围，提出新的招商理念"从项目招商向产业招商转变"，形成五大产业基地，推进项目建设，着力破解要素制约，化解企业困难。经济发展的动力不断增强，回升向好趋势不断巩固。

2009 年的工作虽然取得了一定成绩，但还存在着一些亟待解决的困难和问题，主要是：经济总量还不够大，经济实力还不够强的问题仍比较突出；项目产业集聚度还不够明显，项目质量还有待提高；经济回升的基础还不够牢固，部分企业经营仍然困难；经济结构性矛盾仍然突出，服务业占 GDP 比重偏低，结构调整任重道远。对此，我们将高度重视，认真听取社会各界和广大群众的意见，采取更加扎实有效的措施，努力加以解决。

二、2010 年工作打算

2010 年是实施"十一五"规划的最后一年，做好 2010 年的工作对于进一步有效应对国际金融危机，巩固经济回升基础，为"十二五"规划启动实施创造良好条件至关重要。园区的发展既面临新的机遇，也仍有不少挑战和困难。我们一定要进一步坚定信心、振奋精神，进一步解放思想、抢抓机遇，进一步突出重点、聚焦发展，全力推动金山工业区经济社会又好又快发展。

1. 2010 年工作的指导思想

做好 2010 年工作，将以"产业兴园"为工作主线，在 2010 年打造金山工业区五个产业园，即医疗器械产业园、电子信息产业园、中小企业产业园、高新技术企业创业园、生产型服务业配套园。继续以招商引资重点，全力推动金山工业区经济社会发展迈向新的台阶。

2. 2010 年经济社会发展主要预期目标

工业总产值确保完成 100 亿元，同比增长 14%；争取完成 103 亿元，同比增长 18%。固定资产投资确保完成 14 亿元（其中，工业性投入确保完成 13 亿元）。外资到位资金确保完成 4500 万美元，争取 5000 万美元。招商协议总投资确保完成 68 亿元，争取 70 亿元（其中，合同利用外资确保完成 1 亿美元，争取完成 1.2 亿美元）。内资到位资金确保完成 15 亿元，争取 16 亿元。经济小区税收确保 2.32 亿元，争取 2.4 亿元。招商户数 450 户，其中确保自主招商 220 户。

为全面完成 2010 年工作目标，我们还要着力做好以下几个方面：

（一）以调结构促转型为动力，推进经济科学发展

园区要在确保经济平稳增长的同时，把优化调整产业结构放在突出位置，努力在发展中促转变、在转变中谋发展。

1. 集中力量抓招商引资。一要转变招商理念

进一步形成"人人都是招商员，处处都是投资环境"的浓厚氛围。2008 年我们提出了"立足上海，突破欧美，延伸日韩，辐射港台"的招商思路，2009 年则提出"要从项目招商向产业招商的转变"，2010 年我们着重推进"专人专业专注招商"，招商部每个部门招商的侧重点都有所不同，使招商更具前瞻性、针对性和有效性。二要健全评估机制。健全项目引入前风险评估机制十分重要。进一步整合招商部、项目服务部、规划建设部等园区部门信息资源，共同对项目进行风险评估，围绕其产业布局合理性、投资强度、容积率、贡献度、环境影响等方面进行评估把关，着力引进知名品牌项目，大力提高引进项目质量。三要完善招商模式。我们要充分利用市级工业园区这一招牌，加强与国家级开发区的联动合作，通过与漕河泾合作框架协议争取项目招商有所突破，并力求与金桥出口加工区、虹桥经济技术开发区等在功能配套发展上有所创新。同时注重加强与著名中介机构、外资银行、外国商会、行业管理协会等机构的联动合作，拓展招商引资的网络和渠道。四要实施退低进高。通过实施"退低进高"、"腾笼换鸟"，充分挖掘土地资源潜力，为优质项目提供土地资源，进一步提升、优化土地资源使用效能，使存量资产在适度增量、引进合作等举措的嫁接改造下成为新的经济增长亮点。

2. 全力以赴促产业集聚

产业集聚是产业发展的内在规律，是市场经济条件下工业化发展到一定阶段的必然产物。目前产业在空间上的规模集聚已经成为世界经济发展的一个基本趋势，在工业发达国家，竞争力强的产业通常都采用集聚方式发展。2010 年，园区要在加快推进产业集

聚上实现新突破,打造好金山工业区五个产业园。同时按照区委三届十次全会提出的"明确产业发展定位,加快调整产业结构"的总体要求,主攻电子信息、生物医药、食品加工、新能源、新材料五大产业发展,争取在 2010 年都有所突破。

3. 千方百计助项目建设

项目是招商引资的载体,促进项目落地产出是推进园区快速发展根本基础。2010 年,我们要紧紧围绕形象年的总体要求,以项目壮规模、以项目调结构、以项目促升级,确保开工项目 26 个,争取 30 个;确保竣工项目 18 个,争取 20 个;确保投产项目 16 个,争取 18 个。因此,我们要把项目建设摆在更加突出的位置,细化责任,强化措施,扎实推进。建立项目责任制。坚持并落实"一个项目、一名领导、一套班子、一抓到底"的项目推进工作责任制,各责任人把项目推进作为工作的重点,从企业审批、办证等手续的办理,到水、电、路配套服务,都遵循"只要有利于项目尽快尽早开工的,就要千方百计帮助企业"的原则,确保每个项目都能按期开工,顺利实施,争取早日见成效。畅通信息渠道。对于已落户园区的项目,要贴靠国家支持的行业和领域,畅通信息渠道,加强沟通协调,帮助企业理解掌握好和用足用好现有的各类政策,充分发挥政策的最大效应,积极争取政策和资金支持,有效帮助企业减轻负担。聚焦重点项目。园区要不断强化对重点项目的跟踪督察和结对联系,及时研究、协调、解决重点项目建设中遇到的问题,做好跟踪问效,确保项目建设落到实处。围绕意向项目抓跟进、签约项目抓推进、在建项目抓服务,促进重点项目早签约、早建设、早投产、早达标、早收益。

4. 积极主动谋企业服务

企业是社会生产力发展的主体,也是创新的主体。促进经济又好又快发展,要求我们把服务企业作为一项重要工作来抓,为企业发展提供优质高效的服务。强化自主创新,优化企业结构。提高企业自主创新意识,积极支持企业开展品牌创建,发挥科技引领作用,推进产学研合作。充分利用各项政策,加快现有企业的扶优做强,集中力量扶持一批"科技型、就业型、环保型"重点骨干企业,给政策、给布局、给空间,积极引导和支持中小企业向"专、特、优、新"方向发展,优化企业结构升级。2010 年确保完成高新技术企业申报 2 家;完成上海名牌企业申报 2 家;完成小巨人培育企业申报 2 家,完成专利申报 100 个以上。坚持投资带动,增强发展后劲。重抓投资主体,鼓励和引导企业加大工业技改投资。2010 年,确保完成申报技术改造企业 10 家。同时也要强化对工业投资项目的服务,加快产业基地建设进度,实现工业可持续发展。培育龙头企业,做强产业集群。大力推进企业梯队建设,鼓励企业兼并重组,培育行业龙头企业,激活带动一批配套中小企业集群,支持企业向产业链上下游延伸,提升区域优势特色产业整体竞争力。拓宽融资渠道，破解企业难题。利用国家实施适度宽松的货币政策机遇，搭建银企合作平台，鼓励金融机构为企业提供开户、结算、融资、财务管理等金融服务，满足企业多元化的金融服务需求。加强安全管理，确保生产安全。企业的安全生产要做到三坚持。一要坚持以人为本，安全管理理念化。积极组织园区企业职工安全技能和知识培训，做到持证上岗，提高职工安全生产的自觉意识，减少人的不安全行为。二要坚持安全检查的经常化。重点抓好对在建工地、易燃易爆、危化企业的检查。深化开展防范有毒有害危险作业场所中毒事故和安全生产隐患排查治理专项整治工作。对各类隐患进行及时查处和整改，彻底消除事故隐患。三要坚持鼓励企业加大安全投入，实现本质安全。积极鼓励企业加大安全投入，逐步更换和改造旧工艺、旧技术，增加安全装置和设施，从本质上消除物的不安全因素。

（二）以基础设施建设为先导，树立园区新形象

2010 年，工业区要深入开展"改善投资环境形象年"活动，进一步完善设施，提升功能，规范管理，彰显特色，树立园区新形象。

1. 应发展，适当加大园区市政基础设施建设力度

2010 年，根据园区开发建设推进需求，加快九工路、金展路、金昌路道路工程建设速度。抓紧做好金平路、北部新规划林智路的前期工作，争取早开工、早竣工。同时，有计划地做好 2.5 产业和出口综合区金轩路等道路市政设施的前期准备工作，根据需求随时启动工程建设，保证落户项目正常开工建设。

2. 应需求，适时推进功能配套设施建设工作

针对落户企业逐渐增多的实际情况，有计划地落实金平、林慧开关站工程建设，并积极争取将 110kv 金舸变电站早日列入建设计划；加强沟通，加快金舸天然气调压站的建成；保持与金联热力公司的密切联系，根据需求及时配套延伸供热管道；积极与中国电信沟通商议，争取早日启动南部区域通信局房的建设；在进一步做好前期工作的基础上，配合区水务局做好中运河拓宽整治工程；针对公交需求不断增加的实际情况，与有关部门研究探讨具体运行方式。

3. 应提升，适量进行环境设施建设

为了进一步提升园区招商引资环境和吸引力，有计划分步推进金流路、揽工路西段、金飞路北段、时代大道及夏宁路的路灯安装工程；有计划分步推进天工路、揽工路、月工路及金舸路的人行道完善工程；对已完成企业落户的区域进行损坏设施维修，并进入常态管理。

（三）以加强管委会自身建设为保障，提高服务发展能力

面对复杂多变的宏观经济形势，能否保持园区经济社会持续较快发展，这是对园区各部门发展能力和执政能力的重大考验和现实检验。我们将坚持不懈加强管委会自身建设，切实履行好管理和服务职能，努力建设勤政廉洁、务实高效的人民满意行政管理团队。

1. 振奋精神，保持昂扬向上的精神状态

2010 年是园区发展关键一年，在艰巨繁重的发展任务面前，全体园区人既要头脑冷静、科学务实，更要坚定信心、奋发有为，时刻保持工作第一、事业第一的拼劲，不达目的誓不罢休的韧劲，事事树立大目标、大追求，时时坚持高起点、高标准，先人一步谋事，快人一拍干事，不断拓宽新视野、开辟新途径、打开新天地。

2. 狠抓落实，增强自身工作效能

我们要进一步加强学习，提高素质，切实增强解决问题、攻坚克难、干事创业的能力；进一步强化服从意识、执行意识，决策前积极建言献策，决策后不折不扣执行；进一步突破思维定式，创新方式方法，打好攻坚硬战。对于每项工作，都要明确目标，落实责任，强化措施，做到逐项抓落实，件件求实效。

上海崇明工业园区

2010 年是深入贯彻落实党的十七届四中全会精神和建设社会主义新农村、生态岛的重要一年，也是上海"世博"举办年，工业园区要以党的十七大四中全会精神为指针，在县委、县政府的正确领导下，全面贯彻落实科学发展观，乘上海长江隧桥开通，崇明迎来发展的新机遇，加快推进和谐园区建设。2010 年园区工作的指导思想是"深入学习十七届四中全会精神，贯彻落实科学发展观，抓住长江隧桥开通的历史机遇，克服困难，负重奋进，实现园区招商引资、形态开发、党建和精神文明建设等各项事业新的进步"。2010 年的主要经济指标是引进注册企业 300 家，确保实现税收 11 亿元，力争 11.5 亿元，新引进落户企业协议投资额 3 亿元，完成新增落户企业固定资产投资额为 2 亿元，实现工业总产值为 7.2 亿元，新增就业 300 人。

一、党建工作进一步深入拓展

一是开展学习型组织建设。以中心组学习为抓手，认真学习党的十七届四中全会精神和方针政策，确保每月一次中心组学习和全年两次的中心组联学，全年组织不少于两次学习报告会。二是抓好基层组织建设。巩固学习实践科学发展观活动成果，增强党组织的凝聚力和战斗力，继续组织开展基层"五好"党组织评选等争先创优活动，按照落户企业及重点纳税大户企业党建工作的要求，不断加强基层组织建设，确保落户企业党建工作全覆盖。三是夯实党员教育基础管理工作。切实加强"三会一课"等制度建设，不断创新党员的学习教育方法，注重探索在两新组织中开展党员教育的新形式，继续确保国有、事业性质党员全年不少于 12 天学习和两新组织党员不少于 6 天的学习。同时，加强对流动党员的教育管理，帮助理顺组织关系，继续做好入党积极分子的培养发展，不断提高党员的发展质量，拟计划发展党员 8~10 名。四是做好宣传和精神文明建设工作。充分发挥园区网站、电子屏的媒介作用，宣传好党的路线、方针、政策，宣传好世博会，进一步加大宣传力度，引导基层企业开展文明创建工作，认真做好"迎世博 600 天行动"各项工作，组织开展志愿者活动、文明共建活动、扶贫帮困结对等工作。五是加强党风廉政建设。不断落实完善党风廉政建设责任制，开展园区党员干部反腐倡廉建设宣传教育，扎实推进廉政文化进企业活动，加强对园区"三重一大"事项集体决策制度和园区党工委、管委会议事决策等各项制度执行情况的监督，严格执行述职述廉、诚勉谈话、领导干部报告个人有关事项等制度，强化对权力运行的制约和监督。六是做好统战工作。以园区新的社会阶层人士和党外优秀人才为依托，强化民主党派和党外代表人士队伍建设。七是拓展园区的群团建设。进一步加强对工会工作的领导，争取完成 3 个基层工会组建、5 个工会组织改选和 600~800 名会员入会，组织更多基层企业开展"安康杯"等竞赛活动，引导基层工会组织开展形式多样的群众性活动，继续做好厂务公开民主管理工作，及时召开园区区域性职工代表大会，强化工会组织的维权职能。加强对共青团和妇女工作的领导，努力使广大团员青年和全体女职工为园区事业建功立业，拟组建 1~2 个团支部。八是加强园区 610 工作。积极开展宣讲活动，倡导科学文明健康向上的理念，防范"黄赌毒"及邪教组织的活动，继续保持"两个零"指标，扎实推进和谐园区建设进程。

二、招商引资进一步加大力度

新一年招商工作竞争愈加激烈，面临的困难越来越多，我们要认真分析面临的新形势、新情况、新问题，拟订出更加有力的措施，确保园区的招商工作再上一个新台阶。

（一）加大引资宣传力度

充分利用园区工业地产网、上海招商网等与我们长期合作的媒体资源平台，以园区土地资源、厂房资源为推介点，结合已有的产业资源及功能定位，通过网络平台的宣传和投资活动的开展，来实现信息的匹配和项目的对接。同时，紧紧抓住长江隧桥贯通的大好契机，积极参与县级层面组织的相关招商推介活动，充分利用好县政府搭建的宣传平台，扩大园区的影响力。

（二）做好项目信息跟踪

根据县委县政府工作要求，2010 年拟出让土地 300 亩。要千方百计做好招商引资这篇文章，抓好现有项目信息的收集、筛选、洽谈、考察，争取在项目落户数量、规模、科技含量方面有突破，依托园区现有支柱产业和资源，精心编制、引导与园区现有产业关联度高，市场前景好，财税贡献大，能解决本县劳动力且符合生态岛建设产业导向的项目落户，加快政策扶持和配套服务，使园区产业化发展的格局日趋成熟。尽早完成山西兰田集团有关汽车零部件生产基地及研发中心项目的引入工作，使园区逐步形成以汽配产业为核心，生物医药、电子、电器、服装加工为辅的产业格局。

（三）加强招商队伍建设

进一步加强员工的思想、队伍建设，加大考核力度，完善激励机制，引导招商人员转变以往只注重招商引税为主的理念，突出引资引税齐重，积极鼓励招商人员引进高质量的实体型企业。强化招商引资专业知识的培训，熟悉工业企业入驻相关的工作流程，针对每一个投资项目，能用发展前景，周围产业业态、环境、投资价值、政策扶持等多个切入点来剖析项目，来客观诠释园区的发展、规划、功能定位、使客户更理性、更放心地投资落户园区，为引资工作打下坚实基础。

（四）提升服务品牌意识

在原有服务的基础上，各部门、各招商员继续做好对口企业的服务工作，继续完善企业走访制度，深入企业听取工作意见，尽力协调各方关系，帮助企业解决生产经营中遇到的难题，增加客户对园区的凝聚力，打响园区的"人无我有、人有我优"服务品牌。

三、形态开发进一步稳步推进

我们从服从服务于科学发展的大局出发，结合实际，突出重点，继续稳步推进的工作思路，确保园区的开发建设又好又快地发展。

（1）启动推进园区二期 6、7、8 号地块 1240 多亩土地的拆迁腾地工作，积极筹措资金，力争拆迁 323 户农户，集体企业 10 家，尽快腾空土地，为实体型企业落驻做好准备，该项工作初定于 2010 年 4 月起实施，力争年底完成。

（2）进一步推进园区二期总部经济用地项目的前期开发，积极协调市华谊集团就原化肥一厂的搬迁达成一致，力争9月份完成拆迁事宜。对项目推介方案根据招商情况作进一步优化，如时机成熟尽快启动部分用地，力争项目尽快上马。

（3）进一步完善园区二期基础设施网络，配合县建委做好人民路西段（三沙洪河至原电镀厂岸接处）的道路改造工程，争取第四季度做好嵊山路接通人民路工程；根据总部经济项目进展适时做好1、2号地块无名河的驳岸改造工程；根据落户企业进展情况适时做好区域道路红线内的绿地工程。

（4）协调配合县规土、经委等职能部门做好园区总体规划范围的调整工作（园区三期调整），力争市县两级和国务院职能机构批复同意，予以公告认可，并适时开展三期启动工作。

（5）加快推进达华医疗、圣鼎不锈钢、崇鑫纺织等在建在安装工程的建设工程，抓紧投产运行；加快推进洪祥珠宝、嘉仕久二期、大陆酿造、明昕电力等已批未开工项目的建设工程，督促其尽快开工建设，争取其中2家企业5月份开工；加大自仪七厂、钢桥战备等企业的前期立项、规划等方面的协调力度，帮助其尽快办结建设前期手续，督促其尽快开工建设，争取6月份开工；加快做好联席会议评审通过的宝宣自动、裕源电子、妙柱生物等拟落户企业的土地招拍挂前期手续和土地出让手续，力争第二季度完成办理建设前期手续，促使它们开工建设。

四、内部管理进一步强化落实

针对园区的实际情况，我们继续采取"保扶持政策兑现、保利息支付和到期贷款转贷、保日常开支"的原则，积极做好资金的平衡，准确编制好年度的财务预算，确保每月资金运作严格按年度预算执行，使财务管理贯穿于事前、事中、事后整个过程，加强对扶持资金的管理，调整收支渠道，正确划分账户。一是面对二期6、7、8号地块及总部经济前期开发的资金压力，继续加强与财政、金融系统的联系，进一步做好融资工作，待6、7、8号地块相关批文到位后，再向县内银行申请新的贷款额度；二是针对目前中长期项目贷款专款专用的特点，在贷款方式上，我们增强中长期流动资金贷款力度，积极向岛外开拓新的融资渠道；三是积极盘活存量资产，下大力对3.7万平方米厂房与甘霖坊综合楼、地下室的招商、拍卖；四是加强物业管理工作，在为企业服务的同时，积极收缴出租厂房的租金，大幅降低房租欠交额度；五是全面清理各类合同，规范合同履行行为；六是针对长期投资中无效益的投资项目，做好延伸审计工作。

五、企业服务进一步完善提高

严格按照"四不放过"的要求，督促各落户企业进行各类安全教育和内部检查，尽早完成与落户企业的安全签约，加强园区技防建设和投入，督促企业加大技防投入，为企业经济建设提供平安、稳定、良好的工作环境；充分利用《崇明县扶持工业企业发展暂行办法》，积极贯彻落实《关于进一步加大引进扶持实体型工业企业力度的实施意见》和《关于进一步完善本县促进就业政策的意见》，继续做好企业服务，进一步鼓励企业做好节能减排、高科技企业、自主品牌企业、科技进步企业申报工作，确保企业以此提升产品质量、科技含量和经济效益，为企业运作适度减负，扶持企业的发展；做好园区平安建设，完善工作台账，不断扩大园区企业平安建设创建的覆盖面。加强信访工作，做好排摸预测和动态监察以及信访包案个例，注意协调平衡和书证完整，及时做好信访答复，保证不出现大的信访和越级上访事件发生；做好一年一次质量体系和环境体系的监督审核工作，确保园区在质量与环境工作处于受控状态，落实好企业的台帐，为生态工业园区建设奠定基础；加强队伍建设，强化新一年度百分考核工作，实行好园区对各部室、中心，各部室、中心对员工的两级签约，进一步完善工效挂钩制度，调动员工的积极性和创造性；继续关心支持好崇建集团、外经公司二家园区全资企业工作，在规范运作的前提下，鼓励它们做大做强，不断为园区发展勇挑重担。

2010年，园区将是任重道远的一年，我们园区全体员工决心在县委县政府的正确领导下，以党的十七届四中全会精神为动力，深入学习实践科学发展观，鼓足干劲，扎实工作，站在崇明建设发展的前沿，为建设生态崇明、和谐园区续写新的一页。

上海紫竹高新技术产业园区

一、2009 年工作总结

2009 年园区进入稳步发展期的第二年，各项工作也都围绕着年初确定的八项重点工作而展开。各方面均取得了满意成绩，并获得挂牌及"海外高层次人才创新创业基地"、"国家科技兴贸创新基地（生物医药）"、"上海市知识产权试点园区"等众多荣誉，有力地促进了国家及上海市重大科技创新资源在园区的聚集和整合，势将更广泛而全面地将科技自主创新在园区向纵深推进。

园区 2009 年累计实现税收收入 16.3353 亿元，比去年增加 7.6538 亿元，增幅 88.16%。园区各项收入突破 7.68 亿元，比去年净增了 2.49 亿元，增幅达 47.98%，圆满完成年初制定的 6 亿元目标。

共办理外资项目共 9 个，吸引注册资本 1.28 亿美元，合同外资 1.24 亿美元；内资新设项目 47 个，吸引注册资本 3.57 亿元人民币。

顺利完成园区董事会换届选举，国家级高新区申报工作进展顺利。

招商引资和建设方面，埃克森美孚中国研发中心、上海核电技术产业研发中心、东软集团华东研发中心等项目相继奠基开工建设，克莱斯勒入驻信息数码港、可口可乐公司建成全球创新与技术中心暨中国总部园区、上海电气研发中心揭牌、英特尔获批国家级地区总部、京滨电子新研发楼启用，上海紫竹新兴产业技术研究院揭牌成立。同时加快推进研发基地二期、数字创意港，以及住宅配套区－紫竹半岛项目一期 10 万平方米的开发建设。密切跟踪美国苹果电脑、日本任天堂、金山软件等一批网游动漫项目，推动在数字内容产业领域的快速发展。

（一）招商引资

2009 年,在连续两年受全球金融危机的影响下,园区招商工作也遭到前所未有地挑战。但由于前六年园区打下了扎实的基础,凭借良好的投资环境、优质的招商服务,园区招商还是取得了一些工作业绩。

2009 年度共完成外商投资项目总投资 1.31 亿美元,注册资本 1.28 亿美元。其中,合同利用外资 1.24 亿美元,外资到位 0.21 亿美元。新引进项目梅生（上海）医疗科技有限公司、上海坤硕光电科技有限公司。

埃克森美孚项目于 5 月 8 日举行开工典礼；中广核工程科技有限公司于 12 月 24 日举行开工典礼；可口可乐全球创新与技术中心于 3 月 6 日举行开业典礼；京滨电子于 9 月 1 日举行了开业典礼。

（二）工程建设

2009 年工程条线重点围绕对入驻企业项目建设的服务工作,千方百计确保全年各项既定目标的实现,圆满地完成了年初制定的目标。

园区已签约（含已建、在建、待建项目）共 38 个,其中,截至目前已建成 26 个（其中已开业 21 家,2009 年度建成 5 个）、在建 9 个、待建 3 个。

（三）投资服务

园区 2009 年完成了 9 个外资和 47 个内资项目的申报工作,继续做好园区 ISO 体系认证、统计以及政策研究工作,并为入园企业提供各种政策咨询、科技项目申报服务。同时,开展了申报市软件出口（创新）园区、市知识产权试点园区等国家、省（市）级基地称号工作。进一步加快推进申报国家级高新技术产业开发区工作,积极与张江高新区领导小组办公室进行沟通,多次赴北京拜访国家相关部委进行专项调研和汇报工作,目前申报国家级园区工作进展顺利。

（四）行政人事

园区 2009 年的行政人事工作,继续着力做好行政后勤各项管理服务工作,做好信息交流、接待宣传和公关关系工作,2009 年度共负责接待政府、企事业单位、社会各界参观考察共计 493 批 6355 人次,包括科技部、上海市领导在内的全国 18 个省市的政府领导、部队官兵、大中小学生、社区居民、社会团体及 7 个国家地区的政界、商界等来宾。完成上海市文明单位申报。

　　加强人力资源管理，在招聘、培训、制度建设、绩效考评等方面取得了积极的进展。此外，在公共人事服务方面，完成了第二批和第三批"千人计划"人才普查和筛选工作；完成园区内入驻企业领军人才选拔初审工作；以及通过"走出去，请进来"等方式，与有关单位对公共人事服务平台建设进行调研与探讨。

二、2010 年工作目标

① 完成全年收入目标。

② 完成数字创意港公司的成立并正式启动建设。

③ 启动建设研发基地二期。

④ 力争引进一家重量级新媒体企业入驻园区。

⑤ 紫竹半岛一期实现销售。

⑥ 完成国家级高新区申报工作。

⑦ 完成上海市人民政府对园区支持政策的延续批复。

上海星火工业园区

2009 年，星火开发区按照"集约经营开发、拓展增税渠道、强化区政职能、优化投资环境、促进持续发展"的经营方针，按照年初制定的"五保五不"目标，在应对国际金融危机冲击、保持开发区和公司经济平稳较快发展的重大考验中，取得了较好的成效。全年实现经济社会总收入 153.5 亿元，同比下降 4.54%；区内工业总产值 150.62 亿元，同比下降 4.64%，销售率 103.11%；出口交货值 24.84 亿元，同比下降 9.08%；进出口总额 10.8 亿美元，同比增长 16.76%，其中出口 3.08 亿美元，同比减少 31.40%；区内增加值 21.8 亿元，同比减少 1.98%；税收收入 4.39 亿元，同比增长 39%，其中地方财政收入 1.04 亿元，同比增长 61%。截至 2009 年底，星火开发区土地投资强度 32.8 亿元 / 平方公里，单位土地产值 45.98 亿元 / 平方公里，单位土地税收 0.67 亿元 / 平方公里。

一、招商引资方面

星火开发区先后被国家发改委确定为上海国家生物产业基地，被商务部、科技部命名为国家科技兴贸创新基地（生物医药）。2009 年共有帝斯曼维生素 B-1 中间体项目等 13 个新项目进行了备案或核准，总投资约 5.9 亿元；共有上海森林特种钢门有限公司等 7 个项目开工、上海冠生园蜂制品有限公司等 13 家企业（项目）建成投产或试产。与上海医药集团保持密切联系，在原《战略合作框架协议》的基础上，形成了新的合作意向。

二、调整产业结构方面

2009 年成功将致中和食品有限公司存量土地盘活，引进了上海农乐生物制品股份有限公司。取得了上海纺织集团浆粕厂 280 亩土地的开发计划和上海脑力键生物医学有限公司调整项目开发计划。和航远物流经过友好协商，以 1700 万元的价格回购了 100 亩土地。编制了《星火开发区产业调整发展规划研究报告》和《星火开发区 2010-2012 年产业发展规划》，原则确定了"11+4+3"家企业的调整方案。

三、园区管理方面

加强经济运营管理，2009 年 4 月，成立了开发区企业协会，为企业搭建了一个交流的平台。建立了《星火开发区管委会成员定点挂钩走访制度》，每名管委会领导都确定了联系单位，要求对所联系的单位进行定期走访。建立了由管委会相关所办、供水、排水、供汽等单位参加的开发区经济运营管理联席会议制度。建立了开发区产能周报制度，及时掌握开发区企业产能情况；妥善处理了与海湾镇的外建税分成、税收未属地部分企业收取管理费等历史遗留问题。

四、循环经济建设方面

加强环境管理工作，专门成立环境保护办公室；按照 ISO14001 环境管理体系运行的计划和要求，完成了外部监督审核工作；配合区环保局对企业污水排放情况进行监测，对企业排污行为进行监督。加大水质监测次数，实行监测月报。新修订了开发区循环经济建设专项基金操作办法，将循环经济建设专项基金由 100 万元 / 年调整到 200 万元 / 年，成立了项目评审小组，邀请行业专家担任评审小组成员，2009 年共受理循环经济建设资助项目申报 18 项，已完成资助 9 项，等待评审验收项目 9 项，资助费用 110 万元。清洁生产、消除异味工作有序推进。清洁生产试点单位增加到 12 家，亚东石化等 3 家企业在 2009 年 8 月底完成清洁生产审核，其余 9 家企业也将在 2010 年上半年陆续完成。为了切实改善环境质量，确定了 4 家异味消除试点单位，确定了异味消除专业公司。亚东石化、帝斯曼公司消除异味项目取得成功并通过了第三方检测，两家公司厂界内未检出添加香料、醋酸异味；联吉公司消除乙醛等异味项目已经进入施工图设计阶段，有望年内实施。

五、完善市政配套方面

开发区至奉贤东部污水厂管网工程自 2008 年 12 月签署协议以来，项目各方克服各种困难，顺利完成了工程建设，现已正式通水；开发区管道天然气工程也全部竣工并顺利通气；对中心河南岸、南北河西侧、民乐路明城路路口等绿化景观进行改造；调整和设置浦星路、民乐路主干道路口、世博海宝等处花坛，全年完成新建、改建绿化面积为 4.65 万平方米；建设了中心河桥；投资 430 万元建设了莲塘路路灯工程。

2010 年开发区将以科学发展观为指导，按照"集约经营开发，提升产业能级，完善区政管理，优化投资环境，促进持续发展"的经营方针，聚焦产业结构调整和北部扩区建设，聚焦改善区域投资环境和循环经济建设，聚焦"十二五"规划及"十二五"财税政策的制订，抓住机遇，扎实工作，为实现"十二五"期间跨越式发展奠定扎实的基础。全年实现经济社会总收入 162 亿元，同比增长 5.54%；区内工业总产值 160 亿元，同比增长 6.23%；出口交货值 25 亿元，同比增长 0.6%；进出口总额 12 亿美元，同比增长 11%，其中出口 3.6 亿美元，同比增长 17%；引进内资项目资金 5 亿元，同比增长 97%；合同外资 0.4 亿美元，同比增长 3 倍；区内增加值 28 亿元，同比增长 28%；固定资产投入 9.2 亿元，同比增长 7.7 倍；税收总额 4.7 亿元，同比增长 5%。

1. 加快落实产业梳理与结构调整

2010 年，强化产业梳理调整工作的推进力度，按照"2+X"的产业发展格局，全面推进产业梳理规划的各项任务，重点抓好"11+4+3"项目调整，重点推进一批存量项目如脑力键、浆粕厂、拜耳中西的开发盘活。至 2012 年，初步建成以精细化工及化纤和生物医药产业为核心，以新型都市产业为辅助的三大产业集群。

2. 加强政策引导，实现产业优化升级

2010 年，管委会将设立产业发展基金。其中包括产业调整基金、生物医药等高新技术企业奖励基金、人才奖励基金、标准厂房引进项目专项基金。通过产业调整基金，加快开发区产业梳理的进度；通过高新技术企业奖励基金引导企业加大产品研发和技术创新力度，走品牌和科技强企道路；通过人才奖励基金的设立，支持企业吸引和培养使用优秀人才；通过标准厂房引进项目专项基金，鼓励好的项目优先进入标准厂房。

3. 加大项目开竣工的管理

2010 年，区内将有 14 个基建项目要开工，有 10 个项目将建成投产，要抓好引进项目的开工、竣工管理，强化项目跟踪落实，采取有效措施，提供优质高效服务，帮助企业解决瓶颈问题，促其早建设、早投产、早出效益。要加强与市、区政府有关部门协调，大力推进区内如亚东二期、冠生园二期、蓝星二期等大项目的落地，争取项目早日建设。

4. 加紧落实北部扩区

2010 年，一方面将主抓"内涵扩区"，通过产业调整提高现有土地利用效率，集中有限资源鼓励主导产业发展。另一方面，大力推进"外延扩区"，协调周边地区共同发展。2010年要编制好扩区控制性规划和环评规划，并得到批复，完成扩区的前期准备工作，使开发区"外延扩区"正式启动。

5. 开展产业链招商

结合主导产业发展需要，围绕核心企业产品结构和生产工艺特点，开展"产业链招商"。一方面，通过统一策划，统一招商，重点积极引进主导产业、核心企业上下游产业链上的相关优秀企业集聚发展；另一方面，通过政策引导，鼓励核心企业积极开展带动招商和示范招商，以龙头企业为核心，以上下游辅助企业为支撑，逐步形成产业功能完善，产品结构互补的产业集群。

6. 继续推进循环经济建设，重点推进清洁生产和消除异味工作

2010年，要编制开发区推进清洁生产三年工作计划，建立审核工作台账，建立审核单位长态管理机制，强力推进清洁生产审核，通过三年的努力做到清洁生产全覆盖；通过政策引导，采取有效措施，做好消除异味工作，使开发区空气质量发生明显改变。2010年污水处理厂建成通水，协助污水处理厂做好区内企业纳管排放工作。坚持低碳理念，积极推动企业节能降耗，实现开发区万元生产总值综合能耗进一步下降的目标。

7. 加大投入，改善开发区投资硬环境

2010年，对开发区主干道民乐路、白沙路、中心路水泥路面改沥青路面。对中心河进行疏浚，改善电厂和码头单位的通航能力；根据浦东铁路客运方案以及周边轻轨的开通建设，做好开发区内的公交配套方案，改善开发区企业和居民的交通环境。

上海国际汽车城零部件配套工业园区

一、2009 年度工作总结

2009 年，面对国际金融危机的负面影响和整个汽车产业的整合、零部件的降价以及市场竞争带来的变数，上海国际汽车城零部件配套工业园区围绕年初制定的"渡难关，保增长，谋发展"的工作目标，狠抓招商引资工作，深入做好项目推进工作，全面开展迎世博工作，全年工作取得了一定的成效。2009 年园区企业实现产出 338.9 亿元，与去年同期相比增长 18.5%；实现税收 13.5 亿元，同比增长 5.5%。

（一）坚持狠抓招商引资，做好项目建设服务，确保园区发展后劲

考虑到园区土地、厂房资源越来越少，而园区现有企业的增资、投资潜力还有待于进一步挖掘等因素，园区经过认真分析，重新定位招商工作的重心，将招商工作的重心放在以商引商以及放在原有项目的增资扩股上。2009 年园区的项目主要呈现以增资项目为主的特点。

积极推进重点项目建设，确保引资项目顺利开工建设。园区及时办理项目的申报手续，掌握项目建设进度，建立建设工程施工进度、统计报表；建立施工安全检查台账的记录工作，发现问题及时指出整改；协调在建工程的雨污水管道的分流和污水隔栅井的实施到位工作；协助办理生产用电、用水、用气、通信、网络等，确保新建、扩建工程基础设施同步到位等工作，确保入驻企业早日竣工投产。

2009 年在建工程 10 家，竣工项目 7 家，2009 年全年新开工项目 12 家。

（二）全面推进迎世博工作，完善基础设施建设，优化园区投资环境

为做好迎世博工作，园区广泛动员，组织全体员工积极参与，积极采取了一系列的措施，落实迎世博的各项工作：

在园区 8 平方公里范围内全面动员，给所有辖区内企业发出了一份倡议书，给所有企业总经理发了一条短信，并召开了迎世博工作推进大会，号召所有企业积极参与到迎世博的工作中来，配合园区做好厂区内、外的环境卫生、营造浓厚的世博氛围、规范车辆停放管理、加强对职工的世博知识、文明礼仪宣传教育和积极支持并参与世博志愿者队伍建设。

加强对在建项目周边环境的跟踪和管理。加强对在建工程的监督和检查，发现洒落、乱倒渣土和垃圾的，责令及时清理，保持园区道路畅通和整洁。

针对乱涂小广告和乱拉横幅、道路上乱扔垃圾的现象，园区加强了清除力度，派专员在各条道路上检查，随时清除各类乱拉的横幅和黑色小广告，做到发现一个清除一个，确保 24 小时之内及时处理。

在完善基础设施建设方面，2009 年完成了陈泾河东段（嘉松北路西）河道疏通工程，落实实施了全长 3000 米的陈泾河石驳工程，使沿线多家企业受益。此外，还进行了绿化补种，道路彩道板、侧石维修，道路桥接坡维修，企业指向牌维修等等工作，确保和维护园区的良好环境。

（三）推动企业科技创新，提高企业服务水平，提升园区产业能级

通过进一步加强对企业科技创新的相关政策宣传，2009 年园区有天纳克和博泽 2 家企业申报了市级技术中心，均获得了批准认定。

为了及时了解金融危机对企业影响情况，年中时园区对企业进行了逐一走访，了解企业的生产经营情况和今后的发展设想，也了解企业对园区服务管理上有何意见，以便在工作中加以改进，受到了广大入驻企业的肯定与好评。

在促进企业安全生产方面园区也做了大量的工作：与投产企业签订《安全生产承诺书》，签约率达 100%；对企业负责人及安全负责人进行业务培训，做到持证上岗；组织企业一线工人分期分批进行安全生产知识的培训，目前已有 10458 人取得了培训证书；并协助爱卫办对园区内 33 家企业的 368 员工进行了现场救护普及培训。希望通过这些工作不断提高企业员工安全生产意识，减少工伤事故的发生。这些工作也得到了嘉定区有关部门的大力支持和充分肯定。2009 年，园区被评为嘉定区安全工作先进集体。

二、2010 年工作计划

在 2010 年，上海国际汽车城零部件配套工业园区将认真贯彻落实科学发展观，以迎世博为契机，狠抓招商引资和企业服务，着重做好以下几方面的工作：

（一）做好招商引资工作，确保园区又好又快发展

1. 坚持招商工作重点，拓宽招商工作思路

突破土地瓶颈的制约依然是 2010 年招商工作所要面临的重要课题。针对这一情况，园区将调整思路，把工作重点主要放在以下三个方面：

一是注重现有大企业的增资扩产，通过重点提供服务，不断提升技术能级，建立技术中心及地区总部，把有限的资源发挥最大的效力；

二是加快对二期未开发土地的利用，通过回收闲置土地、通过淘汰劣势企业来挖掘发展空间；

三是拓展招商思路，针对园区剩余的房源中以多层房源为主，将以前重点在招工业生产型项目为主的策略转变到现代服务业、文化信息产业和总部经济的招商上来，拓宽方向。

2. 做好在谈在办项目服务工作，推进已批土地项目开工

目前园区还有几个用地项目在申报过程中，园区将做好跟踪办理和推进工作，使这些项目能够顺利进行招拍挂。

2011 年园区将重点做好未开工项目的推进工作，使这些项目能够早日开工建设，为园区发展带来新的动力。

3. 做好在建项目的推进管理工作，确保工程进度

认真抓好入驻项目的跟踪服务工作，推进在办项目早办结，在建工程早竣工，竣工企业早投产。对在办项目，及时跟踪、申报办理相关手续；对在建工程项目，做到全程跟踪服务，确保第一时间协助申办好施工用电、用水、用气、通信等，监督安全文明施工，确保基建工程按时完成。

（二）深入做好科技创新工作，提升园区产业能级

进一步推动企业科技创新，鼓励企业不断提升核心竞争力、优化产业结构，做好高新技术企业、企业技术中心、地区总部、企业上市培育等申报的跟踪服务工作，使企业能够获得国家和地方各级优惠政策和扶持计划，不断提升园区企业的科技含量，提升园

区产业能级。

（三）继续做好企业服务工作，切实为企业排忧解难

以企业的需求为出发点，不断深入、细化企业服务。特别是利用 HR 俱乐部、园区工会联合会等平台，协调处理好劳资关系，继续做好企业安全生产工作，切实为企业排忧解难，提升企业服务品质。通过不断提升企业服务质量和水平，促进企业的增资、再投资，不断扩大发展，以服务促招商，以服务出效益。

（四）继续加强迎世博环境整治，深入优化环境工作机制

道路乱设摊、乱停车、乱倒渣土问题一直是园区环境管理过程中遇到的棘手问题。2010 年，园区将迎世博作为环境整治工作的一个重要契机，建立长效的环境整治、管理机制，提升园区环境工作水平。并且发动一切可用力量为园区环境治理出一份力，实行举报有奖制度，尽可能现场制止、及时反映和及时处理，从而形成一个有效的全方位预防和管理网络，不断优化园区环境。

（五）坚持加强队伍建设，深入完善内部管理制度

不断完善园区内部管理制度，建立一整套规范标准的工作流程，实现高效规范的内部管理；不断从各方面提高员工自身素质，提高规范化、专业化工作水平，进一步促进园区服务、管理水平的提高，形成一个有凝聚力、有竞争力、专业化的团队。

上海奉贤现代农业园区

2009 年是"危机"与"机遇"并存的一年，园区围绕"四个确保"，努力突破经济危机对园区及落户企业带来的不利影响，迅速应对，调整结构、帮扶企业，全力以赴促进经济的复苏和繁荣，保持社会各项事业和社会安全稳定，2009 年，园区实现工业产值 19 亿元，其中规模以上企业工业产值 13.5 亿元；外贸出口 3000 万元；固定资产投资 5 亿元；内资到位 3 亿元，合同外资 2500 万美元，外资到位 2000 万美元；淘汰劣势企业 3 个；万元产值能耗 0.1 吨标准煤／万元；引进新注册企业 300 户，新增纳税户 250 户，预计实现税收 2.98 亿元，其中地方税 1.1 万元。

在调整产业结构方面，重点推进生物医药产业发展。园区确立生物医药为招商重点，制定特定的扶持政策，加大对生物医药产业扶持力度。引进招商人才，成立专业招商部门，推动生物医药产业发展。聘请专业招商顾问小组，由行业内资深专家组成，帮助园区在项目选择上提供科学决策。在转变经济发展方式方面，推进石油交易中心和农业要素交易市场建设等现代服务业。园区与中石油奉贤公司及金银岛网交所紧密合作，快速建立中国最大的大宗产品交易平台——上海南郊石油交易中心平台，顺利达到石油公司入驻 100 家的规模，当年纳税 1500 万元。与上海产权交易所等合作推进农业要素交易所的建设，年内，落实开发项目 107 个，涉及资金 4.11 亿元；储备项目 100 多个，涉及资金 5 亿元。在推进项目落地方面。园区采取集中走访调研、建立班子分工联系制度、建立专项协调小组等主动服务的策略，全力推进产业项目落地。在盘活存量土地和闲置资产方面。中农国际水产城、金笋轻工商贸城二期项目分别调整功能，引入有实力企业启动项目。

2010 年园区经济社会发展的主要预期目标是：实现税收收入 3.6 亿元，地方税 1.4 亿元；实现工业总产值 24 亿元，其中规模以上企业产值 17.8 亿元；实现固定资产投资 5 亿元，内资到位 3 亿元，合同外资 2500 万美元，外资到位 2500 万美元。全力推进迎世博、创建国家卫生区各项工作；做好以就业为重点的民生保障工作；保持社会各项事业繁荣稳定；妥善处理各种社会矛盾，确保社会和谐稳定。

为实现上述目标，着力做好以下工作：

一、大力推进调结构、转方式，切实提高经济发展质量

重点聚焦生物医药产业和以生产性服务业为主导的现代服务业。生物医药方面，进一步健全网络招商功能，改版现有网站成为生物医药招商专业网站；与生物医药行业协会等组织机构密切合作，推动生物医药专业招商中介网络建设，提供生物医药新药研发、技术转让、技术评估等专业服务。生产性服务业方面，全力推进南郊石油平台、农业要素交易所的建设朝规模化、效益化方向发展。积极开展中农国际水产城、金笋轻工商贸城二期项目调整，引入有实力企业启动项目。

二、提高园区管理水平，确保迎世博、创建国家卫生城区各项工作有序推进

作为世博会指定宾馆的南郊宾馆，园区要对其积极指导，为国际参展方代表和工作人员营造良好的工作、生活环境。充分利用世博会的带动效应，辐射效应和后续效应，进一步优化园区发展环境，推动生物医药产业和以生产性服务业为主导的现代服务业发展。

全力推进创卫工作，提升园区新面貌。园区进一步集中力量，巩固创卫成果，克服松劲情绪，继续保持不松懈的态势，扎实有序推进创卫工作。进一步落实创卫工作的目标和任务。提高认识，统一思想，坚持上下齐心，集中整治创卫工作中的重点、难点；进一步落实创卫工作责任。采取区域管理和属地管理相结合的原则，形成园区统一谋划，村、居委、企业全力整治的局面；进一步落实创卫工作的推进机制。明确园区各部门包干村（居），每周召开点评会，建立创卫应急机动小组，落实责任。

三、进一步深化平安建设，确保园区和谐稳定

千方百计维护社会安全稳定。深入推进新一轮平安创建工作，巩固和发展"平安园区"

创建成果。强化来奉人员综合管理服务工作。想方设法强化安全生产管理和监督。切实加强生产安全、建筑安全、特种设备安全、消防安全等工作的监管力度，全面落实安全生产责任制，完善安全管理和监督检查制度，着力消除事故隐患。进一步加强食品安全监督管理，确保食品安全。进一步加强防汛抗台工作，完善应急管理机制，维护百姓生命财产安全。加强安全宣传、安全检查、安全整治等工作力度，做到宣传到位、检查到位、整治到位，确保区域内安全生产。

四、大力发展社会各项事业，着力保障和改善民生

积极推动就业、社会保障等社会事业均衡发展。不断完善包括医保、养老、镇保等在内的社会保障体系建设，做到应保尽保。采取积极的就业政策，加强对失地无业人员的引导和培训，推荐就业和鼓励创业相结合，使更多农民实现再就业。继续做好扶贫帮困工作。进一步增加园区扶贫救助基金，扩大补助困难户范围，增加补助资金量，充分发挥扶贫救助基金作用，坚持开展各种形式的捐助和帮扶活动，关心和帮助园区内的弱势群体。

不断加快园区基础设施建设。加快推进公共服务设施建设，提高民生质量。建设医疗服务中心、救助服务站、群众工作站、助残工作站等服务站点和老年活动室、文化信息点、信息苑等公共设施，积极推动动迁基地建设和相关学校、菜场等配套设施建设。

上海市市北高新技术服务业园区

一、2009 年工作总结

2009 年，市北高新技术服务业园区坚持以产业集聚和区域经济发展为主线，以招商引资、服务创新、基本建设、储地规划、企业上市和党建工作为抓手，使各项工作均取得了一定的成绩，园区发展站上了新的起点。

2009 年，围绕发展园区经济规模，注重产业结构优化，创新完善服务体系，打造产业集聚平台，提高运营管理水平等条线的工作，园区得到各相关部门的鼎力支持，完成了年初确定的重点工作。主要包括：超额完成了全年主要经济指标，完成区级税收总额 3.0554 亿元，同比增幅为 34.3%；成功完成部分重大项目的招商引资工作；完成基本工程建设 10.6 万平方米；完成园区东部地区土地储备面积 363 亩，园区总的土地储备面积达到 754 亩；完成园区西部地区汇众地块的土地储备谈判工作；差异化发展及全方位服务模式获得了进一步深化；企业上市工作稳步推进；党建工作引领园区高速发展示范效应进一步显现；国资国企规范化运营进一步得到了加强；园区未来发展方式和前进方向也愈加清晰。

1. 确定未来发展方向

2009 年，园区在学习实践科学发展观的活动中，通过回顾、反思和总结，寻找到了制约发展的瓶颈，明确了以"加快科技化步伐，打造国际化园区"作为园区未来发展的总体方向，制定了未来发展的具体目标，力争通过五年的努力，使园区对闸北区域经济的贡献程度、市北高新集团资产总规模、现代服务业规模以及综合服务发展水平等，都以超过地方平均增幅的增速达到一个全新的高度，并跻身国家级高新园区的行列。

2. 成功实施更名扩容

在区委、区政府领导的直接关心、帮助下，园区取得了市发展和改革委员会下发的关于同意园区建设"国家高技术产业基地——市北高新技术服务业园区"的批复，由此，园区成功实施了更名工作，开发主体原上海市北工业园区（集团）有限公司也相应更名为上海市北高新（集团）有限公司；在更名的同时，全面完成了将北上海现代物流园区与原市北工业园区地理范围的合并工作，市北高新技术服务业园区的地域总面积从原来的 1.26 平方公里扩大到了 3.13 平方公里。

3. 全力开展招商引资

面对金融危机给园区工作带来的极大的负面效应，市北高新园区始终保持对宏观形势的清醒认识，坚持对招商引资工作抓早抓实。一方面，园区在内部招商管理运作模式上进行改革。确定了以招商资源发掘及信息研究、项目引进过程中的沟通与谈判、企业入驻后的跟进服务工作为主要环节的招商服务流程。在重大项目引进中，探索并运行了以谈判经理为核心，项目小组跟进，园区整体资源协同支持的招商管理运作模式，目前，该运作模式正在深入推进之中。另一方面，园区着力拓展招商渠道。确定了以相关政府部门、中介机构、行业协会、关键人等为主要招商渠道。在北京和新加坡分别设立了驻外招商服务办事机构，为寻找更多总部企业和中外大企业设立了桥头堡，成效已经显现，北京办事处在半年内已完成了 200 多家企业走访，已有约 10 家大型企业明确了其地区总部入驻市北园区的意向。此外，园区还推出平台（模块）招商概念。搭建和探索了亚太数据港（数据中心产业基地）、金融后台服务产业、国产基础软件园等招商平台（模块），力求通过招商平台（模块）的建设，汇聚前沿产业中的优质企业，努力打造新兴产业集群。一年中，园区引进企业 181 家，其中重大引进项目包括中铁系企业、日本先锋、欧陆分析、紫光软件等。

4. 加快推进园区建设

2009 年，园区在土地储备和重点工程建设方面持续推进，并取得了骄人的成绩。就园区西部（原市北园区范围）而言：上水地块年内完成了总体初步设计，2010 年将开工建设；7 号地块改建项目（数据港大厦）完成设计，2010 年四月份将开工建设；12 号地块（总部经济园）、13-3 号地块工程建设顺利竣工；5 号地块中铁市北项目已完成工程总体设计并进入桩基工程；大件地块祥腾财富广场完成结构封顶，房产预售势头良好；汇众地块在区领导的直接关心下，完成前期谈判工作，收储土地 297 亩，并在 2010 年年初正式签约；此外，轻工、soga、航天、申林木业等地块的土地储备或项目合作均在积极接洽之中。就园区东部（原北上海现代物流园区）而言：完成控制性详规的制定，并获得有关部门的正式批复，同时完成城市设计方案；克服重重困难，完成了214户居民动迁和10家企业（含中央企业和市级企业）的动迁工作；基本完成江场路、寿阳路、平型关路等园区未来主干道建设的前期报审工作并开工建设；3号地块完成相关上市准备工作，将于2010年初上市招拍挂；对园区内8号、5号等地块进行重点收储和腾地。年内共计对东部区域完成土地储备363亩，使得园区总的土地储备面积达到754亩，占可储备土地的67%。

5. 高效构建服务体系

2009年，以整合园区服务资源、建立有效内部协调机制为核心的园区大服务格局已基本形成。一是有效搭建服务平台、推出服务载体，提供符合园区企业实际需求的服务项目。如推出"市北银企通"中小企业融资产品，解决企业融资难问题；组织"你我共创商机，共建产业联盟"峰会活动，建筑行业和信息行业的产业联盟活动年内顺利进行，同产业企业的诸多业务项目得到成功对接；进一步有效运作园区现有服务平台，如党员服务中心、劳动保障站、在地统计站、人才工作站等。二是建立为客户服务的快速响应机制。针对客户满意度调查中反映出的就餐、交通等方面的配套服务问题，园区倾力投入，适时调整，力求使园区商业配套逐步完善，满意度不断上升。三是进一步完善园区配套服务建设，针对班车、餐饮商业网点、会所等配套设置的建设，园区有针对性地推出扶持政策，使园区的商业服务配套环境得到进一步优化。

6. 谋求品牌异地延伸

2009年，园区积极发挥自身优势，努力寻找向外发展空间，谋求依靠品牌输出来实现新的发展，开展了一系列建设"园外园"的探索工作，部分异地考察与项目合作工作得到实质性推进。其中，市北高新园区与南通市港闸区关于共同开发建设"上海市北高新（南通）科技城"项目（5.2平方公里）经前期考察、评估、论证，以及与南通方面艰苦的沟通磋商，签署了合作开发战略框架协议。市北高新园区将输出在土地开发、规划建设、产业导入、园区管理等方面的成功经验，使市北的品牌获得异地延伸。

7. 党建工作成为亮点

2009年，园区继续抓好党建工作，坚持把经济发展作为第一要务，把招商引资作为第一要事，切实加强和改进园区党的建设，促进了园区经济发展保持逆势上扬的发展势头，党的建设实现了巩固提高的良好局面，为顺利完成全年各项任务和实施新一轮五年发展规划提供坚强的思想和组织保证。园区综合党委遵循"一流党建引领一流园区发展"，努力增强园区非公有制经济组织党建工作的有效性和活力。2009年园区非公有制经济组织开展学实活动的情况，得到了中央和上海市非公经济组织学实活动指导小组的高度赞扬。

《解放日报》头版介绍园区的《外企主动申请建党支部》一文，对园区党建工作摸索新规律、铸成新"保垒"的做法表示充分肯定。

二、2010 年工作任务

2010 年，已经站到新发展起点的市北高新技术园区，将迎来新一轮五年发展规划的第一年，面对闸北区域、上海乃至长三角地区的发展态势，园区的各项工作都面临着新的发展要求和考验。园区将持续推进园区良性、健康的发展势头。

1. 加强招商引资力度，开辟新的产业集聚平台

2010 年，园区计划引进落户跨国或地区总部企业 2 家；引进区级地税 500 万元以上的企业 5 家；当年引进企业当年产生区级税收 5000 万元。为达成上述目标。园区将在招商引资方面做如下工作：一方面，努力夯实亚太数据港、金融后台服务产业、国产基础软件园等招商平台（模块）的建设和运作。对亚太数据港而言，规划用五年的时间建设 10 万平方米的数据中心，并将通过与新加坡资讯通信发展管理局等部门实施战略合作、建设国际通讯运营商集聚区（规划面积 13000 平方米）、探索国际离岸保税中心等具体工作的开展，促成相关产业的高度集聚；对金融后台服务产业而言，将努力寻找园区建设及产业集聚与上海金融服务中心建设的契合点，使高质量的金融后台服务业企业能成为新的产业集聚亮点；对国产基础软件园而言，将通过现有平台建设，使更多国内外软件服务外包企业能在园区得到充分集聚，充分凸现园区发展的科技含量。另一方面，园区将充分整合园区内部与北京、新加坡的异地招商资源，广泛获得各类招商引资信息，并在激活内部招商机制、打造内部招商团队、健全内部招商信息管理等工作的配合推进下，继续大力引进优秀企业，以引进跨国或地区总部企业以及高地税产出企业为重点工作推进目标。

2. 加强东部建设力度，全面推进开发建设工作

2010 年，对园区东部区域（即原北上海地域），将重点在以下几个方面寻求突破：一是促成区域内三幅地块的上市，其中，3 号地块（85 亩）的上市工作将在年初完成，其余地块将按时间节点陆续完成上市；二是全面完成居民动迁以及因市政道路建设涉及的居民和企业动迁工作；三是在顺利推进居民和企业动迁工作的基础上，启动并完成江场路、寿阳路和平型关路的道路建设工作，同步完成绿化配套建设，使园区以崭新的姿态迎接世博年的到来；四是加强区域内可储备地块的收储进程，力争使园区土地储备总量在 2010 年达到 1000 亩左右；五是针对佳程广场的工程建设，配合做好招商工作的同步推进，确保优质客户的顺利进驻，使佳程广场成为闸北区北部的又一商务亮点。就园区

西部区域（即原市北工业园区地域），土地储备及工程建设将依旧按计划全力推进，包括重点推进 soga、申林木业、轻工玻璃、航天等地块土地储备或合作开发工作，明确土地储备或合作开发意向。在工程建设方面，园区将做好 7 号地块、上水地块以及 5 号地块、佳程广场的开工建设，年内开工总面积为 47 万平方米。

3. 加强对外投资力度，谋求园区品牌延伸拓展

在南通科技城项目成功签约的基础上，园区将倾力推进该项目的推进进程，在充分获得当地政府支持和闸北区相关政府部门配合帮助的前提下，年内完成该项目园区详规调整和产业集聚方案，启动园区内居户动拆迁、道路建设、招商引资和产业集聚工作，并同步做好与市北产业链溢出的顺利对接工作，更为市北高新集团的上市工作准备良好的土地资源。针对南通科技城的开发建设工作，要求在 2010 年完成 1000 亩土地的征用并力争完成招拍挂工作。

4. 加强品牌宣传力度，促成园区整体形象上扬

园区将在扎实推进各项工作开展的同时，辅以园区品牌宣传力度的同步推进。2010 年，园区将积极参加上海品牌园区的评比工作并力争获得品牌园区称号，将充分运用各级媒体作用，大力宣传园区建设发展进程和新貌，使市北高新的品牌能在更大的范围得到宣介，从而使园区的发展进程拥有强劲的品牌支撑。

5. 加强企业服务力度，全面实现园区税收增量

继续强化企业服务工作，完善园区服务体系建设，让企业服务工作成为园区税收增长的动力支撑，使园区单位面积税收产出等经济指标继续名列上海开发区前茅。在具体推进服务体系的建设工作中，将凸现大客户服务经理的服务优势，研发服务新的领域，使服务工作再上一个新的台阶；将大力推进园区配套服务硬件的建设，尤其是加强新建会所的服务功能，使会所成为园区招商引资和企业服务的重要窗口之一。

6. 加强园区党建力度，引领园区快速健康发展

2010 年是市北高新技术服务业园区建设国家高技术产业基地、实施新一轮五年发展规划的第一年。园区将坚持深入贯彻落实科学发展观，以招商引资和产业结构调整为主线，为新一轮五年发展规划开好局；以巩固提高学习实践科学发展观活动成果为动力，积极构建国企带"非公"，"非公"带国企的大党建格局，为推动集团公司和园区又好又快发展提供强有力的思想和政治保障；继续加强对园区综合党委的领导，不断提升园区非公有制经济组织党建工作品牌。同时，市北高新集团的国企党建工作也将不断强化，通过物质文明和精神文明的同步推进，为集团公司争创全国精神文明单位奠定扎实的基础。

上海南汇工业园区

一、2009 年工作总结

2009 年，面对国际金融危机冲击和园区优化自身发展的严峻考验，南汇工业园区深入贯彻落实科学发展观，牢牢抓住浦东南汇两区合并的重大机遇，勇于进取、开拓创新，围绕建设现代企业社区的目标，继续全面深入开展"加大招商引资工作力度、提升企业服务工作质量"主题活动，坚定信心，知难而上，积极进取，咬住年度工作目标不动摇，使各方面工作取得了新的成绩。

1. 工业经济保持稳定上升态势

2009 年，园区积极应对复杂多变的形势，切实采取各种有效措施确保经济平稳增长，从 4 月份起，园区各项经济指标实现连续环比增长。特别是 11 月 1 日园区召开的"树信心、保增长"重点骨干企业恳谈会，极大地鼓舞了园区企业的发展信心,11、12 月份园区规上产值环比增幅明显。全年实现工业规模以上总产值 82.26 亿元，同比增长 39.12%。

2. 财政收入实现进一步增长

2009 年，园区产业结构进一步优化，财税管理工作力度不断加大。全年共完成财政收入 5.65 亿元，同比增长 4.68%，其中地方财政收入 1.85 亿元，同比增长 28.99%，增幅显著。园区招商引税工作取得较好成绩，注册型企业税收入库 2.56 亿元,同比增长 56.55%。

3. 招商引资工作成绩显著

2009 年，园区围绕主导产业大力开展专业招商，招商引资工作取得新的重大进展。全年共吸引内、外资投资项目 25 个，共吸引合同外资 7765.6 万美元，完成年度计划的 110.9%，同比增长 146.4%。吸引内资项目总投资 10.08 亿元。

4. 项目开工建设有序推进

园区克服种种不利因素，加大项目开工建设的推进力度。全年共有新开工建设项目 15 个，总投资 22.6 亿元，建筑面积 69.4 万平方米，涉及新能源、先进装备制造和生产性服务等主导产业。全年共完成固定资产总投资 14.98 亿元，其中工业固定资产投资 13.48 亿元，同比增长 1.8%。

2009 年，园区主要做了以下几个方面的工作：

1. 发展规划进一步明晰

2009 年 5 月，国务院批准南汇区行政区域整体划入浦东新区。南汇工业园区也因此迎来浦东二次创业的重大历史性发展机遇。园区周边的城市化和工业化进程不断加快，园区在资金扶持、项目落地、开发区和产业链对接等方面也充分享受到了浦东新区综合配套改革的各项有利政策。

在总结多年来开发建设经验的基础上，园区主动适应和把握新的发展形势，把制订和完善科学合理的发展规划作为转变经济发展方式、提升核心竞争力的前提和关键。

年内，园区成立了产业发展中心，编制完成《南汇工业园区 2010–2012 年产业发展规划》，针对未来几年园区的产业发展进行了详细的定位和规划。同时，园区积极推进"三规合一"工作，按照产业发展的要求调整了土地利用规划。重点针对南区 15 平方公里待开发土地，园区依照整体开发和二三产业协调联动发展的思路，规划了新能源产业化基地、先进装备制造业基地、现代服务业功能区、生产性服务业功能区、商务配套区、生活社区和体育休闲绿地等一系列功能区域和特色产业基地，其中以建设自给自足型的第四代城郊服务业商务社区为目标的"海曲国际社区"和以服务中小企业二次创业为目标的现代生产性服务业总部科技园——"光电之星科技港"年内完成规划设计，成为南区规划中的亮点。

2. "加大招商、提升服务"主题活动取得明显成效

2009 年，园区继续深入开展"加大招商引资工作力度，提升企业服务工作质量"主题活动，精心筹划、切实推进招商引资和企业服务等各项工作，取得了较为明显的成效。

在招商引资工作方面，园区全力克服金融危机带来的负面影响，充分发挥软硬件投资环境俱佳和主导产业集聚等优势，围绕新能源、先进装备制造和生产性服务业等主导产业，实施开展了专业招商、定向定点招商、产业招商等措施，招商队伍和体制建设不断完善，招商引资渠道进一步拓宽。年内，园区重点招引了一批产业引领性项目，其中包括卡姆丹克太阳能科技三期、罗尔斯–罗伊斯船舶二期、成也软件外包、环球实业科技、红叶风电设备等一批重点项目。

在企业服务工作方面，园区注重加强和提升企业服务工作的质量，以充分增强落户企业对园区的归属感和主动参与园区经济发展的积极性。《园区领导干部服务企业联系制度》等的出台实施，使企业服务工作的规范性和实效性得到进一步加强。年内，园区帮助协调解决了罗尔斯－罗伊斯产品和原材料堆放、美邦启立项目建设钉子户动迁、茂德集团扩建工程沪南公路道口开通、惠南一方新城项目招商等许多实际问题和难题。同时，园区进一步拓宽了企业服务工作领域，重点在金融、政策、人力资源、公共服务等方面深化了各项服务工作，以进一步扶持企业做大做强。卡姆丹克等企业被评为上海市高新技术企业，茂德、东龙、新星、祥和等四家企业被评为上海园区自主品牌企业，曙海、新星、茂德等多家企业的产品和技术获得了国家专利认证。为帮助部分企业解决发展资金短缺的问题，园区在 8 月份举行了"南汇工业园区中小企业金融服务之旅"活动，第一阶段就为企业协调解决融资 3.84 亿元，初步缓解了中小企业发展所面临的资金压力。此外，园区正在建设的社区配餐中心和即将开通的环城公交线路等，也将给园区企业和员工们带来极大的便利，为企业公共服务注入新的活力。

3. 新能源和生产性服务两大产业得到重点培育

2009 年，园区依托现有产业基础，按照浦东新区产业规划和布局的相关要求，重点培育发展了新能源产业和生产性服务业。

园区依托太阳能光伏、风力发电配套产业在园区的发展所呈现出的产业规模持续扩大、技术水平不断提高、产业链日趋完善等特点，结合《浦东新区太阳能光伏产业发展行动方案》，在南区规划了 5.56 平方公里，用于建设上海浦东新区新能源产业化基地的核心区域，重点发展太阳能光伏、风能、LED 光电、新能源汽车等产业。年内，园区会同全球光伏及半导体材料协会 SEMI 等有关机构，先后参展了 SEMI2009 太阳能光伏展览会、中国新能源展览会和上海国际可再生能源大会暨展览会等，提升了园区在新能源业界的知名度和影响力。针对已落户园区的卡姆丹克太阳能、曙海太阳能、艾郎风电等一批新能源产业重点企业，园区协同有关职能部门，多次深入调研，帮助解决实际困难，研究出台了扶持政策，积极扶持企业进一步发展壮大。卡姆丹克公司在香港联交所主板成功上市，该公司投资 3000 万美元的太阳能组件项目也正式签约；曙海太阳能项目破土动工，总投资接近 12 亿元，预计将于 2009 年竣工投产。

年内，园区被上海市批准为重点推进的 19 家市级生产性服务业功能区之一。同时，园区成立了"上海南汇工业园区生产性服务业功能区领导小组"，下设功能区推进办公室，积极推进功能区的开发建设，已吸引了一芯科技研发中心、农商银行园区支行等约 37 家企业和机构入驻。同时，南区的"海曲国际社区"和"光电之星科技港"全面完成规划设计，即将实施建设。

4. 项目建设和动迁安置工作稳步扎实推进

2009年，园区克服种种不利因素，围绕主导产业，稳步推进项目开工建设的进度。同时，按照园区发展规划要求，有重点、有步骤地做好了市政基础设施建设和动迁安置工作，确保了园区开发建设的有序进行。

在项目推进过程中，园区相关职能部门认真梳理了工作条线，进一步明确了各项工作制度和工作目标，在项目申报上突出了流程服务，在项目推进上突出了项目经理服务，在项目土地招、拍、挂和竣工验收等过程中做到流程规范、严格把关。为加快项目开工建设进度，工作人员充分发挥主观能动性，积极与上级相关职能部门衔接，缩短项目审批时限，针对具体情况勤想办法、灵活解决。11月30日，园区有8个产业项目集中开工，总投资达到20亿元。

年内，园区扎实推进市政基础设施建设，迎薰路、申腾路等道路路段开工建设；对园西路、申杰路等道路路灯及交通设施进行了设计安装；城西路污水支管、横店开关站等工程建设也顺利完工。园区动迁工作严格按照项目建设的需要，突出重点、有力推进。针对部分区域钉子户的动迁难题，相关职能部门抽调精兵强将，组成突击队伍，千方百计化解各种疑难瓶颈问题，使动迁工作取得了有效的成果。全年共拆迁156户，拆除企业8个，拆除面积3.6万平方米。同时，园区加快动迁安置房的建设，认真做好动迁居民的安置入住工作，全年共安置入住动迁居民274户，入住面积5.78万平方米。

5. "学实"活动和"两新"党建深入有效开展

2009年，园区作为试点单位参加了第二批深入学习实践科学发展观活动。园区党政班子成员和直属党支部、园区所属"两新"组织党支部全体党员参加活动。活动中，园区以"坚持科学和谐发展，建设现代企业社区"为实践载体，贴近企业、分类指导，重点抓好了"总体部署、有序推进、联系实际、注重实效"等各环节。园区领导班子深入企业调研，帮助企业解决了一批实际困难；针对园区在"推动科学发展、加快和谐园区建设、提升园区管理"等3个方面存在的12项主要问题，明确了责任部门和时间节点，狠抓整改落实，取得了较为显著的成效，群众满意率达到100%。

6. "迎世博"和"文明园区"创建力度进一步加大

2009年园区党工委、管委会围绕构建和谐社会的总体要求，坚持两手抓、两手都要硬的工作方针，广泛深入地开展了以"迎世博"和"文明城区"创建为抓手的精神文明创建活动，取得了良好的效果。

园区总公司连续第三次被评选为上海市级文明单位。园区文明创建领域进一步拓宽，按照文明城区和文明园区创建的各项要求，狠抓各项实事工程建设，重点做好了"补绿、亮灯、修路、排污"等多项工程，使园区整体环境得到了进一步优化。

同时，园区积极响应号召，以各种形式迎接2010年上海世博会的到来，组织职工群众参加了"迎世博讲文明树新风'三五'行动"、"迎世博倒计时一周年，爱国卫生大扫除行为陋习齐劝阻"活动，以及"浦东新区迎世博文明大使车"活动等，还组织落户企业职工群众开展"世博知识讲座"等。

7. 企业内部管理和文化建设有了新的提高

年内，园区有重点、有步骤地开展了一系列体制创新举措，积极塑造"独具张力"的企业文化。园区总部员工"三定"方案全面实施，各部门工作岗位和人员职责得到了进一步的明确和规范。ISO9001质量管理体系换版和ISO14001环境管理体系的换证工作顺利完成。信息和档案工作不断规范，各中心、办年度档案的收缴归类工作有效开展。园区各项政务信息得到及时备案和上报。员工食堂及办公楼绿化改造完成，就餐环境和后勤管理明显改善。

年内，园区工会正式成立，并选举产生了第一届工会委员会和经费审查委员会，建立健全了各项规章制度。在工会等相关部门的努力下，园区制订出台了一系列规范化的管理制度，如《关于关心园区总公司内退、退休人员若干规定》、《关于进一步规范园区直属公司组织员工外出疗休养（体检）的若干规定》、《园区直属工会会员因病、因事实行探视制度的若干规定》等。园区还会同企业单位举办了羽毛球、足球等文体比赛，组织职工群众参加，有效增进了员工们的凝聚力和向心力。

8. 安全生产、节能减排和社会稳定等各项工作有效落实

园区始终重视和强化安全生产防控体系和网络建设。年内，完成与落户企业的安全生产责任制签约，以及落户企业安全生产负责人上岗证培训等。同时，认真开展了安全生产月活动和"119消防日"活动，进一步强化了落户企业的安全生产意识。

园区全面落实区政府关于节能减排的工作要求和各项指标，并以发展"低碳经济"为方向，不断加强对新能源产业的扶持力度，加大了对节能减排工作的宣传力度，使园区落户企业自觉将节能减排的各项措施落到实处。

园区信访、治安和凝聚力工程等工作得到进一步加强和延伸。年内，园区信访共接待来信来访280余件起，矛盾化解率达到90%以上。园区社会治安工作形势好转，通过加强巡逻警力、增设治安岗亭等，确保了一方平安。

二、2010 年园区工作任务

坚持以科学发展观为指导，围绕浦东二次创业的战略定位和奋斗目标，进一步拓宽发展思路，创新工作举措，提升发展水平，积极推动园区经济增长方式和产业结构的转变。以实施战略化招商引资和系统化企业服务为重点，加快浦东新区新能源产业化基地和上海南汇工业园区生产性服务业功能区的建设，注重功能、提升效益，不断推进二三产业协调发展。进一步加强园区党建、精神文明建设和内部管理，继续深入开展"加大招商引资工作力度、提升企业服务工作质量"主题活动，加快建设经济充满活力、环境富有魅力、文化独具张力的现代企业社区。

一、经济发展目标

① 完成工业总产值（规模以上）100 亿元，同比增长 21.56%。

② 吸引合同外资 0.9 亿美元，同比增长 15.90%；吸引内资项目总投资 15 亿元，同比增长 48.80%。

③ 园区财政总收入完成 6.55 亿元，同比增长 15.93%；其中地方财政收入 2 亿元，同比增长 11.11%。

④ 完成工业固定资产投资 16 亿元，同比增长 18.69%。

⑤ 引进注册企业 300 家，注册资本 3 亿元。

二、工作任务

（一）产业发展

1. 明确产业定位，优化产业布局，拓展产业空间，凸现产业优势

继续做大做强新能源产业、先进装备制造产业、生产性服务业等三大主导产业，延伸和完善产业链，以增强园区现有优势产业的竞争力。以新能源产业为重点，深度定位以太阳能光伏、半导体照明、风能及新能源汽车关键零部件为核心的细分市场，突出自身竞争优势，实施差异化聚焦战略，努力将浦东新区新能源产业化基地建设成为上海乃至国内新能源产业发展的重要基地。

2. 围绕主导产业实施战略招商

以专业化、信息化的招商思路，严格实施以产业链为导向的招商战略。不断创新招商机制，研究制定和落实一系列招商奖励政策和内部考核责任制；进一步加强与境内外招商中介机构的合作，拓展信息领域，增加项目信息储备；精心组织，积极参与 SIME 太阳能展等专业招商推介会，提升园区特别是新能源产业化基地的知名度；举办 2—3 次专题招商活动，增强招商引资的针对性，结合园区自身的产业优势、产业发展方向、资源及掌握的项目信息等，重点围绕新能源产业，主动对接洽谈项目。

3. 高起点推进浦东新区新能源产业化基地建设

浦东新区新能源产业化基地是园区发展新能源产业的主平台。应科学筹划，加快制定基地建设"三年行动计划"，加快编制基地布局规划、产业规划和战略招商规划，进一步明确基地的功能定位、发展目标，加快推进基地基础设施建设，通过政策引导、资源整合，做大产业规模，形成自身特色。大力发展以太阳能光伏产业为核心，逐步形成从太阳能光伏电池及组件到光伏产品应用的产业链，注重配套产品的开发，力争在较短时间内使新能源基地建设步入全市先进行列。

4. 加快新能源产业载体建设，倾力打造清洁能源应用的示范区

园区规划建设中的光电之星科技港——"智城"项目，定位于为新能源产业服务，以高附加值的智慧型上游产业为主体，结合生产、研发、办公、生活等多种功能和谐共融，是以正生态理念为标准进行建设的高度创新的产业社区。加快进行项目的规划设计、申报审批等前期筹建工作，确保上半年内启动建设。

5. 继续加大项目建设推进力度

抓住开工最佳时机，尽早促成签约项目的开工建设。预计有卡姆丹克新能源科技（上海）有限公司等 15 个项目开工建设。要针对各项目具体情况，加强与项目方联系与沟通，提前做好申报审批材料的准备工作；做好香港环球实业科技控股有限公司等 7 个项目土地招、拍、挂的前期准备工作。对重点项目进行重点分析，重点协调，重点推进，创新工作机制，狠抓落实，争取项目多开工、早开工。同时要不断加快在建项目的建设进度，做到早竣工、早产出。

6. 加快南汇工业园区生产性服务业功能区的建设

大力发展与园区主导产业相关的生产性服务业，形成二三产业良性互动、协调发展的格局，为园区的产业升级和发展形成强有力的支撑，加快南汇工业园区生产性服务业功能区的建设。一是要加强生产性服务业发展的综合协调工作，建立联席会议和双月例会制度，协调各部门和成员单位，定期通报情况、交流协调，共同研究解决实际工作中遇到的困难和问题；二是要围绕主导产业加快启动生产性服务业的载体建设，光电之星科技港—"智城"项目作为新能源产业化基地建设的核心配套功能区，定位于新能源产业的研发、检测、展示和中试生产以及商务办公等功能，争取 2010 年上半年内启动建设。

要加快茂德商务园、羊和大厦等项目的建设进程，满足园区企业越来越多的商务需求；三是要加快推动重点项目的引进，如中国工商银行数据中心、通联支付、英迈（中国）、卡内基训练等重点项目争取 2010 年内落户园区；四是加快建立生产性服务业重大项目储备制度，对符合投资支持条件的项目，积极争取区和市级政府支持；并鼓励和引导园区内制造性企业把其研发、销售、服务等功能性业务转移至生产性服务业功能区。

7. 发展主导产业，培育龙头企业

以推进高新技术产业化为抓手，聚焦主导产业、重点企业、重要产业化企业，鼓励企业加大投资，提升产能，做大做强；引进与培育并举，加大扶持力度，在园区形成若干个行业领先的龙头企业和优势项目，带动主导产业快速发展。

8. 建设重点产业公共服务平台

要以建设和扶持公共服务平台为载体，体现政府的服务职能和产业导向作用。2010年要重点做好新能源产业化基地光伏产品检测中心、公共研发服务、知识产权服务等公共服务平台，同时做好其他各类公共平台的筹建，为园区新能源产业化基地发展提供专业服务平台支撑。

（二）环境建设

坚持规划先行、功能主导、管理精细，进一步加快园区基础设施建设，优化园区功能布局，提升园区建设和管理水平，使园区环境富有魅力。

1. "拓展南区、提升北区"

立足高起点，坚持"拓展南区、提升北区"的发展思路，根据园区的产业发展调整，对园区的产业发展空间进行梳理整合，以优化规划结构，拓展产业空间。

2. 推进基础设施建设

大力推进园区市政道路、配电站等基础设施建设，重点是打通区内城西路、汇萃路、汇成路等道路，预计道路启动建设总长约 11 公里，以突破制约园区交通的瓶颈问题；同时要投资 1900 万元启动改造园中路等相关 11 条道路；投资 5100 万元启动改造总长约 3.58公里的新开港、六宣港等四条河流；投资 5600 多万元启动建设开关站、路灯及其他设施维护工程。

3. 抓好北区动迁工作，为产业招商提供空间

动迁安置是关系到园区开发能否顺利进行的重要工作，根据调查摸底，南、北区2010 年动迁计划共 203 户，拆除面积约 5 万平方米。要按照项目建设的需要，突出重点，全面推进。保障产业招商的需求和重大项目的开工建设。

4. 完善园区生活设施配套

2010 年计划建设配套商品房城南五期，占地面积 8.8 万平方米，总建筑面积 13.54 万平方米，总投资 4.68 亿元。计划建设一所初级中学，总建筑面积 2.75 万平方米，总投资 1.5 亿元。同时，还要认真做好社区配餐中心、环城公交及治安岗亭等配套设施的建设，以全面改善园区企业的居住、教育、餐饮、出行和治安环境。

（三）文化建设

充分发挥文化建设在弘扬主流价值观、促进产业发展中的重要作用，坚持以人为本、以企业为本的发展理念，注重发挥各方面的积极性，努力营造关心人、爱护人、激励人的人文环境和鼓励创新、追求发展、不断超越的创业环境，使园区文化独具张力。

1. 努力增强党建工作有效性

认真贯彻实施《中共上海市浦东新区委员会关于贯彻〈中共中央关于加强和改进新形势下党的建设若干重大问题的决定〉的实施意见》以及相配套的六个专题性措施办法。坚持"以一流党建，促一流发展"。一是继续加大非公有制企业党组织的组建力度，加强基层党组织作用的发挥。在建设好原有党建工作示范点的基础上，进一步挖掘和培养一批富有园区特色的"两新"组织党支部。二是抓好党建工作的载体创新，开展好基层党员干部的培训教育，切实增强党组织在企业中的群众基础。三是要始终高度重视并开展好园区领导干部党风廉政建设，深入抓好干部员工队伍作风建设，在制度上和思想上确保园区广大党员干部的清正廉洁。四是重视开展内部员工的培训和再教育工作，做好储备干部的选拔、培养和任用，逐步推进实施员工绩效考核。

2. 进一步提升企业服务工作质量

不断拓宽对企业服务的工作领域，加强工作的针对性和实效性，进一步提升服务工作的质量和水平。2010 年要重点开展好系统化、精细化的"4+1"服务，即为企业提供政策、金融、人力资源和公共服务，落实好企业安全生产工作。同时还将继续加强企业节能减排和环保等各项工作。

围绕安商稳商的大环境，制定政策、完善举措、建立机制、优化环境，并通过领导干部联系企业等多种途径，主动听取企业意见，及时了解企业多样化的服务需求。要积极改善政策环境，加大企业扶持力度，深化重大项目服务机制。围绕投资促进、安商稳商，认真落实市、区各级政府的产业扶持政策，根据产业发展的需求，加大对重点投资项目的扶持力度，进一步完善对重大项目的服务和协调机制，并确保项目推进的时间节点。

3. 积极发挥群团作用，培育特色文化亮点

积极发挥工青妇和商会等群众团体的作用，进一步面向企业开展工作，加强对企业的组织引导。加大企业组建工会力度，使园区企业工会组建率提高 20% 以上，并充分发挥其在园区开发建设各领域的引领和带动作用，不断促进企业劳动关系的和谐。同时，要结合 2010 世博会的举行，鼓励各类群众性、公益性文化活动的开展。将在企业中组建一批文体队伍，团结并带动园区广大职工群众，使园区的文化氛围和发展氛围进一步浓厚。不断提升园区文化内涵，大力培育富有园区特色的文化亮点。要与市级团体共建文化基地，不断开展文化交流。

围绕园区新一轮开展建设和产业招商，进一步加大宣传力度，在区内外各类重要媒体积极开展有针对性、有影响力的报道。同时，充分利用和发挥好园区现有几大宣传平台的作用，积极改进园报的版面质量，不断提升园区网站的综合水平，努力维护建设好园区户外媒体广告。园区招商展示中心也要尽快完善制度、人员和设备，进行规范化运作。

在推动品牌园区和品牌基地的建设方面，要以专业、创新及互动为价值导向，立足浦东、辐射上海、领先全国、同步世界，努力将上海南汇工业园区打造为上海乃至长三角新能源、装备制造及生产性服务等产业发展的一张名片。

4. 加强人才引进、培养和使用工作

完善各项人力资源制度，不断加强对人才的引进、培养和使用。充分利用浦东新区"先行先试"在人才引进方面的各项政策措施，构建园区新能源、先进装备、生产性服务等产业的"人才洼地"。结合为企业提供人力资源服务，加快建设好园区综合性的人事服务共同平台。与周边高校有效开展"园区校区联动"工作，为大学生就业和创业创造良好条件。组织和参加专场人才招聘会，引进一批专业技能对口的优秀人才。

5. 进一步完善内部管理机制

以浦东推进"二次创业"、实现"二次跨越"为精神动力统一干部员工思想，保持昂扬奋发的精神状态，努力打造一支综合素质高、团结协作、战斗力强的队伍。在全面落实"三定"方案的基础上，进一步改进机构职能，优化部门和岗位设置，加快建立统一、协调、精简、高效、廉洁的管理体制。要完善内部规章制度，加强合同协议审核、基础信息的收集、整理和分析，建立符合园区产业发展特点的统计分析体系。继续做好 ISO9001 质量管理体系和 ISO14001 环境管理体系的年度复审工作。认真执行年度全面预算工作和开展年度各项财务审计工作，不断加强对财务运作的统筹和管理。做好园区各部门档案的归档整理，及时做好园区政务信息的备案、上报和公开等各项工作。

上海国际医学园区

一、2009 年工作基本情况

2009 年，上海国际医学园区在区委、区政府的正确领导和大力支持下，顽强拼搏、开拓创新，以 2008 年确定的品牌建设为主线，以年初设定的各项经济指标为抓手，系统谋划，有序推进，园区发展呈现良好势头。

（一）园区经济全年实现较快增长

在全球金融危机持续影响的不利因素下，上海国际医学园区坚持以"保增长、促发展"为工作重心，根据年初制定的各项任务，全力以赴，力争完成各项经济指标。

园区全年经济运行实现较快速度的增长。截至 12 月底，园区累计实现规模以上工业产值 17.34 亿元，同比增长 19.88%；工业固定资产投资 6.26 亿元，同比增长 46.88%；财税总收入 1.16 亿元，同比增长 34.81%；地方财政收入 3623 万元，同比增长 49.54%；合同外资 3070 万美元，同比增长 83.9%。具体参见表 3.6：

表 3.6 2009 年 1–12 月份上海国际医学园区经济指标完成情况表

指标	年度		12 月份数据 / 万元	同比	1–12 月	同比	完成年度计划 /%
	计划	增长 /%		增长 /%	累计完成值	增长 /%	
规模以上工业总产值 / 万元	180000	24.14	16331.9	12.10%	173411.6	19.88	96.3

（续表）

指标	年度		12月份数据/万元	同比	1—12月	同比	完成年度计划/%
	计划	增长/%		增长/%	累计完成值	增长/%	
工业固定资产投资/万元	60000	40.7	3631	−10.2	62631	46.88	104.4
合同外资/万元	3000	79.75			3070	83.94	102.3
其中：实际到位外资/万美元	2000	112.3			1320.3	60.95	66.0
财政总收入/万元	10300	19.93	759.72	24.7	11577.36	34.81	112.4
其中：地方财政收入/万元	2600	7.3	268.64	13.8	3623.44	49.54	139.4

（二）以品牌建设为主线，努力提升园区知名度和影响力

在2008年的经济工作会议上，园区将2009年定位为园区品牌建设年，围绕该战略定位，园区制定品牌推广计划，各部门齐心协力，统一筹划，有序推动园区的品牌建设，为打造东方医谷，建设科技领先、环境优美、生态和谐的现代医学科学城而努力。

1. 举办大型品牌宣传活动，树立园区整体形象

10月27日，在新区区府办和经信委的协调和帮助下，园区成功举办以"新浦东、新机遇、新发展"为主题的项目集中签约仪式，仪式中包括科文斯、艾力斯、纳诺在内的12个项目集中签约，浦东新区主要领导出席仪式，各界参会人员达130多人，各大主流媒体直接报道，其中《解放日报》头版以《高端项目集中落户"东方医谷"》为题赞扬了园区招商引资的成果，中新社等中央级媒体也纷纷发表相关通讯，极大提升了园区的知名度和影响力。

园区和园区内企业举办的其他各类活动，如南汇区企业家新春联谊会、医疗器械检测所交接仪式、雄捷项目开工仪式、医谷杯网球赛、项目与资本对接沙龙等，对园区集聚人气扩大影响也起到了很好的助推作用。

2. 参与招商展会，向目标客户推介园区

成功参展61届深圳医博会和62届成都医博会，展会期间举行了"东方医谷"投资推介会；参加中欧生物论坛等医药产业相关的专题展会，着力提高园区在业界的知晓率，

为招商引资工作奠定基础。

3. 充分借助传媒工具，体现园区特色和亮点

园区借助多种媒体形式立体式展开宣传攻势。《人民日报》《解放日报》《文汇报》《浦东时报》等对园区作了相关报道，《人民日报》海外版——写实中国整版刊登了《"东方医谷"上海浦东又一道亮丽的风景线——上海国际医学园区建设与发展纪实》一文；《社会观察》、《中国医疗器械杂志》和《医疗器械信息杂志》也分别刊登了介绍园区的专题文章；上海电视台、浦东电视台等也转播了园区集中签约仪式的盛况。

此外，园区利用户外广告媒体和网络媒体扩大宣传覆盖面，同上海招商网、中国医疗器械网等多家网站建立合作关系，改版了园区主页，有效地推介了园区。

4. 拓展渠道，主动出击，利用外部资源广泛宣传园区

园区与上海医疗器械行业协会、上海生物医药行业协会、上海市创业投资行业协会、上海市科技企业孵化协会、上海开发区协会、上海市外经委投资促进中心等保持密切联系；与使领馆、涉外律师事务所、会计事务所、工业地产中介公司、社会招商中介机构频繁接触，充分利用这些平台和资源拓展园区与外界沟通交流的渠道。

（三）以招商引资为重心，快速推进核心产业集聚

招商引资是园区的生命线，围绕核心产业，园区 2009 年共完成签约项目 16 个，总投资额约合 22.12 亿元。其中内资项目 12 个，总投资额 17.1 亿元，外资项目 4 个，总投资额 0.738 亿美元。其中内资注册资金 6.65 亿元，外资注册资金 3127 万美元。所有签约项目总占地面积 552 亩，达产后预计产出 90 亿元。2009 年 11 月份，上药集团选址医学园区内建立上药生物医药产业园，该项目占地约 1.5 平方公里，将重点建设集团运营和管理总部、生物医药制剂中央工厂、现代医药物流集散平台、中试产业化孵化功能厂房等。此外，保持接洽的项目 20 余个，较成熟的项目 5 个。

2009 年园区将"医谷·现代商务园"、"留学生创业园"、"时代·医创园" 三块区域的标准厂房整合，正式获批上海市生产性服务业功能区，成为全市 19 家功能区之一。三园错时错位竞争，快速推进，成为区域楼宇经济的亮点。2008 年底建成的医谷现代商务园品牌效应和经济效应初步显现，进驻企业 16 家，其中德赛公司 2009 年产值将达到 8500 万元；留学生创业园公司即上海逸立投资有限公司高效运作，目前签约引进留学生企业 6 家，达成初步合作意向项目 6 个；瑞莱新康公司开发的时代医创园 22 幢房屋已全部结构封顶，目前正全力进行营销宣传和招商引资工作。

（四）以企业需求为使命，全面有序推进各项工作

1. 项目落地工作有序进行

2009 年，产业类项目中，在建项目主要有圣美申、上海华谊、产学研基地（瑞莱新康）、先声药业、留学生创业园、常隆生命、雄捷医疗、凯创生物、医谷现代商务园二期、上海医疗器械检测所等，目前各项目正有序推进中；康达医疗、百思科已落实土地指标、完成招拍挂手续，目前正进行规划设计方案及规划用地许可证的办理；医院类项目中，上海质子重离子医院项目于 8 月 18 日正式开工建设。

2. 基础设施建设有条不紊

年内新建道路 2 千米；完成 1 万伏凌霄开关站的建成通电；完成中心港（七灶港—望春花路），周祝公路南侧 500 米河道整治；完成鑫云三期绿化工作，完成蓝靛路通道防护林工程 80%，完成康新公路红线内绿化工程；完成 863 基地工程的建设，配合科文斯、安洛杰、静浦等落户企业的二次装修工作；协助雄捷、常隆、人民电力、先声药业、华谊生物、大不同、圣美申、凯创、检测所等项目协调施工中的相关工作。

3. 动拆迁工作取得进展

2009 年度是园区动迁量相对集中的一年，动迁主要以协议动迁形式为主。年度完成了华大天源、百思科、龙威、18 号地块等七大基地的动迁任务，共实现居民动迁 145 户，拆除面积 30601.39 平方米；完成企业动迁 16 户，面积 15560.52 平方米，苗木动迁 74.20 亩。

4. 融资工作取得成效

园区抓住年初的政策宽松期，积极与金融机构联系，向国资委、股东等多方面寻求帮助和支持，经过诸多努力，年度累计融资近 9 亿元，较好地支撑园区开发建设的资金需求。

5. 各部门工作齐头并进

投资服务围绕"招商引税、企业服务"两大核心，认真履行投资服务职能，切实做好投资服务工作；投资计划部经济分析、资产管理、采购招标、内部审计等步入正规，更趋科学规范；人力资源在规范化、制度化、科学化的管理模式下，着力打造园区企业文化；办公室重点做好了上情下达、贯彻落实、会务接待、法务和活动组织等工作；后勤狠抓食堂管理，为员工餐和接待餐提供了保障。

6. 综治维稳工作毫不放松

综合治理方面：建立应对公共事件的应急管理机制，加强应急队伍建设，抓好应急

队伍培训及演练，提高应急处置能力，较好地应对了"8·4"周浦特大暴雨的防洪抢险。信访维稳方面：做好金融危机下企业劳资纠纷和信访突出矛盾排查，同时做好了其他信访接待和维稳工作。迎世博600天行动方面：组织园区及二级公司员工参与迎世博知识学习及网上测试，测试通过率为100%；每月15日组织园区及二级公司全体员工对园区主要道路进行环境清洁集中整治行动，适时清除了园区道路旁的黑广告、白色垃圾和乱倒的渣土，使园区道路的存在的脏乱现象得到了有效整治，提高了员工迎世博的主人翁意识。

二、2010 年面临的形势与任务

认清形势，做好调研，是准确有效地进行明年计划的前提。当前，机遇与挑战并存。南汇区整体划入浦东新区，园区位置优势凸显；上海市大力推进生物医药产业发展，园区核心产业获得发展契机；但同时金融危机的影响仍在继续，园区产值增长存在较大压力；同类型园区不断崛起，园区面临激烈的竞争。

（一）面临的机遇

1. 两区合并带来历史机遇

2010 年 5 月，国务院批复撤销南汇区建制、将南汇区行政区域划入浦东新区，上海市委书记俞正声明确指出：南汇区划入浦东新区有利于两区要素资源整合，有利于拓展产业发展空间，有利于发挥浦东综合配套改革先行先试作用。浦东是上海和全国改革开放的先行先试区，又是上海"四个中心"建设的核心功能区，南汇划入浦东给医学园区提供了千载难逢的发展机遇。一地理位置更加优越。园区处在新浦东的心脏位置和枢纽地带。申江路及康新公路与浦东的对接工程将于明年开工建设，园区将真正与张江无缝对接。二政策和资源充分共享。两区合并后，浦东新区的所有政策（包括张江基金的优惠政策）园区都可以享受；浦东经济实力雄厚，可以为园区以及园区的企业提供更多的融资渠道和可能。三承接张江产业辐射。园区可以主动承接张江梯度转移项目，使张江的研发成果在医学园区转化为产值。

2. 生物医药产业迎来发展契机

20 世纪是 IT 时代，信息技术的飞速发展为全球经济注入活力；21 世纪是 BIO 时代，生物技术的突破将引领科技主流，革新消费和生活方式，逐步成为经济的助推器。国家和上海市都非常重视生物医药这一朝阳产业的发展。国家专门制定《国家高新技术产业开发区十一五规划纲要》，上海市将生物医药列入高新技术产业的九大重点领域，近期又颁布《上海市生物医药产业发展行动计划（2009-2012）》，召开上海医药产业发展推进大会，要把生物医药培育为支柱产业。

2008年上海市生物医药实现经济总量1034.6亿元，按照行动计划，到2012年底，上海市将扶持100家年产值超过2亿元的创新型企业，行业经济总量达到2000亿元。医学园区作为国家生物产业基地扩展区，也是上海市六大生物医药产业基地之一，将成为这一发展契机的最大受益者之一。

（二）面临的挑战

1. 金融危机的影响仍在持续

金融危机的影响仍在持续。国外生物制药及医疗器械公司投资意愿不明显，国内投资也相对谨慎；市场特别是国际市场消费力不足，西门子这种巨头也仅预测3%的增长。

2. 同类型园区引发激烈竞争

从全国范围内看，山东、江苏、浙江等省市纷纷制定了促进医药产业发展的指导意见，以医药产业为核心的开发区竞相涌现，如泰州医药高新区，在财力支持、土地价格和税收优惠等方面都极具竞争力。从上海本地看，开发区之间的竞争也愈演愈烈，六大产业基地虽然产业错位，但也为医学园区的产业集聚带来挑战。

（三）2010年园区的任务

经济和科技全球化加快了生物医药产业在全球范围内转移的步伐，上海顺应国际形势，结合自身各区的产业基础和发展空间，充分发挥市区二级政府的积极性，以现有的上海国家生物产业基地规划为基础，在浦东张江—周康、闵行、徐汇、奉贤、金山、青浦建设6个国家生物产业基地，并使这6个生物医药产业基地错位发展，形成优势互补。浦东张江-周康研发核心区和产业基地就位于张江生物医药基地和周康上海国际医学园区内。作为上海市发展生物医药产业的六大基地之一，园区应肩负起责任和使命，在原有的发展基础上，要重点发展医疗服务、高端医疗器械和具有自主知识产权的高端药物，加速生物医药企业的集聚和平台建设，推动生物医药产业提升与发展，力争在5年内建成初具规模的亚洲医学中心。

1. 园区要成为浦东发展生物医药产业的主战场

据新区科委介绍，到2012年全区预计实现工业总产值330亿元，服务外包业收入70亿元；创新产品数量占全市30%以上，创新成果的本地转化率50%以上。园区现已集中了西门子、德尔格、常隆、德赛等多家医疗器械企业，目前医疗器械的产值已达全市12%，到2012年底，园区力争医疗器械制造业总产值达到35亿元，占上海市医疗器械总产值的15%；此外园区将着重生物医药企业的引进，力争2012年生物医药产业经济总量超过50亿元，在2008年基础上增长245%，年均增长36%，真正成为浦东发展生物医药产业的主战场。

2. 园区要成为上海市全力推进的高端医疗服务业集聚区

国际医学园区是一个以医为主的高度专业化园区，全力推进高端医疗服务业是打造亚太一流的医学服务中心不可或缺的一环。园区要充分利用各种优势，协助推进上海质子重离子治疗中心的建成和投入使用；加快推进中德友好医院、日本德泰口腔医院开工建设，并全力推进医院区、院校区和康复区的联动发展，加快项目落户，及早成为上海市的高端医疗服务业集聚区。

3. 园区2010经济指标预测

根据2010年各项指标的完成情况，在充分了解和汇总园区企业的生产经营情况的基础上，园区对明年的经济目标预测如下：2010年计划实现财政收入12000万元，新增内资注册资本15000万元，引进合同外资3500万美元，实际到位外资2200万美元。实现工业固定资产投入6亿元，规模以上工业产值20亿元。

三、2010年工作思路

在南汇并入浦东的形势下，在生物医药产业的发展契机面前，上海国际医学园区要把握发展机遇，努力承接张江研发成果产业化。为此园区将2010年定位为"环境建设年"，充分利用位置优势，开发空间潜力，着力提升园区软硬件环境，促进和保障园区的高速持续发展。

（一）宏观视角，超前规划，加速园区硬环境建设

园区建设一定要有宏观视角，在张江产业梯度转移和生物医药产业发展的两大机遇促进下，园区即将面临新一轮的开发高潮，因此提前做好规划，加大动迁力度，有序推进基础设施建设，为迎接跨越式发展做好充分准备是关键中的关键。

1. 启动新一轮发展规划，为园区后续发展理清脉络

园区新一轮的发展，生物医药产业、医疗器械产业和医疗服务业三业并举，这就要求园区要有非常清晰合理的规划。一方面，园区目前的产业用地已存量不多，医疗服务

业推进缓慢，园区应在两者之间寻找平衡和突破；另一方面，园区产业既有医又有药，既要充分考虑集约化使用土地，重视投资强度和单位产出，同时也不能忽略环保等要求，保持长远发展的战略眼光。

（1）生物医药方面：加强生物医药产业区建设，重点承接国家一类创新药的环保型产业化项目，这对园区产值快速提升至关重要，但须重点关注环保要求。

（2）医疗器械方面：进一步加大医疗器械产业集聚，做大做强医疗器械产业集群，保持园区原有特色，保证园区产业内的优势地位，要力争在产业链上有所突破。

（3）医疗服务方面：引进更高水平的医学专业院校和研发机构，为园区高水平的医疗服务和高端生物医药产业提供源源不断的智力支持；打造医学资源公共服务平台，做到医学院校区、国际医院区、国际康复区三区联动，资源和服务共享；打造中医药产业研发、生产基地。建立中医、中药标准化研究推广中心，培育、引进一批具有市场竞争优势的现代中药企业。

2. 加大动迁力度，快速扩张可用空间

2010 年的动迁工作，应做好三个层面的保障工作。一保障已有项目落地，如学生广场、动迁基地、医疗器械和出版印刷高职高专、同济大学、振浦、钻智等项目规划地块的动迁。二保障产业区快速推平，红桥村约 585 亩土地、牛桥村约 550 亩土地，应尽可能及早动迁。三保障基础设施建设，如天雄路、琥珀路、半夏露、青黛路、紫萍路、芙蓉花路、广丹路等道路和戴家漕、学院河、葛洛港及公共绿化等基础设施所需的动迁。经初步测算，共计居民动迁 513 户，约合 120678.4 平方米；非居动迁 29 家，约合 4945 平方米。

3. 加快基础设施建设，早日凸显园区形象

（1）道路建设方面

重点推进 10 条道路的建设，包括确保完成凌霄花路全路段建设，确保完成项目周边琥珀路、半夏路、青黛路、天南星路部分路段的施工，推进紫萍路、佛手路、芙蓉花路、广丹路、天雄路等九条道路建设。

（2）河道整治方面

按照园区规划，对葛洛港、学院河、戴家港三条河道进行部分整治，改变因园区开发建设需填埋河道，排水不畅的情况，进而改变园区的投资环境。

（3）市政配套方面

1 万伏医创开关站的建成通电，并根据项目的落户建设情况申请建设园区的第四座 1 万伏开关站，全力配合市东供电局开展 3.5 万伏医高变电站的建设，并协调建设过程中的相关事宜。

（4）景观绿化方面

完成康新公路两侧绿化设计、绿化施工，完成蓝靛路通道防护林工程施工，完成紫萍路（华谊段），琥珀路（德尔格段），金银花路等园区次干路的绿化设计与施工；完善周邓公路与申江路路口，周祝公路与康新公路路口等园区主干道交叉口的景观配置。

4. 加速商业和生活配套，满足企业需求

世博会主会场选址新浦东，世博效应直接辐射医学园区。11月4日，国家发改委正式批准上海迪斯尼项目落户新浦东，其用地控制范围毗邻医学园区，这对园区土地增值和商业配套类项目的招引大有裨益。园区应当以迎世博和迪斯尼为契机，推动园区商业配套建设。

2010年，结合质子重离子医院建设进程，园区将积极推动周邓公路沿线商业地产的开发，作为质子重离子医院的商业配套。鉴于质子重离子设备调试的低振动要求，该配套的建设最迟需要在2011年的上半年开始建设，园区将加快土地等手续的办理，在审批部门的支持下，争取及时办理完结各项手续；同时商业配套的建设方案的设计及与相关管理公司的谈判会同时进行，力求手续完结后可立即实施商业配套的建设，满足医院的要求。

此外，依据园区发展的现实情况，园区要重点推动配套商品房基地、学院广场项目早日开工建设；完善医谷现代商务园、时代医创园等生产性服务业项目的商业配套；策划推动人才公寓建设，帮助入驻企业解决管理人员和生产工人的诸多后顾之忧，协助企业吸引人才、留住人才并有效降低运营成本。

（二）细处着手，搭建平台，提升招商引资软环境

软环境建设要从管理出发，搭建体系化的服务平台，形成完善的工作制度和流程；软环境建设还要从细处着手，提高员工的服务意识，激发员工的服务热情，培训员工的服务能力。

1. 突破瓶颈，推动落户企业早日落地

投资服务中心要克服两区合并带来的程序瓶颈问题，充分落实专人负责制、项目限时办结制、项目责任追究制等一系列制度，积极推进圣美申、华谊、先声药业、常隆生命、雄捷医疗、凯创生物、大不同等在建项目的建设进程；推进留学生创业园、时代医创园、医谷商务园二期、标准化厂房项目的全面建成和招商；推动康达医疗、百思科及16家新签约项目的早日开工建设，跟踪上海质子重离子医院建设进程；促进上海医疗器械高等专科学校、同济大学医学院的落户和开工建设。

2. 以人为本，为企业全程贴心服务

随着园区的发展和企业的落户，企业投产后服务提上议事日程。园区新设客户服务中心，专门负责落户企业的投产后服务工作、商会工作和科技增值服务工作。客户服务中心连同招商中心、投资服务中心形成企业招引、服务一条龙，是成熟园区不可或缺的职能之一。

此外，鉴于新建企业和园区自建标准厂房的陆续竣工，优质的物业管理服务成为当务之急。园区正式签约与欧筑公司合资共建园区物业管理公司，借助欧筑的管理资质和品牌效应，建立园区的物业管理团队，争取在 2010 年步入正轨，满足园区内需求并酌情参与市场竞争。

3. 以医为本，搭建专业性的公共服务平台

经过近几年建设，园区已拥有国家火炬计划上海南汇医疗器械产业基地、医疗器械检测和信息服务平台、国家医疗器械产业集群、生产性服务业功能区、生物医药服务外包专业园区、留学生创业园、生物医药产业基地等平台；2010 年 5 月，上海医疗器械检测所将完成装修并实质进驻，届时医疗器械的检验检测平台将发挥重要作用，更便捷地满足入驻企业的检测需求；在现有平台的基础上，园区要继续打造医学资源公共服务平台，中医药研发技术平台以及为医疗器械及生物医药企业提供申报服务的公共平台，同时园区要重点关注孵化楼和 GMP 实验室及标准厂房的建设，2011 年园区计划新建标准厂房 9 万平方米，满足生物医药企业创业、研发和中试的需求，通过各类专业性公共服务平台的建设，显著提高园区对产业相关企业的吸引力，改善园区招商引资的软环境。

4. 创新特色服务，助推入驻企业发展壮大

优秀科研人才、专利技术和产品、资本支持和良好企业管理是生物医药企业迈向成功的四大核心要素。其中，人才、专利技术和管理都是企业的内生要素，而医药企业发展各个阶段的资本支持却是企业成功的最核心外部要素。2010 年，园区将筹划专项基金，服务于进驻园区的创新型企业，引导和支持生产性服务业的发展；另一方面，园区通过各种渠道和途径积极引导相关 VC、PE、产业基金等创投类资金关注和投资园区内企业，努力健全多渠道、多层次的资本支持平台，培植初创企业、吸引优秀企业、推动入园企业做大做强。

（三）携手上药，在浦东心脏地区打造生物医药产业高地

按照市委、市政府关于发展高新技术产业发展的战略部署，落实上海生物医药产业发展推进大会的精神，依据《上海市生物医药产业发展行动计划（2009-2012 年）》，新

浦东成为生物医药产业的主战场，而处在新浦东心脏位置，拥有扎实生物医药产业基础并被列为全市六大生物医药产业基地之一的上海国际医学园区责无旁贷，应当为上海市生物医药产业的发展贡献力量。

作为生物医药产业的一个子行业，医疗器械产业在园区已初具规模。2008年产值为14.5亿元，占全市的12%，随着新项目的落地和投产，有望在2年内提升至15%；2009年园区新引进生物医药企业16家，总投资逾22亿元，投产后年产值逾90亿元，其中科文斯为全球最大的生物医药服务外包企业，艾力斯为拥有1.1类新药的自主研发新药企业，这为园区的生物医药产业发展奠定基础；已确定落户园区的上药集团更是全市的生物医药产业龙头，根据框架协议，2012年上药产业园可形成100亿元生物医药工业产值和100亿元物流业产值。近期南京圣和药业也有意将其自主研发的1.1类新药在园区产业化，该产品拥有国际专利，且已被纳入医保范围，会有广阔的市场空间和良好的盈利能力。

2010年，园区将进一步加大医疗器械产业集聚，做大做强医疗器械产业集群，并力争在产业链上有所突破；加强生物医药企业的招引，重点承接国家一类创新药的环保型产业化项目，同时大力推进签约项目的落地和生产；全力配合上药产业园的建设，力争完成双百亿的目标。携手上药，园区有信心在2012年形成100亿–150亿元的生物医药工业产值，在新浦东的心脏地区打造生物医药产业高地。

（四）以新浦东为契机，大力发展医疗服务业

作为园区的核心产业之一，医疗服务业一直是园区的立园之本。目前，园区签约的医院类项目有同济大学医学中心（中德友好医院）、上海质子重离子医院、上海德泰口腔医院。整体发展较为平稳。在两区合并的新形势下，按照区卫生局的医疗机构布局，两区合并前的新区范围内公共医疗资源（包括医院、卫生防疫站等）布点已经基本完成，而相应的原南汇区域内的医疗资源相对薄弱，是后续布局的重点区域。周康地区地处新浦东的心脏位置，在新一轮的布局中，尝试配备高端的医疗服务既可以弥补原有医疗资源的不足，又可以提升浦东整体的医疗服务能力。

2010年园区将着重医院区的发展，拟引进1–2家综合性医院和多家高端专科医院。在综合性医院方面，区卫生局、交大医学院和医学园区将加快推进浦东国际医学中心的构想和建设。医学中心的建设可以依托交大医学院系统的医疗服务资源（如多个学科排名全国前列的品牌优势、强大的附属医院团队、完善的医生梯队和病源资源），借鉴新加坡百汇医疗的经营模式（"建、管、用"分离的模式，即医院方拥有检测检验设备、住院病房和各类医用公共资源，各专科门诊则由医生购买和租用并实现完全的自主经营），充

分发挥园区的先进规划、土地资源和产业基础，创新综合性医院的管理模式。在专科医院方面，园区将加快新安国际妇产医院、上海先进心血管病医院的谈判，争取近期签署落户协议，同时着重推进百汇医疗集团、九院国际整形外科中心、上海电力医院，美国阿瓦隆医院等项目的洽谈，争取早日将谈判推进到最后阶段。

上海未来岛高新技术产业园区

2009 年，未来岛园区面对严峻复杂的形势，园区党委迎难而上、共克时艰，努力化挑战为机遇，围绕"保增长、迎世博、重民生、求稳定"的总体要求，使园区经济、社会稳定、党建、文明创建和迎世博环境整治等方面都取得了较好成绩，为园区推进"科技产业发展三年推进计划"目标的实现奠定了良好基础。

一、2009 年工作基本情况

（一）经济指标企稳向好

园区克服金融危机、重点企业发展停滞、"12·7"火灾影响等不利因素，坚持以科学发展观为指导，实现产业结构调整先行，着力改善经济运行质量，经济状况呈现了持续、稳定的良好态势（表 3.7）。

表 3.7 2009 年 1–12 月份上海未来岛高新技术产业园区各类经济指标

各类指标	年度计划 / 万元	1–12 月完成数 / 个	占计划
总产值	410000	415770	101.41%
总收入	1032000	1043803	101.14%
利润	52000	55867	107.44%
增加值	130000	132001	101.54%
税收	39000	39071.89	100.18%

施耐德物流一直是园区税收的主体，12·7 火灾和金融危机的影响使其上半年在运营和收益上严重受挫。园区仅用了 3 天时间就完成了临时仓库的合同谈判、仓库整修、设施验收和环境整治等工作，为其尽快恢复运营打下了良好的基础。与去年相比，其下半年同期税收下滑幅度比上半年同期减少了 22%。

同时，招商工作紧紧围绕园区提出的产业结构调整和产业能级提升的发展思路，采取灵活、有效的招商手段，制订相应的招商措施，充分利用园区内部资源、整合招商力量，使招商工作收到了较好的成效。最近，又引进了中国森林控股有限公司总部入驻园区，该公司是森林产业的科研、策划、营销等一体的总部企业。2009 年镇下达的招商引资额为 1.5 亿元，共引进企业 29 家，到 12 月底园区已经完成引资额 1.57 亿元。

（二）结构调整初见成效

自 2006 年起，针对土地资源紧缺、发展方式落后等制约园区又好又快发展的各种因素，进行全面分析、准确判断、果断决策，提出以"科技产业基地"和"总部经济"为定位的发展思路。在三年努力的基础上，2009 年又提出了"树科技发展的牌子、做环境配套的文章、走高效产出的路子"的总体要求。

1. 完善服务，打好基础

首先，及时调整了控详规划，园区可增加物业存量 30 万平方米，为产业结构调整盘活了土地资源；其次，规划开辟南何支线涵洞，解决小环岛交通问题；投资新建开关站，解决用电问题，为产业结构调整改善了投资环境；再次，向区政府、区园林局争取到了公园的开放式管理；向市、区建交委争取到了 708 公路交车祁连山路绥德路站点的开通，为产业结构调整完善了服务配套。

2. 凤凰入巢，成果初显

以产业结构调整为主导实现经济增长方式转变的成果已初露端倪。例如：3 万平方米信息产业大厦已竣工，将于明年开始入驻运营；9 月 28 日，文峰国际总部大楼封顶，文峰培训中心和文峰化妆品厂将相继产税；10 月 28 日，美国达科电子总部已搬迁入驻，税收跨税转移正在进行；11 月 18 日，航天电器技术研究院大厦破土动工，年底将从闸北转移旗下一家分公司的户管到园区（或者重新注册一家新公司），然后增资到 1 亿元。

（三）安全管理工作上新台阶

园区上下发扬了不屈不挠的精神，勇敢面对"12·7"的灾后困难，同时举一反三吸取教训，总结经验。目前，园区安全工作无论在人员配备、机制健全和措施落实上都得到了加强，灾后各类问题也都处理得较为妥善。

1. 吸取教训，加强安全管理

2009 年初，园区就下发了《关于切实加强未来岛园区安全工作的几点意见》，把 2009 年作为"安全年"来抓，通过建立和健全安全管理机构及各级安全生产责任制；开展安全宣传和教育，提高安全认识和安全操作水平；加强安全检查，消除事故隐患等具体措施来进一步加强安全管理。2009 年，公司已投资 70 多万元，对利丰物流、佐川急便等存在安全隐患的消防设施进行更换和维修。尤其在"12·7"一周年之际，召开安全工作反思会，警钟长鸣，深刻反思，进一步落实安全管理措施。

2. 积极努力，妥善处理火灾事故

在市、区、镇有关领导的关心和帮助下，查火灾起因、认定责任、财产理赔等工作都得到了健康有序的推进，施耐德物流中心的运营得到了较好恢复。同时，我们一方面加强与施耐德总部的协调沟通，另一方面争取区政府优惠政策，目前，施耐德总部已决定施耐德物流将继续在未来岛发展，新库面积将由原来的 1.4 万平方米，扩建到 2.5 万平方米，并扩大经营范围，增强仓库功能，建成国际先进的物流中心。另外，财产理赔正顺利推进，2010 年年初有望解决。通过一年的努力，我们把"12·7"火灾的影响和损失降到了最低程度。

（四）迎世博环境整治成绩显著

园区把迎世博环境整治既作为一项政治任务又作为一项为镇争光的硬任务，针对园区内道路多、重点多和难点多的问题，下定决心，不讲困难，不谈条件，主要领导亲自指挥，分管副总分片负责，落实各部门区域责任，在前四个百日测评中都取得了良好的成绩。

1. 提高了祁连山路整体环境水平

投入近 7 万元加大了宣传氛围；投入 18 万元进行了绿化改造；落实专人整治了两侧乱招贴；专派 1 辆巡逻车取缔了乱设摊。

2. 提高了居住区的整体环境水平

投入了 92 万元粉刷了真建花苑外立面及公共楼道；修复了小区内道路和绿化；拆除了 4 户违章建筑；开展了卫生清洁行动；投入了 15 万元规范了门面招牌。

3. 迎世博重点整治得到了好评

成立了 12 人的专职队伍，对"两区三镇一街道"区域、万镇路马路菜场、申泉农贸市场、铁路沿线、外环线一侧、建筑工地等重点进行联合整治。上海电视台新闻坊对定边路整治情况进行了报道和肯定；市检查团对申泉农贸市场也给予了良好评价，并建议将该市场人性化管理经验作为典范向全市推广。

（五）党的建设和民生稳定继续加强

园区党委紧紧抓住"深入学习实践科学发展观"活动的契机，注重针对性，讲求实效性，精心组织，周密安排，统筹兼顾，整体推进，互学互助，学改结合，在党建和民生稳定工作中取得了实效。

1. 学习实践，加强党建

一是班子建设得到加强。年初，完成了新一届党政班子换届选举，新一届的班子成员都是由政治好、能力强、作风硬和群众信得过的领导干部组成；二是作风建设得到加强。坚持民主集中制原则，落实"三重一大"制度，抓好党风廉政建设；三是队伍建设得到加强。干部队伍坚持能上能下、能进能出的原则，公开选拔，竞争上岗，精简岗位，提倡兼职，共精简人员8名，同时调整和加强了中层干部队伍；四是新经济组织党建得到加强。新经济组织的入党积极分子在日益增加，2009年共有14名积极分子要求入党，大众佐川支部按照公推直选的要求，在2009年8月完成了新一届支部的换届选举，年底前又有一家企业有望建立党组织。

2. 关注民生，促进稳定

一是签订自谋协议，跟踪自谋人员就业动向，及时给予帮助，制订补贴方案，自谋职业队伍得到了稳定；二是认真接待来访人员，稳定了云南支边人员和延期农转非人员的情绪；三是及时了解和掌握小区居民的动态和热点问题，坚持爱心助学、扶贫帮困和关心孤老的工作。

二、2010 年园区工作思路

2010年，园区要继续贯彻落实党的十七大和十七届三中、四中全会精神，以邓小平理论和"三个代表"重要思想为指导，继续深入贯彻落实科学发展观，根据"五个更加注重"和"四个确保"的要求，乘世博盛会的东风，创新产业调整新思路，坚持科学发展的新定位，实现经济增长方式的转变，构建更为和谐的园区。

（一）整体思路

整合资源、转变方式、又好又快、打造品牌。

（二）总体要求

引凤凰、借楼梯、保增长。

（三）经济指标

税收确保 4 亿元，力争 4.1 亿元；区级财力确保 9500 万元，力争 1 亿元；招商引资额 1.6 亿元。

（四）主要措施

1. 以结构调整为主线，实现经济增长方式的转变

（1）整合资源，借梯上楼，实现经济增长

针对土地资源缺乏和自有资源挖掘有限等制约因素，为保持经济的持续增长，必须充分整合和利用他人资源实现新的增长。主要是：3 万平方米的信息产业大厦、6 万平方米的鑫盛科技园和 24 万平方米的华盛园区。

（2）做好科技板块的文章，走联动发展的道路

要抓住园区被列入普陀区重点发展科技板块的机遇，制订好"园区科技发展三年规划"，明确产业定位：一是发展以达科、盛企光电为龙头的 LED 新型光源科技产业；二是发展以施耐德电气、航天电器为龙头的电器科技产业；三是发展以物流信息产业大厦为载体的物流信息、软件研发、科技服务等楼宇经济。同时，加强与华师大科技园的合作，抓住航天、达科等高新企业入驻的机遇，利用科技创业中心的载体，研究相关政策，对接相关政策，争取相关政策，与兄弟园区和企业联动联合发展。

2. 抓好招商引资，做好企业服务

主要是围绕科创中心、信息产业大厦和科技楼引入高新技术企业。同时，做好施耐德物流中心的重建，加速推进航天项目的建设，抓紧中国森林控股有限公司总部的入驻，协调利丰物流的调整，帮助施耐德、科尼、密特印制等企业延伸发展，引入相关税收。另外，做好为企业服务的相关工作：引进一个公交终点站；完善公园开放式管理后的商贸服务；帮助企业进行人才培训；提高物业管理的水平。

3. 抓好党建、精神文明建设，做好迎世博整治工作

顺利完成深入开展学习实践科学发展观活动，通过整改取得实效；把加强两新组织建设作为明年党建工作的重点来抓，同时进一步做好党员队伍和干部队伍建设；在迎世博各项工作中进一步发挥党支部战斗堡垒和党员的先锋模范作用，人人参与世博，服务

世博，积极参与环境整治；争创市级文明单位三连冠，巩固创建"品牌建设优秀园区"的成果。

4. 关注民生稳定，建设和谐园区

（1）为民办实事，促进稳定

合理增加自谋人员的补贴，做好弱势群体的扶贫帮困，完善小区休闲设施改造，加强小区物业管理水平。

（2）综合治理，维护安定

安全工作做到五个要：思想要到位、组织要落实、责任要明确、设施要完善、奖惩要分明。

上海长兴海洋装备配套产业基地

2009 年是上海长兴海洋装备配套产业基地贯彻市长兴岛开发办工作要求和落实崇明县委、县政府经济社会发展"三年行动纲要"的第一年，也是长兴配套产业基地挑战与机遇并存的一年。2009 年，配套产业基地根据三年行动纲要的具体要求，克服全球金融危机造成的困境，在各股东方的大力支持下，全力推进基地建设并取得实质性进展。2010 年，配套产业基地将在 2009 年成功经验的基础上，夯实基础、扎实工作，深入推进基地的建设工作。现将具体情况总结如下：

一、2009 年工作回顾

在 2009 年的工作中，产业基地实现了"突破两大瓶颈，取得七项进展"的工作目标。其中，突破两大瓶颈为：

一是前期开发主体资格得到确认；

二是控详规划得到市政府审批。

七项工作进展为：

一是基础设施建设全面推进；

二是土地收储与出让工作有序展开；

三是工业项目开工建设按计划进行；

四是招商工作取得新的进度；

五是增资融资工作顺利进行；

六是国家新型工业化产业示范基地申报成功获批；

七是党建工作取得新进展。

（一）突破两大瓶颈

1. 开发主体资格得到确认

根据 2009 年 4 月 28 日沪府〔2009〕36 号文批复，上海市人民政府同意上海长兴海洋装备产业基地开发有限公司为工业用地前期开发主体。批复明确了配套产业基地的开发区域为经市政府批准的《长兴岛岛域总体规划》确定的长兴岛配套产业基地以及市长兴岛开发办依据《规划》指定的其他工业用地。

2. 控详规划获得批准

2009 年 10 月 21 日，上海市人民政府批复原则同意长兴岛海洋装备产业基地控制性详细规划。该控详规划的获批，对指导长兴岛海洋装备产业基地发展，进一步深化、细化控详规划相关专项规划，完善配套产业设施和功能，促进长兴岛海洋装备产业基地的建设和发展将起到积极的作用。

（二）取得七项工作进展

1. 土地收储、出让与动拆迁工作有序展开

（1）土地收储

2009 年，配套产业基地完成土地收储 1550.3 亩，包括 34 号、35 号、22B、35A、11 号、39 号、41 号、44 号、兴甘路、长涛路西延伸段、兴代路、长凯路、兴奔路北延伸段、仁建路等地块。

（2）土地出让

2009 年，产业基地已出让土地 1197.9 亩，为 1 号 A、2 号、3 号、5 号以及 34 号 A、34 号 D、34 号 E、34 号 F 地块；

（3）动拆迁工作

2009 年，产业基地已完成 32 户的动拆迁工作，78 户已签订拆迁协议。

2. 基础设施建设逐步推进

（1）路网建设

截至年底共有 4 条道路完成修建，总长总计 3.51 千米，分别为：兴奔路（总长 630 米）、长涛路（总长 2100 米）、兴能路（长涛路—长兴江南大道，总长 450 米）、兴纳路（总长 330 米）；正在施工的道路有 2 条，总长共计 1.15 千米，分别为：兴坤路（总长 780 米）、兴能路（长涛路—潘园公路，总长 370 米）11 条道路正在办理前期手续: 长涛路西延伸段、

长涛路东延伸段、仁建路、兴代路、长凯路、兴灿路、兴鹊路、兴一路、兴甘路北延伸段、兴奔路北延伸段、兴甘路。

（2）河道整治

3 条河道整治工作正在进行：前卫河（总长 820 米）河道整治工作基本完成；横二河新开已完成工程量 30%；金带沙河（总长 800 米）水系调整方案已经编制完成。

3. 功能性设施建设积极落实

（1）生产性服务业功能区项目

生产性服务业是上海市重点发展行业，为此，产业基地邀请专业公司以此为课题开展了大量研究工作，基本确定了生产性服务业功能区的开发原则、开发模式、开发目标以及规划布局等。目前，生产性服务业功能区规划已报市经信委审批。

（2）中央商务区和跃进港景观绿化带项目

中央商务区项目方案已经通过前后五轮的评审优化，目前正按照市规土局和市长兴岛开发办的要求，加快落实以带方案招拍挂形式的土地出让手续办理；跃进港景观绿化带建设项目建设用地 107 亩，先行启动景观工程管理用房，正在抓紧做好该项目的规划方案招标和评审工作，其规划方案设计单位正对设计方案进行深化。

（3）职工宿舍居住区项目

建设用地位于 22 号 A 地块，建筑面积 16 万平方米，可容纳 13000 人居住，该地块的动拆迁工作已经完成，建设方案已经确定，正抓紧立项报批，争取早日开工。

（4）公共货运码头项目

作为市重点工程项目，目前码头主体工程已于 12 月份全部结束，目前正在办理码头试运营前相关手续以及配套道路前期动迁工作，争取尽早投入使用。

（5）同心变电站建设项目

项目建设用地为 3 号地块北侧，用地面积 6 亩，总投资 4400 万元，已于 2009 年 6 月 28 日正式开工建设，预计 2010 年二季度前竣工运行。

4. 项目落地与招商引税工作扎实推进

经过多方努力，2009 年项目落地目标基本实现。

（1）开工建设的项目

沪东中华阀门厂项目、沪东中华管子件厂项目、长兴金属处理项目、沪船助剂厂项目、中船长欣线缆项目以及 12 月 16 日 34 号地块内 5 家。

（2）集中开工的项目

上海常鑫船舶设备有限公司项目、上海兴中船用设备制造有限公司项目、上海润稼农业科技有限公司项目、上海方舟实业有限公司建设项目、上海联海实业有限公司项目。

（3）招商引税

截至目前，产业基地注册企业有 21 家，注册资金总计 67.8 亿元。

（4）注册企业

上海长江隧桥建设发展有限公司、上海崇启通道建设发展有限公司、上海长横建设发展有限公司、上海兆亿隧桥养护管理有限公司等。

5. 增资、融资工作圆满完成

在崇明县委、县政府及各股东方的大力支持下，公司实现资本增资至 5 亿元目标，保证了产业基地各项目标顺利启动。2009 年至今，基地公司向工行崇明支行融资贷款 7.29 亿元，向建行崇明支行融资贷款 1.08 亿元，向浦发银行崇明支行融资贷款 6 亿元，向深发银行上海分行融资贷款 0.5 亿元，总计 15.19 亿元，基本满足了公司在各项目推进过程中的资金保障。

6. 国家新型工业化产业示范基地申请成功获批

上海长兴配套产业基地作为长兴岛海洋装备产业服务的主要载体，在市经信委、市长兴岛开发办的统筹下参与了由工信部组织的创建"国家新型工业和产业示范基地"工作的申报。12 月 17 日，上海长兴岛（船舶与海洋工程装备）通过工信部的审核，已被列入《创建国家新型工业化产业示范基地（第一批）候选名单》，并已上网公示。公示期结束后，工信部将集中进行批复和授牌。届时，对入选的工业化产业示范基地，工信部将在规划布局、技术改造及资金安排等方面，给予重点指导和支持，并逐步将其纳入工信部经济运行监测体系。

7. 党建工作取得新进展

一是 2009 年 4 月份产业基地成立了公司党组织，健全、完善了公司骨架，为工作顺利推进提供了组织保障；二是基地于 2009 年 3 月份至 8 月份扎实开展了学习实践科学发展观活动，查找问题、明确方向、落实整改措施，又快又好促进公司各项工作；三是完善了员工考核制度，使员工奖罚与管理有章可循，积极营造团结向上的工作环境。

二、2010 年工作计划

（一）指导思想

2010 年配套产业基地将继续贯彻市长兴岛开发办及崇明县委、县政府的工作要求，按照三年行动纲要制定的目标，结合产业基地"十二五规划"的定位，理清思路、围绕重点、突出目标、发挥优势、明确节点、迎难而上、落实责任，建一流园区，创一流品牌，全力推进长兴配套产业基地向国家新型工业化产业示范基地迈进。

（二）工作思路

围绕一个中心（招商引资），坚持两个立足（立足基础设施与功能性项目建设先行、立足创建国家级高新技术船舶及海洋工程示范基地），突破三大瓶颈（工业用地指标、配套商品房、动拆迁推进），落实五项措施，又快又好地推进园区各项工作。

（三）主要目标

（1）工业项目开工建设 8 个，争取 10 个。

（2）收储土地 2500 亩，力争 3600 亩，腾地拆迁土地 2700 亩，争取 3200 亩，土地出让 1266 亩。

（3）新建道路 11 条，10.94 公里，争取 13 条，河道整治 3770 米。

（4）功能性项目：中央商务区、职工宿舍、跃进港景观绿化带实质性启动。

（5）增资 5 亿元，使注册资本达到 10 亿元。

（四）落实五项措施

1. 加大投资力度，狠抓基础设施建设

2010 年是配套产业基地的基础设施建设年。基地将围绕路网建设、河道整治、功能性项目建设展开一系列的工作，以"基础设施先行"为原则，为企业入驻创造一流投资环境。

（1）路网建设

2010 年基地将计划建设 11-13 条道路，总长共计 10.94 公里，包括长凯路（总长 900M，规划红线 18M）、长涛路西延伸段（总长 1200M，规划红线 28M）、长涛路东延伸段（总长 1300M，规划红线 24M）、仁建路（总长 700M，规划红线 35M）、兴奔路北延伸段（总长 900M，规划红线 35M）、兴代路（总长 830M，规划红线 18M）、兴甘路（总长 660M，规划红线 35M），兴一路（总长 949M，规划红线 30M）、兴甘路北延伸段（总长 610 米 M，规划红线 35M）、兴灿路（总长 670M，规划红线 24M）、兴鹊路（总长 570M，规划红线 24M）。其中，长凯路、仁建路、兴代路计划于 5 月份举行集中开工仪式。

（2）河道整治方面

将力争做好鳗鲡港（总长 800M）、横一河（600M）、跃进港（总长 700M）、金带沙河（总长 800 米）的整治工作。

（3）功能性项目建设方面

在 2009 年做了充分准备工作的基础上，2010 年实质性启动的功能性建设项目有：基地计划投资 7000 万元，争取于 3 月底开工建设跃进港景观绿化带工程；于二季度开工建设中央商务区，并将生产性服务业功能区域的建设作为 2010 年工作的重点；同时，一期投资 1 亿元建设 4 幢占地 30 余亩的职工宿舍，商业配套同时启动，公共货运码头开始试运行；滩涂手续抓紧办理、码头营运证照抓紧办理、道路建设涉及运营进一步与镇协商。

2. 夯实招商深度，狠抓入驻企业质量

招商目标为：开工项目 8 个，争取 10 个储备项目 8 个。2010 年，一方面将按照"签约抓落地，落地抓开工，开工抓投产"的工作要求，抓好 2009 年开工项目的建设、竣工、投产。在服务上做到三个一：一条龙——从土地、开工、建设、施工、投产部门的接力一条龙；一对一——根据企业在各个阶段不同的要求，为其答疑解难，针对问题，一对一服务；一管理将按照"竣工一批、开工一批、投产一批、储备一批、招商一批"的工作要求，抓好招商引资工作。

招商思路是：坚持质量与数量并存、质量优先原则，坚持海洋装备产业项目为主，同时积极引进技术含量高、附加值高、资源利用率高、环境品质高的其他产业项目。具体措施是：一是积极引进招商人才，壮大招商队伍，提升综合实力；二是积极参加国内外海事、海工展，扩展招商领域；三是积极参加各类招商推介会，加大对外宣传；四是积极与博斯等知名企业合作，搭建招商平台，实行以商招商；五是建立中小企业孵化基地，扶持、培育、壮大一批中小企业；六是积极利用政策，用各乡镇原有招商网络与乡镇合作招商。

3. 加快腾地速度，狠抓动拆迁时间节点

（1）土地收储

2010 年基地计划实现土地收储 2500 亩，力争达到 3500 亩的目标，主要包括 19 号、20 号、21 号、22 号 C、24 号、36 号、37 号、38 号、40 号、45 号、46 号以及跃进港景观带、兴鹊路、仁建路、兴一路、长涛路东延伸段等地块的土地收储工作。

（2）动迁腾地

2010 年计划完成 2300 亩左右的动迁腾地工作，主要包括 9 号、10 号、11 号、19 号、20 号、21 号、24 号、39 号、41 号、44 号地块以及加油站等地块，涉及动迁户约 220 户。

（3）土地出让

配套产业基地按照"成熟一块出让一块"的原则，拟出让土地约 850 亩，分别为 1

号 B 区、14 号、23 号、22 号 A 区、7 号、8 号、42 号、43 号、34 号 B 区等地块。

4. 拓宽融资宽度，狠抓资金管理水平

2010 年基地计划增资至 10 亿元，融资 16 亿元。资金是企业经济活动的第一推动力。企业能否获得稳定的资金来源、及时足额筹集到开发建设所需要的资金，对经营和发展都是至关重要的。为此，将做好以下几方面工作：一是力争上级能划拨足额的专项补贴资金，加大对口争取资金力度，最大限度提高补贴标准；二是通过向岛内外银行贷款筹借建设资金，在贷款方式上平衡长期、中期、短期等多种类型的贷款方式，尽量降低财务成本，提高资金利用率；三是加大土地出让金的催缴力度，及时回笼资金；四是与投资商展开多种形式的合作，以项目引进资金，同时积极探索信托融资等新的融资方式，多渠道筹集资金；五是加强与银行合作，巩固老客户，不断拓展新的金融机构，增强抵御风险能力，确保重点建设顺利推进。

5. 提升管理强度，狠抓公司队伍建设

经过 3 年发展，配套产业基地已初具规模，2010 年为实现基地的跨越式发展将着手做好以下几件事：一是继续加强党建与精神文明建设，以党员、团员、业务骨干的"敬业、爱岗"精神，带动公司全体员工的工作积极性；二是聘请相关专家对员工实行职业培训，进一步提升公司在职人员的办事能力及综合素质；三是从社会、应届高校毕业生中，选取优秀人员加入到产业基地的工作队伍中来，充实团队力量；四是实行凝聚力工程，调动员工工作积极性、互动性、创造性；五是不断完善员工考核机制，调动员工的工作热情与积极性，使各部门员工团结一致，"用心、用力、用智"做好本职工作；六是提升公司信息化管理水平，引入办公自动化系统，实现协同办公、科学化管理的目标。

上海西郊经济技术开发区

2009年开发区实现企业总产值95亿元,比去年同期增长6%左右;完成税收7.85亿元,比去年同期增长19.5%左右,是镇考核指标6.43亿的122%（如按税务统计口径计算,税收完成5.2亿元,其中不包括尤妮佳公司合并迁移后的全年税收1.9亿元和妮维雅公司迁移后的8至12月份税收8458万元）;镇实得财政收入完成1.12亿元,是镇考核指标的100%。以上成绩的取得是公司全体干部、员工不懈努力的结果,是给开发区落户企业提供优质服务的结果,同样也是与上级有关单位、部门支持是分不开的。回顾过去的一年,我们的工作主要体现在以下四个方面:

一、以科学发展观为指导，积极落实镇下达的各项指标

在2009年整个经济形势严峻的状态下，为完成各项经济指标，公司动足脑筋，集思广益，多次召开班子会议和员工会议，共同来应对危机，并结合学习贯彻"科学发展观"的契机，认真听取广大党员同志对开发区发展的建议和意见，积极给予正确分析和正视问题，拿出切实有效的发展策略。公司上下始终把加快开发区发展作为第一要务，紧紧围绕镇下达的各项经济指标，一心一意谋发展，把全体干部、员工的思想统一到如何完成当年的工作目标上来，统一到为达到目标献计献策和严谨务实的行动上来。一年来，公司的广大干部、员工都以主人翁的态度，积极向上，努力工作，许多同志勤勤恳恳、不辞辛劳，为完成2009年指标奠定了坚实的基础。

（一）突出重点抓纳税大户

公司两套班子在去 2009 年年初对今年镇党委、政府下达的各项经济指标进行了研究和分析，只有抓好税收上缴大户的正常经营和发展，才能确保完成税收指标，班子以实施"跟踪服务大企业"的方式，对班子人员实行分工挂钩，每人跟踪服务 2 至 3 家纳税规模较大的企业，动态掌握企业的经营、发展情况、帮助企业切实解决一些难点和实际困难，促使其健康稳步发展。

针对全球金融危机给企业带来的影响，公司做足了准备工作，年初组织外资企业召开了"面对金融危机，共渡难关，确保经济平稳增长"的座谈会。通过会议掌握企业受危机影响的程度有多大，做到心中有数，切实拿出对策，对于会上企业提出的困难积极给予解决和落实，把危机带来的经济影响降到最低。

（二）紧盯指标抓动态管理

准确掌握各企业的生产经营情况，是完成各项指标的前提。公司将此作为重要工作来抓，每月下旬将各企业税收情况予以汇总，然后召开支部、行政班子会议予以分析讨论，发现哪个企业有不良势头，及时到企业寻找原因，以掌握第一手资料。2009 年还多次召开了外资企业座谈会，从而确保 2009 年经济指标的完成。

（三）工作作风抓严谨务实

如何更好地为企业服务是完成各项经济指标的重要环节，公司多次召开党员大会、全体员工会议，通报开发区的有关情况，对面临的优势和挑战，强化岗位意识、奉献意识、创新意识，要求全体员工以严谨的工作态度，周到细致地为各企业服务，树立良好的公司形象，公司上下齐心协力，有力地促进了各项指标的完成。

二、继续做好招商引资、企业增资工作

一年来，公司始终把招商引资、引税作为工作的重中之重来抓。年初制订了招商引资、引税工作计划。2009 年累计实现外资总投资 2.04 亿美元，比去年增长 160%；合同利用外资实现 1.01 亿美元，完成区外经委年初下达指导性指标 6000 万美元的 168%；外资注册资金实现 1.035 亿美元，比去年增长 96%，完成区外经委年初下达指导性指标 3000 万美元的 345%。外资到位资金实现 5053 万美元，完成年初指导性指标 3000 万美元的

168%；招商引资工作的良好势头为开发区的经济发展注入新的活力。

（一）迎难而上，着力引进外资

随着国家对土地严格管理和虹桥商务港大开发的全面铺开，开发区土地规划的调整以及前几年招商引资的强劲势头用去了大量的土地资源，土地存量渐近枯竭。但招商部的同志不畏艰难，迎难而上，取得了较好的成绩，2009 年新引进外资项目 12 家，吸引外商总投资 3010 万美元，合同利用外资 2460 万美元，注册资金 2710 万美元。

（二）以诚信服务为本，狠抓企业增资

以诚信服务为本，公司对已落户开发区正常经营的企业进行全方位的服务，不但使落户企业顺利投产和正常经营，还要帮助企业协调在经营过程中遇到的问题，促使其发展壮大。为此，公司领导和招商部的同志经常拜访落户企业，调查了解落户企业的经营情况，帮助企业协调需要解决的问题，宣传虹桥商务大开发的形势及合理利用土地资源的各项规定，使得落户企业及时掌握政府的政策动向，在感性上对土地资源的利用与项目的发展同虹桥商务港开发相匹配，从而促使企业主动增资。2009 年虽然经济形势严峻，但有一部分外资企业还是抢抓机遇，看准时机进行了增资，共有 9 家企业增资，共计总投资 1.739 亿美元，合同利用外资 7640 万美元，注册资金 7640 万美元。

三、抓新建项目管理和权证办结工作

（一）新建项目的管理

2009 年开发区在建企业 21 家（控制区外）。为了尽快使这些企业竣工，我们做了以下工作：班子人员实行分工负责制，每人负责两个建设项目，直至工程结束投入生产。其次，专门组织召开了建设项目负责人会议。掌握项目的进展情况，了解了企业需要协调的事项。再则，加强在建项目的协调，积极开展联系协调工作。通过有序地开展工作，使各项目的进展都较顺利。

（二）土地储备、基建申报配套服务工作

为了更好地发展，加快推进土地储备和基建手续的申报进度。2009 年完成土地储备 3 块，并全部完成了拍卖。目前正在办理储备的地块有 7 块。正在办理基建手续的项目 24 家，办结竣工验收的企业 8 家，办理中的有 7 家，办理房屋土地权证 14 家。对所有

基建项目做好水、电、通讯的配套服务工作。

四、进一步加强园区的管理

加强开发区管理和公司内部管理是一项经常性的工作，在抓各项经济指标、项目配套申报服务的同时，管理工作也是必须抓紧抓好，我们按照坚持科学发展观和构建社会主义和谐社会的目标，致力于投资环境的不断优化，致力于服务水准的不断提高，致力于园区管理的不断完善，积极推进工业区的发展。

（一）维护企业正常经营，确保企业正常发展

切实维护社会的政治稳定，确保经济发展在更好的社会环境下顺利进行，以稳定压倒一切为主线。在综治司法工作上，一年来，公司领导亲自抓，具体工作兼职抓。首先是公司利用员工会议，积极开展法制宣传教育，将依法治国和依德治国结合起来。其次是对少数企业产生劳动纠纷帮助联系协调工作，共计协调内外资企业 18 家，确保了企业的稳定发展，做到一般纠纷不上交，把矛盾解决在基层。

（二）安全生产常抓不懈

生产讲安全、安全为生产，将安全生产纳入各项经济工作中去，降低伤亡事故率，为督促落户企业做好安全生产、消防安全工作是开发区管理的重要一环。年初公司与各有关企业签订了安全生产责任书，平时 3 名安全员经常对各企业督促检查，促进了企业对安全生产、消防安全的重视，促进了企业的健康发展，也为确保社会的稳定和工人的人身安全。

（三）进行开发区基础设施的维护

开发区内道路下水管道已埋设了十几年，形成淤泥沉积，管道排水不畅，遇到大雨道路积水严重，给企业的生产经营带来一定的影响。为解决这一问题，下半年受上级政府的委托开始对开发区内的道路进行了清淤疏通工程，改善了园区道路设施环境。

五、2010 年工作思路

2010 年工作要突出一个早字，做到任务早知道，措施早落实，在此基础上继续狠抓

招商引资，坚持以科学发展观统领经济社会发展全局，坚持发展作为第一要务，加快社会主义和谐社会建设，围绕"和谐徐泾"的目标及镇下达的各项指标，继续做好新建项目的加快建设、招商引资、开发区的管理等工作。进一步统一思想、认清形势，要看到所面临的挑战：国际金融危机的影响还在延续，对部分企业经济受到的影响还不能掉以轻心。目前许多企业还是存在经营困难，订单大量减少的现象，部分企业出现了裁员和半停产现象，特别是 2010 年妮维雅公司、尤妮佳和尤妮佳（中国）公司及东色日化公司四家企业迁移到青浦工业园区，对我们开发区今后的经济发展带来严重的影响。四家企业的迁移开发区税收总量要减少 3.5 亿元，占公司外资税收的 50% 左右，但我们要正视困难，应对挑战，不能因金融危机的影响而悲观，要看到我们的优势和发展的机遇：有好多企业 2010 年的税收增长较大，发展的潜力也很强，还有新的项目竣工，投入生产，新项目的引进，企业的增资，国家对促进经济增长的力度也是前所未有，我们要想尽办法服务好企业，最大程度上促进企业经济增长，要进一步树立加快发展的责任感和紧迫感，坚定信心，咬住目标不放松，我们的措施是：

（一）继续狠抓各项经济指标落实

首先重点抓上交税收 1000 万元以上几家企业，继续实行支部、行政领导班子负责跟踪联系制度，使之发展壮大。其次抓税收上交在 1000 万元以下、100 万元以上的近 40 家企业，这些是未来经济增长的生力军，我们要提高服务质量，促使其正常发展。再则对占地面积大、产出税收少的部分企业进行重点管理，召开董事长或总经理座谈会，进行合理节约利用土地资源的政策宣传教育。其次是班子人员分工包干跟踪负责，及时了解这些企业的第一手资料，再次是以业务部门协助，如税务、海关等相关部门进行规范内部管理，强化措施，使企业在感性上提高认识，以发挥土地利用效益最大化的目标。

（二）继续狠抓招商引资和企业增资

继续做好招商引资，依托大虹桥开发的机遇，项目招商从招商引资向招商选资转变，以招总部型、现代服务业项目为主导的一些企业，以及老企业增资仍是新一年的重要工作。我们的计划是实现合同利用外资 3000 万美元，外资到位 3000 万美元，利用现有新建项目多余厂房作为重点，引进内、外资企业落户。并且围绕税收这条主线，充分做好老企业的挖潜，调动一切可以调动的人脉资源，发动全员招商引税，并从税种结构上下功夫。

（三）着力推进在建项目的建设速度

2010年在建项目都在虹桥交通枢纽控制区以外的建设项目，目前的十多个项目基建进展较顺畅，要把重点放在大项目上和2011年可有产出的项目上，要给予优先服务上，解决难点上，及时掌握项目的进展，促使其项目尽快竣工，早日投入生产。

（四）继续做好开发区的管理

（1）提高服务意识，提高工作效率，尽快协助企业做好产权证、土地储备等有关项目申报、办结和配套服务工作。

（2）及时掌握各企业经营动态信息，督促企业有关人员自觉遵守有关部门的工作要求。

（3）继续做好消防安全、生产安全工作，落实外资企业责任制签约，加强节前检查、平时巡回检查工作，力争年内无重大伤亡事故的发生，切实做好对企业考核工作。

（4）加强环境保护、污水纳管工作的力度。要对未纳管的企业督促纳管，做好环境保护的统计上报、"三保"管理考核等工作。

（5）加强维护稳定力度，确保发展，积极做好开发区企业的劳动纠纷的处理协调工作，确保企业正常经营。

（6）加强对企业技术改造、企业节能降耗、品牌管理、ISO9000系列、14000系列、专利、企业标准、高新技术企业等方面的管理。

（五）进一步加强文明单位创建工作

进一步加强文明单位创建工作我公司在镇党委、政府的领导下，高举邓小平理论伟大旗帜，以江泽民"三个代表"重要思想和以胡锦涛为首的党中央提出的科学发展观为指导，构建社会主义和谐社会的重大举措，深入开展学习贯彻落实十七大会议精神，认真落实镇党委、政府指定的各项经济指标，紧紧围绕经济建设这一中心，积极开展精神文明建设的各项工作，力争再次争创区级文明单位。

（六）营造公司和谐的工作氛围，加强公司内部管理建设

工作氛围的和谐与否直接关系到公司的稳定，有了良好的同事关系、党群关系、上下关系才会把公司当成家，大家形成合力，劲往一处使，把精力放到公司的发展、经济的发展上来。

上海枫泾工业园区

2009 年枫泾工业区围绕重点工作抓推进，围绕重点产业谋发展，围绕招商选资求突破，全面启动"国家新能源产业化基地"建设，提升管理服务水平，确保经济平衡发展，取得了较好的成绩。

2009 年全工业区完成税收 114578.86 万元，同比增长 6.07%，其中实业型企业完成税收 42551.42 万元，同比增长 3.54%。完成工业总产值 1820631.90 万元，其中规模以上企业完成产值 1095889.9 万元。全年工业性投入完成 84580 万元。全年完成内资到位资金 108995 万元。全年完成外资到位资金 2027.3 万美元。全年完成合同利用外资批准 1574.5 万美元。完成新项目立项、备案 22 个，其中新项目备案 6 个，扩建备案 12 个，发改委立项 4 个。

2009 年在基础设施建设方面，完成万枫公路五池港引桥、曹黎路和尚泾引桥、建贡路引桥、王圩东路、创业路、环东一路、规划二路、规划六路等道路及给排水设施。完成华普公司二期污水管网工程及万米供电线路工程。新铺绿化 33350 平方米，铺设污水管网 2.2 公里，进一步改善了工业区基础设施环境。

一、2009 年主要工作

1. 调整了激励机制和竞争机制，并取得了突出成效

我镇对工业区在原有的基础上进一步完善和改进了管理机制，定岗定位，双向选择，真正实现了直线负责的高效管理机制。引进了竞争机制。枫泾镇对工业区的招商队伍重新进行了配置和调整，由工业区管委会三个班子成员带队，分别组建了三个部门，配备

一定数量的招商人员，并且在招商指标、项目优劣、谈判成功率和项目推进上互相竞争，优胜劣汰，从而充分调动了招商工作人员的工作积极性和主观能动性。

2. 加强了招商平台建设，形成全方位互动，拓展了招商途径，扩大了招商成果

一是整合资源，建立了工业区和经济小区资源共享、优势互补的平台。枫泾工业区经过这几年的摸索，已形成了自己一套有特色的招商模式，打造了一支有丰富招商经验的招商队伍。二是进一步巩固了工业区与科技部、市区台办、各地方行业协会和商会等职能部门和社会团体之间的招商互动平台建设。

3. 调整了内部管理服务机制，进一步优化了工业区投资环境

一是努力改进工作作风，提高服务效能，形成真心为企业服务，为投资者服务的浓厚氛围。二是继续努力推进项目后期的综合管理工作，积极开展"三心二零"活动，即对企业发展遇到的困难要"上心"，对企业的承诺要"诚心"，解决企业的"急、难、愁"问题要"尽心"；情感上做到"零距离"，服务上做到"零障碍"。通过对企业优质的综合性服务促使企业为枫泾镇经济发展作出更大的贡献。三是加强了监督考评机制的建设，推行服务承诺制和问责制的建设，实行360度绩效考核，提高了工作人员的工作主动性和责任感。四是完善了管理服务体系，继续建立健全走访企业制度、现场办公制度、项目跟踪制度、项目推进会制度等，帮助他们解决生产经营中的实际困难。

4. 调整产业结构，确立了重点产业发展方向

根据国内外经济形势的变化，和国际产业发展动态，快速对接市政府公布的上海市重点九大产业领域发展规划，枫泾镇根据工业区目前的发展现状，在科学论证的基础上，迅速制定了新能源发展规划，并于6月18日成功举行了揭牌仪式，标志"枫泾新能源产业基地"正式启动，工业区从此步入了新的发展时期。9月底，国家火炬计划上海枫泾新能源特色产业基地项目获批，为枫泾新能源基地的大开发大建设正式拉开了序幕。

二、2010年工作重点

（一）着重招商队伍的建设

一是通过定期学习培训来加强能力建设。把加强工业区干部职工队伍自身能力建设摆在更加重要的位置，把学习业务知识同解决工业区在发展过程中的问题和困难紧密结合起来，同新能源产业的招商工作结合起来。二是通过健全机制和体制来加强作风建设。通过进一步健全机制和体制，把制度建设贯穿于自身建设全过程，努力形成用制度规范行为，按制度办事，靠制度管人的机制。

（二）着重签约项目的启动及企业优化提升

进一步完善项目服务流程和跟踪机制，确保签约项目早开工，开工项目早竣工，竣工项目早投产。不断优化提升汽车及汽车零部件制造、黄酒及特色食品酿造、纺织服装及服装机械、新材料及机电设备等四大主导产业。这四大主导产业总体发展态势良好，呈现出发展环境宽松、营销网络发达、产业集聚明显、传统底蕴丰富、品牌初见成效、企业人才济济等六个特点，扶持和鼓励这四大主导产业做大做强既是枫泾经济又好又快发展的要求，也是枫泾镇发展新能源产业的必要支撑和坚实基础。下一步工作中将在加强产业规划和引导、鼓励企业技改和创新、推进人才培育和开发、促进银企合作与互动等多方面着手鼓励和扶持这四大主导产业做大做强。

（三）着重新能源基地建设

枫泾镇在新能源产业发展的规划上已经先走一步，如何加快发展，集全镇之力打造未来枫泾经济发展的新引擎，是今后的工作重点。

一是在资源配置尤其是土地资源配置上向新能源项目倾斜。二是实现基础设施建设的重点向新能源基地的转移，用生态型、示范型、科技型的标准来建设新能源基地，争取科学规划、一步到位。三是加强宣传和对接，加快产业招商步伐。四是以已落户、已签约项目建设为抓手，实施新能源产业倍增计划。在巩固提高汽车及汽车零部件产业、黄酒及特色食品制造产业、纺织服装及服装机械产业、新材料及机电设备产业等四大主导产业的基础上，培育壮大太阳能光电、新能源汽车、风电设备等新能源产业，迅速推动已落户已签约项目的建设，形成两到三个龙头企业，从而带动整个新能源产业基地的产业集聚，推动科研服务平台建设和示范应用工程的建设，将枫泾镇建设成为长三角地区有影响的新能源科研、装备制造和推广应用基地。

（四）着重园区配套设施建设

科学超前、先进合理的规划，是促进资源整合、凝聚开发合力、保障开发水平、增强工业区持续竞争力的基础和前提。进一步完善 A、B 区供电、生活、服务等基础设施建设。重点解决 B 区用电紧张的瓶颈。配合新能源特色产业基地开发战略，通过修建主干道路，把工业区的路网体系更紧密地衔接起来，实现"大联结、大路网、大交通"。

附　录

附录1 上海市各开发区规划面积

开发区名称	级别	规划面积/公顷	区块名称	规划面积/公顷
上海虹桥经济技术开发区	国家	65.20		
上海金桥出口加工区[1]	国家	2 738.00		
上海上海漕河泾新兴技术开发区[2]	国家	1 428.40		
上海闵行经济技术开发区	国家	308.00		
上海闵行经济技术开发区临港新城扩区	国家	1 330.00		
上海外高桥保税区	国家	1 103.00		
上海佘山国家旅游度假区	国家	6 408.00		
上海陆家嘴金融贸易区	国家	3 178.00		
洋山保税港区	国家	814.00		
上海张江高新技术产业开发区	国家	4 211.70	上海漕河泾新兴技术开发区 上海张江高科技园区 上海大学科技园 中国纺织国际科技产业城 上海金桥现代科技园 上海嘉定民营科技密集区	598.4 126 2 500 188.3 600 199
上海莘庄工业园区	市级	1 644.66	上海莘庄工业园 上海向阳工业园	1 187 458
上海西郊经济技术开发区	市级	1 672.75	上海华新绿色工业园 上海徐泾绿色工业园 上海闵北工业园	380 633 660
上海松江工业园区	市级	6 373.00	上海松江试点园[3] 上海松江工业园石湖荡园 上海练塘绿色工业园	5 978 175 220
上海松江经济开发区	市级	408.20	上海泗泾高新技术开发园 上海松江高科技园 上海松江开发区洞泾园	74 207 128
上海奉贤经济开发区	市级	2 122.82	上海市工业综合开发园[4] 奉贤现代农业园	1 719 404

（续表）

开 发 区 名 称	级别	规划面积/公顷	区 块 名 称	规划面积/公顷
上海金山工业园区	市级	2 581.00	金山工业园区 金山第二工业园区 张堰工业园	1 980 301 300
上海枫泾工业园区	市级	920.00		
上海朱泾工业园区	市级	247.33		
上海青浦工业园区[6]	市级	5 627.00		
上海未来岛物流科技园区	市级	97.04		
上海嘉定工业园区	市级	6 254.50	嘉定试点园区[5] 外冈工业园	6 020 235
上海市市北工业园区	市级	129.70		
上海星火工业园区	市级	720.00		
上海紫竹高新技术产业园区	市级	868.18		
上海新杨工业园区	市级	92.36		
上海奉城工业园区	市级	161.83		
上海浦东合庆工业园区	市级	451.56		
上海浦东康桥工业园区	市级	2 688.00		
上海崇明工业园区	市级	997.00		
上海南汇工业园区	市级	820.00		
上海化学工业园区	市级	2 940.00		
上海宝山工业园区	市级	2 908.79	宝山城市工业园 宝山工业园 罗店工业园 嘉定徐行工业园	435 2 100 167 207
上海月杨工业园区	市级	855.00	月浦工业园 宝山杨行工业经济发展园 顾村工业园	171 321 363
上海富盛经济开发区	市级	40.00		

（续表）

开 发 区 名 称	级别	规划面积 /公顷	区 块 名 称	规划面积 /公顷
上海浦东空港工业园	市级	800.65	机场镇临空产业园 川沙镇工业园 祝桥空港工业园 老港化工工业园	188 296 213 104
上海嘉定汽车产业园区	市级	2 263.52	南翔高科技园 黄渡工业园 国际汽车城零部件 配套工业园	879 584 801

注：

1. 上海金桥出口加工区2738公顷中包括金桥出口加工区（南区）280公顷。

2. 上海漕河泾新兴技术开发区1428公顷中包括漕河泾出口加工区300公顷。

3. 上海松江试点园区5978公顷中包括松江出口加工区596公顷。

4. 上海工业综合开发区1719公顷中包括闵行出口加工区300公顷。

5. 上海嘉定试点园区6020公顷中包括嘉定出口加工区300公顷。

6. 上海青浦工业园区5627公顷中包括青浦出口加工区300公顷。

附录 2 上海市各开发区类型

级别	类 型	开发区名称
国家级	经济技术开发区	上海漕河泾新兴技术开发区、上海闵行经济技术开发区、上海虹桥经济技术开发区、上海金桥出口加工区
	海关监管开发区	上海外高桥保税区、上海洋山保税港区、上海金桥出口加工区（南区）、上海松江出口加工区、上海漕河泾出口加工区、上海闵行出口加工区、上海青浦出口加工区、上海嘉定出口加工区
	高新产业区	上海张江高新技术产业开发区
	金融贸易区	上海陆家嘴金融贸易区
	旅游度假区	佘山国家旅游度假区上海
市级	工业园区	上海市市北工业园区、上海崇明工业园区、上海星火工业园区、上海紫竹高新技术产业园区、上海浦东康桥工业园区、上海化学工业园区、上海新杨工业园区、上海浦东合庆工业园区、上海南汇工业园区、上海奉城工业园区、上海未来岛高新技术产业园区、上海宝山工业园区、上海月杨工业园区、上海富盛经济开发区、上海浦东空港工业园区、上海嘉定工业园区、上海嘉定汽车产业园区、上海莘庄工业园区、上海西郊经济开发区、上海松江工业园区、上海松江经济开发区、上海奉贤经济开发区、上海金山工业园区、上海枫泾工业园区、上海朱泾工业园区、上海青浦工业园区

附录 3 上海市各开发区分布情况

区 县	国家级	规划面积/平方公里	市 级	规划面积/平方公里
全市合计	15	225.74	26	430.32
中心城区（不包括浦东）	2	6.99	3	3.15
浦东	5	95.34	2	9.37
闵行	2	13.6	2	31.46
嘉定	1	3.03	2	82.13
青浦	1	3	2	66.73
松江	2	79.55	2	59.77
宝山			2	34.92
金山			4	66.88
奉贤	1	2.77	3	27.23
南汇			2	38.3
崇明			2	10.38
洋山保税港	1	8.15		
临港新城		13.3		

附录4 上海市国家级和市级开发区主要产业

序号	开发区名称	主 导 产 业
\multicolumn{3}{c}{国家级开发区主要产业}		
1	上海闵行经济技术开发区	轨道交通、机电设备、生物医药、食品饮料
2	上海虹桥经济技术开发区	信息咨询、商业服务、会展服务、外贸
3	上海漕河泾新兴技术开发区	信息技术、新材料、生物医药
4	上海张江高新技术产业开发区	电子与信息、生物及医药、光机电一体化
5	上海外高桥保税区	自由贸易、出口加工、物流仓储及保税商品展示交易
6	上海漕河泾出口加工区	微电子、光电子、软件、新材料
7	上海松江出口加工区及B区	新型材料、精细化工、生物医药、轻工机械、食品
8	上海金桥出口加工区	电子信息、汽车、光机电、精密机械、精细化工
9	上海金桥出口加工区（南区）	电子信息、光机电、精密机械、精细化工
10	上海青浦出口加工区	汽车及汽车零部件、电子信息、新型材料、精密机械、装备工业
11	上海闵行出口加工区	机械、电子信息、光机电、精密机械
12	上海嘉定出口加工区	
13	上海佘山国家旅游度假区	市郊娱乐、休闲、教育型旅游
14	洋山保税港区	物流、仓储
15	上海陆家嘴金融贸易区	金融、保险、证券
\multicolumn{3}{c}{市级开发区主要产业}		
1	上海市市北工业园区	电子、通信、生产性服务业
2	上海崇明工业园区	机械、电子、
3	上海星火工业园区	精细化工、化纤、建材
4	上海紫竹高新技术产业园区	电子、新材料、生物制药
5	上海浦东康桥工业园区	电子信息、汽车零部件、医疗器械
6	上海化学工业园区	石油化工
7	上海新杨工业园区	印刷包装、光电子、金属制品
8	上海浦东合庆工业园区	光电子、汽车及零部件、医疗器械
9	上海南汇工业园区	光电子、机械

（续表）

序号	开发区名称	主导产业
10	上海奉城工业园区	机械、电子、金属制品
11	上海未来岛高新技术产业园区	电子、机械
12	上海宝山工业园区	金属制品加工、电子、精细化工
13	上海月杨工业园区	机械、汽车零部件、精品钢延伸加工
14	上海富盛经济开发区	光电子、港口机械、船舶制造配套
15	上海浦东空港工业园区	电子、机械、航空产品
16	上海嘉定工业园区	汽车零部件、机械制造、光电子
17	上海嘉定汽车产业园区	汽车零部件、机械制造、电子电器
18	上海莘庄工业园区	通信设备、机械、化工
19	上海西郊经济开发区	电子、摩托车及汽车零部件、机械
20	上海松江工业园区	电子、机械、新材料
21	上海松江经济开发区	电子信息、机械、新型材料
22	上海奉贤经济开发区	光仪电、汽车零部件、农产品深加工
23	上海金山工业园区	精细化工、计算机及其他电子设备制造、电气机械及器材制造
24	上海枫泾工业园区	汽车摩托车及配件、纺织服装、机械
25	上海朱泾工业园区	通用设备制造、金属制品加工、服装
26	上海青浦工业园区	精密机械、电子信息、印刷

附录 5 上海市开发区技术创新和产业创新服务平台

所在区域	技术平台名称
上海张江高科技园区	软件增值服务平台、生物医药公共服务平台、清华 IC 多目标封装检测中心、知识产权平台、生物医药孵化基地 II 期、开放式集成电路工艺研发平台、信息安全公共服务平台 I 期、新药 I 期临床试验中心、国际人类抗体组药物产业化平台、国际金融 IT 服务平台等
上海紫竹高新技术产业园区	硅知识产权交易中心（SIP 平台）、EDA 工具软件平台、IP 产品验证国家级重点实验室、创业投资中心等
上海漕河泾经济技术开发区	漕河泾新兴技术开发区科技创业中心、SGS 产品测试平台、生物医药公共服务平台、基因测序平台、纳米技术平台等
国际汽车城	机动车检测中心、汽车工程中心、上汽汽车工程研究院、上海地面交通工具风洞中心、磁悬浮轨道交通试验线、新能源汽车核心零部件产业基地和开发体系、优华－劳斯亚太研发中心等
上海化学工业园区	华东理工研发基地、中石化上海石油化工研究院、SGS 上海石油化工产品中心实验室、职业技术培训平台、化工人才服务中心等
上海莘庄工业园区	手机行业制造与研发创新的技术平台、以平板显示制造为主的技术平台、航天产业领域的技术创新平台、船舶工业的制造研发方面的技术平台、印刷包装方面的技术平台等
临港产业区	产业区综合信息服务平台、保税港金融服务平台、装备制造共性服务平台、供应商联盟服务平台等

附录6 上海市通过"双优"认证的开发区

通过"双优"认证的开发区

序号	名 称	序号	名 称
1	上海外高桥保税区	14	上海金山工业园区
2	上海金桥出口加工区	15	上海枫泾工业园区
3	上海漕河泾新兴技术开发区	16	上海崇明工业园区
4	上海闵行经济技术开发区	17	上海练塘绿色工业园区
5	嘉定试点园区	18	上海松江开发区佘山分区
6	上海青浦工业园区	19	青浦中纺科技城
7	松江试点园区	20	上海奉城经济园区
8	上海市工业综合开发区	21	上海市市北工业新区
9	上海浦东康桥工业园区	22	川沙镇工业园
10	上海莘庄工业园区	23	金山第二开发区
11	上海南汇工业园区	24	上海化学工业园区
12	上海紫竹高新技术产业园区	25	大麦湾开发区
13	上海化学工业区	26	上海浦东合庆工业园区
27	上海张江高新技术产业园区	28	上海月浦工业园

通过 ISO14000 认证的开发区

上海杨行工业园区	上海星火开发区
上海宝山城市工业园区	

通过 ISO9000 认证的开发区

上海长征工业园区	上海华新绿色工业园区
上海朱家角工业开发区	上海马陆工业区

附录7 2009年上海市开发区工业总产值及增速

开发区名称	区块名称	2009年工业总产值/万元	增幅/%
全市合计		128 452 611	1.43
国家级工业区合计		43 187 730	4.53
上海外高桥保税区		5 760 700	3.68
上海金桥出口加工区		16 729 079	12.2
上海张江高科技园区		4 524 700	9.7
上海漕河泾新兴技术开发区		12 532 628	9.29
上海闵行经济技术开发区		3 640 623.2	−8.91
市级工业区合计		85 264 881	0
上海市市北工业园区		405 500	74.78
上海未来岛高新技术产业园区		262 729	−1.7
上海新杨工业园区		174 949	0.43
上海宝山工业园区	宝山工业园区	456 064	15.6
	徐行工业园区	500 725	−30.9
	罗店工业园区	383 962	13.26
	宝山城市工业园区	806 393	21.82
	小计	2 147 144	11.22
上海月杨工业园区	顾村工业园区	674 503	4.15
	宝山杨行工业园区	352 120	−23.47
	月浦工业园区	443 371	6.37
	小计	1 469 994	−12.96
上海崇明工业园区		78 278	3.18
上海富盛经济开发区		11 215	10.81
上海浦东合庆工业园区		1 044 842	24.85
上海浦东空港工业园区	川沙经济园区	539 089	38.84
	祝桥空港工业园区	441 572	−12.75
	老港化工工业园区	232 106	6.65

（续表）

开发区名称	区块名称	2009 年工业总产值 / 万元	增幅 /%
上海浦东空港工业园区	浦东新区机场经济园区	91 612	−41.15
	小计	1 304 379	−8.41
上海嘉定工业园区	嘉定工业园区	4 501 168	30.24
	外冈工业园区	651 637	−19.99
	嘉定工业园区马陆园区	2 213 164	−15.58
	小计	7 365 969	−5.33
上海嘉定汽车产业园区	南翔工业园区	855 067	26.05
	黄渡工业园区	757 046	10.5
	国际汽车城零部件配套园区	2 885 906	14.83
	小计	44 98 019	0.72
上海莘庄工业园区	莘庄工业园区	5 788 234	−11.87
	向阳工业园区	248 922	−11.66
	小计	6 037 156	−23.53
上海紫竹高新技术产业园区		965 048	7.89
上海青浦工业园区		5 820 311	16.22
上海西郊经济开发区	徐泾工业园区	1 303 215	6.4
	闵北工业园区	433 400	−0.18
	华新工业园区	1 961 367	0.43
	小计	3 697 982	6.65
上海松江工业园区	石湖荡工业园区	268 610	−7.71
	松江工业园区	24 881 400	−10.95
	练塘工业园区	542 000	4.03
	小计	25 692 010	−14.63

（续表）

开发区名称	区块名称	2009 年工业总产值 / 万元	增幅 /%
上海松江经济开发区	洞泾工业园	123 600	−17.76
	九亭高科技工业园区	494 113	−16.54
	泗泾高科技开发区	238 108	13.85
	小计	855 821	−20.45
上海浦东康桥工业园区		7 418 150	21.76
上海南汇工业园区		822 668	39.2
上海星火工业园区		1 506 200	−4.64
上海奉贤经济开发区	工业综合开发区	2 995 030	5.42
	奉贤现代农业园区	207 054	6.62
	小计	3 202 084	12.04
上海奉城工业园区		1 456 231	47.13
上海金山工业园区	金山第二工业园区	249 424	6.91
	张堰工业园区	599 542	−18.8
	金山工业园区	1 885 900	11.43
	小计	2 734 866	−0.46
上海枫泾工业园区	上海枫泾工业园区	1 740 598	−4.77
上海朱泾工业园区		209 400	9.02
上海化学工业园区		4 343 339	−13.18

附录 8　2009 年上海开发区固定资产投资完成情况及增幅

开发区名称	区块名称	2009 年完成固定资产投资金额 / 万元	增幅 /%
全市合计		6 912 460	2.99
国家级工业区合计		2 018 200	0.83
上海外高桥保税区		143 400	−22.57
上海金桥出口加工区		476 700	34.55
上海张江高科技园区		828 100	−15.76
上海漕河泾新兴技术开发区		450 000	−4.46
上海闵行经济技术开发区		120 000	1 400.44
市级工业区合计		4 894 260	3.91
上海市市北工业园区		4 490	−80.5
上海未来岛高新技术产业园区		45 605	
上海宝山工业园区	宝山城市工业园区	82 484	−14.9
	宝山工业园区	152 456	14.68
	罗店工业园区	57 300	54.36
	徐行工业园区	13 110	−55.05
	小计	305 350	−0.91
上海月杨工业园区	月浦工业园区	51 635	40.64
	宝山杨行工业园区	49 042	32.19
	宝山顾村工业园区	41 929	−4.15
	小计	142 606	68.68
上海崇明工业园区		810	−96.14
上海浦东合庆工业园区		46 029	611.75
上海浦东空港工业园区	浦东新区机场经济园区		
	浦东新区川沙经济园区		
	祝桥空港工业区	80 932	0.28
	老港化工工业区	18 186	−33.42
	小计	99 118	−33.14

（续表）

开发区名称	区块名称	2009 年完成固定资产投资金额 / 万元	增幅 /%
上海嘉定工业园区	嘉定工业区	258 182	32.58
	嘉定工业区马陆园区	109 688	−17.58
	外冈工业园区	29 398	104.38
	小计	397 268	86.8
上海嘉定汽车产业园区	南翔工业园区	39 151	−62.2
	黄渡工业园区	49 110	386.24
	国际汽车城零部件配套园区	79 214	26.47
	小计	167 475	350.51
上海莘庄工业园区	莘庄工业区	273 926	−31.54
	向阳工业区	10 000	
	小计	283 926	
上海紫竹高新技术产业园区		67 604	1 697.59
上海青浦工业园区		332 965	1.04
上海西郊经济开发区	华新镇工业开发区	103 814	7.02
	徐泾镇工业开发区	31 024	−25.2
	闵北工业区	300	−96.39
	小计	135 138	−114.57
上海松江工业园区	松江工业区	301 118	−32.23
	松江工业区石湖荡分区	19 075	12.61
	练塘镇工业开发区	22 900	81.75
	小计	343 093	62.13
上海松江经济开发区	泗泾高科技开发区	25 228	145.74
	九亭高科技工业园区		
	松江工业区洞泾分区	25 000	
	小计	50 228	

（续表）

开发区名称	区块名称	2009 年完成固定资产投资金额 / 万元	增幅 /%
上海浦东康桥工业园区		732 035	108.68
上海南汇工业园区		149 856	13.18
上海星火工业园区		11 893	−54
上海奉贤经济开发区	工业综合开发区	138 434	−56.66
	奉贤现代农业园地	63 704	18.26
	小计	202 138	−38.4
上海奉城工业园区		45 000	−30.77
上海金山工业园区	金山工业区	202 538	−14.55
	金山第二工业区	53 249	−48.28
	张堰工业区	55 880	−6.16
	小计	311 667	−68.99
上海枫泾工业园区		108 995	64.82
上海朱泾工业园区		9 500	−66.07
上海化学工业园区		901 471	11.16

附录 9 2009 年上海市开发区招商引资情况

开发区名称	区块名称	落户内资企业协议投资金额/万元	引进外资项目投资金额/万美元	吸引投资总额/万元
全市合计		2 961 718	814 637	8 501 250
国家级工业区合计		450 336	337 127	2 742 800
上海外高桥保税区		117 434	89 948	729 080
上海金桥出口加工区		132 000	47 832	457 258
上海张江高科技园区		112 352	168 916	1 260 981
上海漕河泾新兴技术开发区		88 000	26 870	270 716
上海闵行经济技术开发区		550	3 561	24 765
市级工业区合计		2 511 382	477 510	5 758 450
上海市市北工业园区		115 563	1 090	122 975
上海未来岛高新技术产业园区		15 995	28	16 185
上海新杨工业园区		2 200		2 200
上海宝山工业园区	宝山工业园区	28 329	147	29 329
	徐行工业园区	8 000	4 000	35 200
	罗店工业园区	10 090	2 600	27 770
	宝山城市工业园区	8 235	1 599	19 107
	小计	54 654	8 346	111 405
上海月杨工业园区	顾村工业园区		237	1 614
	宝山杨行工业园区			
	月浦工业园区	5 000	1 224	13 323
	小计	5 000	1 461	14 937
上海崇明工业园区				
上海富盛经济开发区		7 637		7 637
上海浦东合庆工业园区		24 384	2 547	41 702
上海浦东空港工业园区	川沙经济园区	9 687	30	9 891
	祝桥空港工业园区	2 463	12 251	85 770
	老港化工工业园区	11 050	1 439	20 835

（续表）

开发区名称	区块名称	落户内资企业协议投资金额/万元	引进外资项目投资金额/万美元	吸引投资总额/万元
上海浦东空港工业园区	浦东新区机场经济园区			
	小计	23 200	13 720	116 496
上海嘉定工业园区	嘉定工业园区	45 390	46 277	360 074
	外冈工业园区	112 341	600	116 421
	嘉定工业园区马陆园区	20 059	50 793	365 448
	小计	177 790	97 670	841 943
上海嘉定汽车产业园区	南翔工业园区	8 000	1 471	18 003
	黄渡工业园区	26 358	616	30 547
	国际汽车城零部件配套园区	88 426	20 673	229 002
	小计	122 784	22 760	277 552
上海莘庄工业园区	莘庄工业园区	173 639	13 466	265 208
	向阳工业园区	6 000	7 002	53 614
	小计	179 639	20 468	318 821
上海紫竹高新技术产业园区		35 667	13 101	124 754
上海青浦工业园区		372 000	39 391	639 859
上海西郊经济开发区	徐泾工业园区		21 193	144 112
	闵北工业园区	3 222	11 412	80 824
	华新工业园区	98 500	3 919	125 149
	小计	101 722	36 524	350 085
上海松江工业园区	石湖荡工业园区	26 000	25 00	43 000
	松江工业园区	91 949	52 564	449 384
	练塘工业园区			
	小计	117 949	55 064	492 384

（续表）

开发区名称	区块名称	落户内资企业协议投资金额/万元	引进外资项目投资金额/万美元	吸引投资总额/万元
上海松江经济开发区	洞泾工业园	8 000	486	11 305
	九亭高科技工业园区			
	泗泾高科技开发区	2 920		2 920
	小计	10 920	486	14 225
上海浦东康桥工业园区		103 609	34 391	337 468
上海南汇工业园区		100 868	7 765	153 670
上海星火工业园区		25 338	1 338	34 436
上海奉贤经济开发区	工业综合开发区	39 700	15 344	144 039
	奉贤现代农业园区	33 000	2 657	51 068
	小计	72 700	18 001	195 107
上海奉城工业园区		34 000	2 077	48 124
上海金山工业园区	金山第二工业园区	150 724	4 500	181 324
	张堰工业园区	3 500	2 000	17 100
	金山工业园区	340 876	11 177	416 880
	小计	495 100	17 677	615 304
上海枫泾工业园区	上海枫泾工业园区	279 000	4 024	306 363
上海朱泾工业园区		4 000	359	6 441
上海化学工业园区		29 663	79 223	568 379

附录10 2009年度上海市开发区合同外资情况及增速

开发区名称	区块名称	2009年合同外资 金额/万美元	增幅/%
全市合计		493 834	−20.85
国家级工业区合计		250 101	1.28
上海外高桥保税区		89 948	21.47
上海金桥出口加工区		37 337	33.32
上海张江高科技园区		96 432	−12.4
上海漕河泾新兴技术开发区		22 823	−17.37
上海闵行经济技术开发区		3 561	−50.45
市级工业区合计		243 733	−35.42
上海市市北工业园区		905	−85.88
上海未来岛高新技术产业园区		28	−94.37
上海新杨工业园区			
上海宝山工业园区	宝山城市工业园区	1 599	−7.36
	宝山工业园区	75	−99.28
	罗店工业园区	2 600	−0.08
	徐行工业园区	3 525	4 795.83
	小计	7 799	
上海月杨工业园区	月浦工业园区	526	
	宝山杨行工业园区		
	宝山顾村工业园区	87	−95.97
	小计	613	
上海崇明工业园区			
上海富盛经济开发区			
上海浦东合庆工业园区		2 547	−86.02

（续表）

开发区名称	区块名称	2009年合同外资金额/万美元	增幅/%
上海浦东空港工业园区	浦东新区机场经济园区		
	浦东新区川沙经济园区	30	
	祝桥空港工业区	4 586	30.4
	老港化工工业区		
	小计	4 616	−55.62
上海嘉定工业园区	嘉定工业区	23 400	−9.64
	嘉定工业区马陆园区	26 681	82.73
	外冈工业园区	300	76.47
	小计	50 381	149.56
上海嘉定汽车产业园区	南翔工业园区	607	−82.34
	黄渡工业园区	394	−66.04
	国际汽车城零部件配套园区	3 006	−64.75
	小计	4 007	−213.13
上海莘庄工业园区	莘庄工业区	5 672	−60.26
	向阳工业区	4 511	18.71
	小计	10 183	−41.55
上海紫竹高新技术产业园区		12 407	−56.38
上海青浦工业园区		23 741	61.71
上海西郊经济开发区	华新镇工业开发区	2 420	−66.34
	徐泾镇工业开发区	10 541	223.05
	闵北工业区	11 412	80.31
	小计	24 373	237.04
上海松江工业园区	松江工业区	32 086	−22.28
	松江工业区石湖荡分区	2 125	321.63
	练塘镇工业开发区		
	小计	34 211	299.35

（续表）

开发区名称	区块名称	2009 年合同外资金额 / 万美元	增幅 /%
上海松江经济开发区	泗泾高科技开发区		
	九亭高科技工业园区		
	松江工业区洞泾分区	207	−22.76
	小计	207	
上海浦东康桥工业园区		14 972	−38.88
上海南汇工业园区		7 765	146.43
上海星火工业园区		1 338	−86.1
上海奉贤经济开发区	工业综合开发区	8 064	102.24
	奉贤现代农业园地	2 638	66.96
	小计	10 702	16.92
上海奉城工业园区		1 166	−64.86
上海金山工业园区	金山工业区	4 682	−74.4
	金山第二工业区	915	−20.23
	张堰工业区		
	小计	5 597	−94.63
上海枫泾工业园区		1517	13.8
上海朱泾工业园区		359	151.67
上海化学工业园区		24 241	−67.18

附录11 2009 年度上海市开发区内资注册情况及增速

开发区名称	区块名称	2009 年落户内资企业注册资本／万元	增幅／%
全市合计		1 681 742	−25.63
国家级工业区合计		450 336	73.1
上海外高桥保税区		117 432	43.63
上海金桥出口加工区		132 000	
上海张江高科技园区		112 352	−10.37
上海漕河泾新兴技术开发区		88 000	66.04
上海闵行经济技术开发区		550	
市级工业区合计		1 231 406	−38.46
上海市市北工业园区		115 563	32.2
上海未来岛高新技术产业园区		15 995	65.37
上海新杨工业园区		2 200	528.57
上海宝山工业园区	宝山城市工业园区	8 235	−84.36
	宝山工业园区	9 200	−23.33
	罗店工业园区	10 090	−75
	徐行工业园区	6 000	−5.66
	小计	33 525	188.38
上海月杨工业园区	月浦工业园区	5 000	−68.11
	宝山杨行工业园区		
	宝山顾村工业园区		
	小计	5 000	−68.11
上海崇明工业园区			
上海富盛经济开发区		650	
上海浦东合庆工业园区		24 384	−38.92
上海浦东空港工业园区	浦东新区机场经济园区		
	浦东新区川沙经济园区	9 687	−67.09

（续表）

开发区名称	区块名称	2009 年落户内资企业注册资本 / 万元	增幅 /%
上海浦东空港工业园区	祝桥空港工业区	2 463	−77.29
	老港化工工业区	1 350	−7.85
	小计	13 500	−152.23
上海嘉定工业园区	嘉定工业区	45 390	−83.34
	嘉定工业区马陆园区	20 059	−26.49
	外冈工业园区	17 307	5.4
	小计	82 756	−104.43
上海嘉定汽车产业园区	南翔工业园区	8 000	344.44
	黄渡工业园区	26 358	430.56
	国际汽车城零部件配套园区	36 576	44.17
	小计	70 934	819.17
上海莘庄工业园区	莘庄工业区	173 639	5 372.39
	向阳工业区	4 000	700
	小计	177 639	60 072.39
上海紫竹高新技术产业园区		35 667	−63.1
上海青浦工业园区		186 000	610.02
上海西郊经济开发区	华新镇工业开发区	98 500	615.38
	徐泾镇工业开发区		63.66
	闵北工业区	3 222	−69.02
	小计	101 722	610.02
上海松江工业园区	松江工业区	91 949	316.62
	松江工业区石湖荡分区	25 612	−13.31
	练塘镇工业开发区		
	小计	117 561	303.31

（续表）

开发区名称	区块名称	2009 年落户内资企业注册资本 / 万元	增幅 /%
上海松江经济开发区	泗泾高科技开发区	2 920	49.74
	九亭高科技工业园区		
	松江工业区洞泾分区	2 000	
	小计	4 920	
上海浦东康桥工业园区		103 609	3.61
上海南汇工业园区		11 100	−77.02
上海星火工业园区		8 976	−55.05
上海奉贤经济开发区	工业综合开发区	20 659	−53.89
	奉贤现代农业园地	1 600	−65.74
	小计	22 259	−119.63
上海奉城工业园区		3 500	250
上海金山工业园区	金山工业区	56 446	12.85
	金山第二工业区	10 000	−48.72
	张堰工业区	4 200	−72
	小计	70 646	−107.87
上海枫泾工业园区		22 500	73.08
上海朱泾工业园区		800	−74.19
上海化学工业园区			

附录 12 2009 年度上海市开发区第三产业经济效益情况

开发区名称	区块名称	09 年第三产业主营业务收入 / 万元	增幅 /%
全市合计		91 801 680	10.64
国家级工业区合计		74 165 146	5.03
上海外高桥保税区		60 396 500	−0.68
上海金桥出口加工区		2 705 465	80.76
上海张江高科技园区		5 362 775	33.05
上海漕河泾新兴技术开发区		5 649 367	33.32
上海闵行经济技术开发区		51 039	35.71
市级工业区合计		17 636 534	42.67
上海市市北工业园区		2 985 228	1531.27
上海未来岛高新技术产业园区		781 075	−2.42
上海新杨工业园区		257 442	0.27
上海宝山工业园区	宝山城市工业园区	87 816	197.62
	宝山工业园区	763 399	127.64
	罗店工业园区	2 814	8.09
	徐行工业园区		
	小计	854 029	333.35
上海月杨工业园区	月浦工业园区	200 618	−21.47
	宝山杨行工业园区	386 254	95.85
	宝山顾村工业园区	57 516	4.96
		644 388	79.34
上海崇明工业园区		305 018	−22.96
上海富盛经济开发区		11 947	−2.25
上海浦东合庆工业园区		151 332	7.82

（续表）

开发区名称	区块名称	09 年第三产业主营业务收入 / 万元	增幅 /%
上海浦东空港工业园区	浦东新区机场经济园区	15 465	−9.11
	浦东新区川沙经济园区	103 335	246.19
	祝桥空港工业区	179 506	
	老港化工工业区	10 792	5.94
	小计	309 098	243.02
上海嘉定工业园区	嘉定工业区	1 673 386	20.3
	嘉定工业区马陆园区	21 123	−6.31
	外冈工业园区		
	小计	1 694 509	13.99
上海嘉定汽车产业园区	南翔工业园区	10 528	27.37
	黄渡工业园区	466 980	10.5
	国际汽车城零部件配套园区	503 134	39.22
	小计	980 642	77.09
上海莘庄工业园区	莘庄工业区	2 373 632	5.29
	向阳工业区	27 934	−28.06
	小计	2 401 566	−22.77
上海紫竹高新技术产业园区		920 563	64.44
上海青浦工业园区		1 576 718	27.54
上海西郊经济开发区	华新镇工业开发区	1 205 000	−0.93
	徐泾镇工业开发区		
	闵北工业区		
	小计	1 205 000	
上海松江工业园区	松江工业区	184 550	70.67
	松江工业区石湖荡分区		
	练塘镇工业开发区		
	小计	184 550	70.67

（续表）

开发区名称	区块名称	09年第三产业主营业务收入 / 万元	增幅 /%
上海松江经济开发区	泗泾高科技开发区		
	九亭高科技工业园区		
	松江工业区洞泾分区		
	小计		
上海浦东康桥工业园区		1 015 000	23.63
上海南汇工业园区			
上海星火工业园区		14 868	−22.56
上海奉贤经济开发区	工业综合开发区	404 101	2
	奉贤现代农业园地	180 815	18.16
	小计	584 916	20.16
上海奉城工业园区		375 405	−13.48
上海金山工业园区	金山工业区		
	金山第二工业区		
	张堰工业区		
	小计		
上海枫泾工业园区		212 350	1 094.99
上海朱泾工业园区		10 903	−24.82
上海化学工业园区		159 995	−2.89

附录 13 2009 年度上海市开发区工业企业经济效益情况

开发区名称	区块名称	09 年工业企业主营业务收入/万元	增幅/%	09 年工业企业利润总额/万元	增幅/%	销售利润率/%
全市合计		133 701 166	2.08	7 021 819	24.91	5.25
国家级工业区合计		50 497 155	6.64	3 335 413	44.28	6.6
上海外高桥保税区		5 914 400	5.97	229 300	−31.18	3.87
上海金桥出口加工区		23 238 225	9.73	1 632 340	83.81	7.02
上海张江高科技园区		4 503 584	10.36	526 933	15.34	11.7
上海漕河泾新兴技术开发区		12 977 007	10.00	513 000	141.64	3.95
上海闵行经济技术开发区		3 863 939	−18.07	433 840	2.98	11.23
市级工业区合计		83 204 011	−0.51	3 686 406	19.75	4.74
上海市市北工业园区		320 233	35.12	23 630	287.38	7.38
上海未来岛高新技术产业园区		262 728	−1.70	31 546	39.72	12.01
上海新杨工业园区		176 099	0.67	23 679	0.99	13.45
上海宝山工业园区	宝山城市工业园区	577 886	−10.51	54 019	88.65	9.35
	宝山工业园区	461 568	23.26	29 726	−42.69	6.44
	罗店工业园区	383 962	13.26	19 198	46.61	5
	徐行工业园区	511 725	−26.71	25 363	−55.14	4.96
	小计	1 935 141	−5.94	128 306	37.43	25.75
上海月杨工业园区	月浦工业园区	709 598	1.01	21 404	53.06	3.02
	宝山杨行工业园区	354 137	−21.55	17 466	−4.64	4.93
	宝山顾村工业园区	645 293	4.24	29 037	4.24	4.5
	小计	1 709 028	−3.61	67 907	52.66	12.45
上海崇明工业园区		78 278	3.18	5 111	−24.11	6.53
上海富盛经济开发区		9 706	−18.17	248	−300	2.56
上海浦东合庆工业园区		1 140 493	35.76	42 992	7.63	3.77

（续表）

开发区名称	区块名称	09 年工业企业主营业务收入 /万元	增幅 /%	09 年工业企业利润总额 /万元	增幅 /%	销售利润率 /%
上海浦东空港工业园区	浦东新区机场经济园区	97 703	−37.08	5 225	−53.75	5.7
	浦东新区川沙经济园区	541 424	14.17	40 441	541.85	7.5
	祝桥空港工业区	441 572	−10.97	63 540	26.44	14.39
	老港化工工业区	223 420	6.86	15 904	−9.33	7.12
	小计	1 304 119	−2.28	125 110	505.21	34.71
上海嘉定工业园区	嘉定工业区	4 271 485	24.91	301 501	98.66	7.06
	嘉定工业区马陆园区	22 67 329	−10.94	112 284	35.64	4.95
	外冈工业园区	638 604	−13.18	30 782	2 583.7	4.82
	小计	7 177 418	7.11	444 567	2718	11.88
上海嘉定汽车产业园区	南翔工业园区	838 966	26.13	29 820	12.74	3.55
	黄渡工业园区	729 770	10.50	66 439	10.5	9.1
	国际汽车城零部件配套园区	2 854 161	17.44	198 106	31	6.94
	小计	4 422 897	17.76	294 365	54.24	19.59
上海莘庄工业园区	莘庄工业区	5 869 873	−9.80	349 135	17.31	5.95
	向阳工业区	245 755	130.95	20 293	201.84	8.26
	小计	6 115 628	−7.54	369 428	219.15	14.21
上海紫竹高新技术产业园区		803 414	359.09	127 382	1 400.73	15.86
上海青浦工业园区		5 523 542	17.65	313 844	53.26	5.68
上海西郊经济开发区	华新镇工业开发区	1 922 590	−33.94	302 371	−10.58	15.73
	徐泾镇工业开发区	1 283 280	6.61	35 376	−10.67	2.76
	闵北工业区	4172 88	−4.83	3 600	−22.32	0.87
	小计	3 623 158	−20.42	341 347	−43.57	19.36

（续表）

开发区名称	区块名称	09 年工业企业主营业务收入/万元	增幅/%	09 年工业企业利润总额/万元	增幅/%	销售利润率/%
上海松江工业园区	松江工业区	24 675 690	−9.93	478 778	−5.62	1.94
	松江工业区石湖荡分区	230 900	−21.17	5 189	−71.23	2.25
	练塘镇工业开发区	542 000	4.03	6 500		1.2
	小计	25 448 590	−9.79	490 467	−76.85	5.39
上海松江经济开发区	泗泾高科技开发区	236 054	64.87	9 223	−0.09	3.91
	九亭高科技工业园区	948 503	74.29	34 254	320.57	9.32
	松江工业区洞泾分区	123 600	−17.76	4 000	70.21	3.24
	小计	1 308 157	56.16	47 477	390.69	16.47
上海浦东康桥工业园区		7 399 000	21.31	274 200	−28.94	3.71
上海南汇工业园区		759 522	30.33	51 108	11.31	6.73
上海星火工业园区		1 553 000	−2.28	69 914	45.04	4.5
上海奉贤经济开发区	工业综合开发区	2 893 456	4.91	170 133	63.97	5.88
	奉贤现代农业园地	198 156	8.25	26 846	35.23	13.55
	小计	3 091 612	5.12	196 979	99.20	19.43
上海奉城工业园区		1 310 608	47.14	58 636	9.71	4.47
上海金山工业园区	金山工业区	1 287 285	−4.94	59 354	21.09	4.61
	金山第二工业区	249 424	6.91	6 500	3.1	2.61
	张堰工业区	585 540	−13.32	18 874	−11.36	3.22
	小计	2 122 249	−6.22	84 728	12.83	10.44
上海枫泾工业园区		1 528 248	−14.15	78 192	−6.37	5.12
上海朱泾工业园区		198 971	10.82	8 300	17.32	4.2
上海化学工业园区		4 326 694	−13.29	−13 056	−121.91	−0.3

附录 14 2009 年度上海市开发区社会效益情况

开发区名称	区块名称	09 年期末从业人员 / 人	增速 /%	09 年上缴税收总额 / 万元	增速 /%
全市合计		1 730 892	0.00	13 969 964	17.29
国家级工业区合计		638 713	0.07	9 162 275	18.67
上海外高桥保税区		215 900	0.17	5 603 631	8.18
金桥出口加工区		109 480	−0.10	1 696 700	84.16
上海张江高科技园区		142 444	0.13	871 000	10.59
漕河泾新兴技术开发区		133 000	0.08	608 290	55.65
闵行经济技术开发区		37 889	−0.06	382 640	−13.24
市级工业区合计		1 092 179	−0.03	4 807 689	14.74
上海市市北工业园区		20 000	0.05	170 490	139.59
上海未来岛高新技术产业园区		5 330	−0.38	39 072	1.02
上海新杨工业园区		12 554	0.01	19 452	0.27
上海宝山工业园区	宝山城市工业园区	25 000	−0.01	73 299	10.01
	宝山工业园区	12 301	−0.37	41 110	11.58
	罗店工业园区	8 100	−0.01	19 339	−14.94
	徐行工业园区	9 800	−0.02	19 400	−22.97
	小计	55 201	−0.12	153 148	−16.32
上海月杨工业园区	月浦工业园区	656	−0.76	20 790	−10.79
	宝山杨行工业园区			23 636	−20.93
	宝山顾村工业园区	320	−0.95	22 369	−9.15
	小计	976	−0.90	66 795	−40.8
上海崇明工业园区		2 381	−0.93	111 155	9.68
上海富盛经济开发区		1 026	0.21	47 439	−7.37
上海浦东合庆工业园区		25 467	0.52	38 282	23.13

（续表）

开发区名称	区块名称	09 年期末从业人员 / 人	增速 /%	09 年上缴税收总额 / 万元	增速 /%
上海浦东空港工业园区	浦东新区机场经济园区	3 801	−0.06	8 080	55.5
	浦东新区川沙经济园区	8 905	0.24	19 250	37.73
	祝桥空港工业区	10 710	0.08	31 746	17.82
	老港化工工业区	5 577	−0.02	17 165	21.35
	小计	28 993	0.08	68 161	132.4
上海嘉定工业园区	嘉定工业区	47 641	0.20	260 382	13.94
	嘉定工业区马陆园区	57 598	0.09	86 260	12.34
	外冈工业园区	16 500	0.04	22 568	44.3
	小计	121 739	0.12	369 210	70.58
上海嘉定汽车产业园区	南翔工业园区	20 895	0.36	43 616	22.93
	黄渡工业园区	7 645	−0.03	29 297	8.82
	国际汽车城零部件配套园区	31 595	−0.02	135 439	5.85
	小计	60 135	0.08	208 352	37.6
上海莘庄工业园区	莘庄工业区	53 880	0.02	571 336	21.13
	向阳工业区	6 096	−0.09	12 134	116.33
	小计	59 976	0.00	583 470	137.46
上海紫竹高新技术产业园区		10 435	0.58	162 193	548.77
上海青浦工业园区		90 053	−0.20	362 000	18.56
上海西郊经济开发区	华新镇工业开发区	37 500	0.04	128 000	−13.66
	徐泾镇工业开发区	17 500	−0.13	50 610	−19.45
	闵北工业区	20 000	−0.02	15 976	41.68
	小计	75 000	−0.02	194 586	8.57

（续表）

开发区名称	区块名称	09 年期末从业人员 / 人	增速 /%	09 年上缴税收总额 / 万元	增速 /%
上海松江工业园区	松江工业区	239 989	0.03	671 139	13.4
	松江工业区石湖荡分区	6 200	0.01	53 579	−10.08
	练塘镇工业开发区	8 450	0.26	11 400	4.59
	小计	254 639	0.03	736 118	7.91
上海松江经济开发区	泗泾高科技开发区	5 100	0.00	62 287	16.22
	九亭高科技工业园区	13 989	0.14	112 858	35.38
	松江工业区洞泾分区	5 400	0.10	33 794	27.17
	小计	24 489	0.10	208 939	78.77
上海浦东康桥工业园区		50 200	−0.14	394 794	−7.8
上海南汇工业园区		12 000	0.08	55 350	1.93
上海星火工业园区		10 950	0.13	58 200	28.9
上海奉贤经济开发区	工业综合开发区	44 201	0.01	190 558	11.03
	奉贤现代农业园地	8 419	−0.09	29 498	53.64
	小计	52 620	−0.01	220 056	64.67
上海奉城工业园区		19 600	−0.01	56 719	21.19
上海金山工业园区	金山工业区	49 237	0.00	77 836	1.71
	金山第二工业区	6 123	0.00	12 075	8.07
	张堰工业区	7 751	0.05	2 660	−81.29
	小计	63 111	0.01	92 571	−71.51
上海枫泾工业园区		20 633	0.07	107 909	4.4
上海朱泾工业园区		6 853	0.34	8 813	9.59
上海化学工业园区		7 818	−0.06	266 330	9.04